니체의
아름다운 옆길

천경의 니체 읽기

니체의 아름다운 옆길

천경의 니체 읽기

2020년 9월 10일 초판 인쇄
2020년 9월 15일 초판 발행

지은이 | 천경
펴낸이 | 이찬규
펴낸곳 | 북코리아
등록번호 | 제03-01240호
주소 | 13209 경기도 성남시 중원구 사기막골로 45번길 14
우림2차 A동 1007호
전화 | 02-704-7840
팩스 | 02-704-7848
이메일 | sunhaksa@korea.com
홈페이지 | www.북코리아.kr
ISBN | 978-89-6324-710-6 (03810)

값 15,000원

Friedrich Wilhelm Nietzsche

니체의 아름다운 옆길

천경의 니체 읽기

천경 지음

북코리아

서문

대부분의 철학책은 어렵다. 그런데도 누군가는 그 어려운 철학책을 읽고 싶어 한다. 나도, 당신도 그렇다! 주변에 재미나고 화끈하고 신나는 것들투성이인데 말이다.

철학자들이 정초(定礎)하는 개념과 기호의 난반사(亂反射) 안으로 들어가기. 그것은 숱한 화살들이 하늘을 뒤덮고 있는 깜깜한 허공 아래서, 길 잃은 자가 되는 것이다. 언제 어느 화살이 와 꽂힐지 모른다. 만약 어떤 화살도 영영 날아와주지 않는다면? 나를 피 흘리게 하지 않는다면?

어느 순간, 아름다운 아프로디테의 아들 에로스(Eros)의 손길이 나를 방문해주시길 기도하고 기도했다. 많은 화살 중 하나가 내 몸과 교합하는 순간, 나는 잠에서 깬 숲속의 공주처럼 주변을 응시하겠지. 두려움으로 달뜨겠지. 이제 이전의 나에게로 돌아갈 수가 없다! 화살에 맞은 자, 다리는 폭파되었다.

이 글을 쓰는 동안 모르는 육성과 느낌들이 내 안에 출몰했다. 글을 쓰면서 많이 웃었다(울었다). 글들은 날개를 달고 제멋대로 날아다녔다. 서로 다른 높이로 상승하고, 곤두박질하고, 깔깔댔다. 위험, 환희, 기쁨… 무엇이라고 표현해도 될 정서들. 재미있다, 행복하다, 슬프다, 열병 걸렸다, 미쳤다 등등, 어떤 말도 당시 느낌을 표현할 수 없으며 어떤 말이든 몽땅 당시의 느낌과 연결된다. 즐거움, 쾌락, 쾌감, 기쁨, 이것은 영어로는 하나의 단어로 표현된다. 'pleasure'. 그런데 이 쾌락들은 자신의 짝인 고통들과 쌍을 이루며 움직였다. 그러니까 니체의 표현대로 말한다면 쾌락과 고통은 한 쌍이었다.

이 책을 쓰게 된 동기를 밝혀야겠다. 니체의 전작(全作)을 읽는 데 약 2년이 걸렸고 현재는 유고(遺稿)를 읽고 있다. 전문가들의 해설서도 꽤 읽었다. 책을 읽는 어느 순간 쓰고 싶어졌다. 그러던 참에 내외뉴스통신으로부터 칼럼 제의를 받았다. 나는 니체칼럼을 쓰겠다고 말했다. 내외뉴스통신 측은 흔쾌히 허락했다. 이렇게 해서 2017년 10월 중순부터 매주 한편씩 《천경의 니체 읽기》 칼럼을 기고하는 무모한 용기를 낼 수 있었다. (이듬해 2018년 여름께부터 차츰 격주로, 월 1회 간격으로 썼고 2019년 7월까지 썼다.)

니체는 마약 같았다. 내 욕망의 화로(火爐)에 불씨를 던져준 프로메테우스, 그 느낌을 말해야 했다. 그러나 나의 주관적 느낌을 다 끄집어내지는 않았다. '유일무이한' 내 독법을 내놓으려고 '창조적 오독'을 하고 싶지 않았다(사실 유일무이한 독법 따위는 없다). 나는 전공자들의 해석과 동떨어진 세계를 만들지 않으려고 애썼다. 다만 내 느낌의 색을 표현하려고는 노력했다.

한 가지 눈여겨볼 점이 있다면 이 책이 재미있다는 것이다. 진지한 철학 이야기를 논하면서 배꼽 빠지게 웃는 역설. 글이 저희끼리 웃고, 내가 글과 함께 웃었다. 웃음은 의미들을 희화하는 힘이 있다. 웃는 것은 무의식적으로 작동하는 이데올로기와 담론을 허무는 힘이기도 하다.

니체는 정말 재미있다. 위험하고, 후련하고, 알고 싶고, 모르고 싶다. 이상하고 오래된 유년의 헛간과 도심의 콘크리트 빌딩, 그 숱한 비밀의 문들의 은밀한 내부로 들어가는 열쇠 같다. 니체가 열쇠가 되어 허허 웃고 있다. 니체는 예수인가? 차라투스트라인가? 망치인가? 노래인가? 나는 갈수록 니체 속으로 들어가 풍덩 빠져 죽고 싶어졌다. 나의 소멸을 욕망하는 자유! 정체성의 소멸은 새로운 관계의 역량이기도 하다. 니체 씨와 니체 선생님과 니체 할아버지와 니체 어린이와 니체 청년과 니체 아저씨가, 수많은 니체가 무수히 튀어오른다. 개구리처럼 팔딱거리며 현실과 비현실, 이성과 비이성의 영역에서 솟아오른다. 많은 니체가 여기저기서 웃고 있다. 오호! 나는 미쳐가는 중이구나.

나는 니체처럼 웃고 싶었다. 지금 나에게서 방향을 틀어 다른 지협과 골짜기가 펼쳐지는 산맥과 이상한 밀림들, 브라질이거나 아프리카, 아마존의 사바나 정글 속으로 그 생성과 풍화(風化) 속으로, 혹은 헤라클레스의 기둥들을 지나 지브롤터 해협 너머로 멀리까지 계속 나가기. 계속 웃기. '웃음은 웃음의 미래다!'

아무튼 이 책을 쓰는 동안 나는 니체의 친구가 되어 웃으며 놀았다. 니체는 지금도 불쑥불쑥 내 어깨를 툭툭치며 상승 중이다. 또, 하강 중이다. 하강하여 대지와 대양의 심층까지 들어가서 그들을 끌고 밀고 하늘의 높이까지 다시 상승한다. 깃털처럼 가볍게. 니체는 웃고 있다. 웃으며 소리친다. 나처럼 해봐라! 요렇게!

니체에게서 얻은 키워드로 글을 쓰면서 아름다운 니체의 문체가 내 어설픈 글의 결여를 메워줄 것이라고 생각했다. 그러나 니체의 다음 글을 보면서, 낙담하기도 했다.

> "인용할 때의 주의점 — 젊은 작가들은 좋은 표현, 좋은 사상이란 그것과 비슷한 것 가운데서만 훌륭하게 보인다는 사실과 탁월한 인용구는 면 전체뿐만 아니라 책 전체까지도 훼손할 수 있다는 사실을 알지 못한다. 그 인용구는 독자들에게 경고하고 이렇게 외치는 것처럼 보일 것이다: "주의하라, 나는 보석이며 나의 주위에 있는 것은 납, 즉 빛바래고 창피한 납이니까!" 모든 단어, 모든 사상은 자신의 사회에서만 살고 싶어 한다: 이것이 선택된 문체가 가지고 있는 도덕이다."
>
> – 니체

니체의 지적을 자주 상기했다. 모든 단어, 모든 사상은 '자신의 사회'에서만 살고 싶어 한다! 나는 감히 니체를 불러와서 내 글의 수치스러운 얼굴을 덮으려 하는 것 아닌가? 여하튼.

나는 니체를 내 식대로 읽고 쓰면서 한바탕씩 재미있고 '위험한' 굿판을 벌였다. 무녀가 작두를 타듯 벌인 나의 살풀이 굿판은 다음 순간 내 삶에 긍정의 에너지를 보내주고는 했다.

니체의 말을 빌리면 '오류가 서툴게 말해질 경우 이중으로 머리에 손상을 주게 되며 머리에서 그 오류를 떨쳐버리기도 훨씬 더 어렵다. 그러나 오류가 마치 최고의 진리인 것처럼 말해질 경우 그 전염성이 강하고 매우 안정적인 영향'을 미친다(니체, 《인간적인 너무나 인간적인 II. 112》, 297쪽).

이 책, 《니체의 아름다운 옆길》은 오류를 서툴게 말한 경우일까? 오류를 마치 최고의 진리인 것처럼 말한 경우일까? 니체라면 어느 쪽이든 문제라고 할 것이다. 어느 쪽이든 괜찮다고 할지도 모른다. 삶은 오류와 오독으로 이루어진 것이며 세상의 모든 정답은 모두 오답이며 제각각의 진실을 담지하고 있는 정답이며 오답이라고 니체는 말하니 말이다.

진리로 행세해온 오류들이 창조한 점입가경의 세계가 여기 있다. 이 세계에는 삶과 대지에 충실한 경쾌한 인간의 춤사위들, 놀이들만이 있다. '부디 가벼워지자. 중력의 영을 극복하자!' 라고 니체는 말하지 않을까?

북코리아 이찬규 대표님께 감사드린다. 평생을 좋은 책을 발굴하는 데 바친 그의 노고를 생각한다. 어느 날부터 기도하게 되었다. 나의 책이 그의 땀과 눈물(보이지 않게 흘렸을)에 응답하기를! 내외뉴스통신의 김광탁 대표님께도 감사드린다. 칼럼 제의를 받지 않았더라면 원고들은 내 노트 속에서 지금도 퇴고를 기다리고 있을 것이다. 시간의 여유는 나에게는 게으름과 동의어다.

남편과 딸에게 감사한다. 이 글들에는 사춘기를 막 건너고 있는 딸에게서 길어 올린 사연들이 많이 담겨 있다. 아이에게 잔소리하고 큰 소리로 화내던 시간들의 추억 같은 것…. 부족한 어미의 사랑이라 믿는 착각과 강요가 담긴 허튼소리를 착한 딸은 그러려니 하고 넘긴다. 딸이 나의 보살이다. 해서 생각했다. 딸을 사랑하지 말자. 내가 믿는 사랑이란 꼰대 근성의 이기주의일 뿐이지 않을까?

요 몇 년 사이 남편에게는 잔소리를 하지 않는다. 내가 성장했다는 이야기다! 내 잔소리가 필요치 않은 남편에게도 감사한다. 우리 집 고양이에게도 감사한다. 고양이는 나를 화나게 하고, 내 안을 돌아보게 했다.

짐승과 인간의 관계에 대해 생각한다. 나는 고양이를 사랑하지 않는다. 고양이의 눈을 물끄러미 보면 거기 내가 있다. 뭘 저리 골몰히 바라보고 있지? 너는 왜 그러고 있지? 고양이는 나에게 놀아달라고 보채고 나는 그런 고양이가 밉다. 시끄럽고 짜증이 난다. 고양이고양이고양이. 그리고 벗들에게 감사한다. 나를 모르는 이들에게도 감사한다. 꽃과 나무와 대지와 사슴과 낙타와 니체와 많은 니체의 후예들에게도….

목차

목차

목차

일러두기
본문에 인용된 니체의 저서는 모두 '책세상'의 니체 전집 번역본을 이용했습니다.

1

인식은 슬픔이다.
아니다.
인식은 웃음이다.

당신을 침략하고 싶다

문제와 물음들, 그리고 사유

겨울산에 오른다. 눈이 내리는 이른 아침 산은 고요하다. 길은 미끄럽지만 눈 덮인 겨울나무는 아름다움의 이데아를 보여주는 듯하다. 흥! 겨울나무가 아름다움의 이데아를 보여준다고?

종종 생각한다. 언어는 무엇일까? 나의 사유는 얼마나 먼지를 덮어쓴 것일까? 나의 사유는 나의 것일까? 당신의 것일까? 산길을 걸으며 세상이 아름답다고 생각한다. 매우 진부한 아름답다는 이 낱말을 대체할 적절한 말을 찾지 못한 탓이다. 절로 감탄사가 나온다.

"참 좋다!"

'좋다'도 진부한 걸? 어쨌거나 좋다!

온 세상이 눈이다. 바람이 분다. 나무 위에 있던 눈꽃들이 흩날린다. 겨울이 차가운 몸을 나에게 바짝 밀착시킨다. 몸을 비벼온다. 이 느낌 뭐지? 나는 멈추어 서 있다. 가만히 하늘을 바라보고 새를 바라보고 이른 아침 눈 덮인 산속에 있는 나를 본다. 나는 다시 한번 이 겨울이 아름답다고 느낀다. "예쁘다."

겨울은 내 앞에도 뒤에도 나뭇 가지에도 하늘에도 땅에도 건너편 호수에도 와 있다. 눈과 겨울은 어느 순간 내게로 우르르 스며든다. 어느새 눈 한 뭉치와 겨울 한 자락이 내 안에 들어와 있다. 이질적이며 차가운 이것들은 나의 내부에서 나를 촉발한다. 눈덩어리는 나는 멈추게 하고, 놀라게 하고, 춥게 하고, 화나게 하고, 나의 동일성을 방해하며, 나를 약 올린다. 나를 침략한다. 나를 사유케 한다. '모든 사유는 침략'이다. 이 느낌, 나쁘지 않다.

이상도 하다. 겨울이 좋아진다. 추워서 싫었던 겨울이 왜 좋아지는 걸까? 자주 자연 앞에서 상투적인 감상에 잠기는 것은 왜일까? 나는 자연을 그렇게(감상의 대상물로) 선택했고, 자연은 내게 그렇게 허용한 걸까? 이 상투성을 넘어가야 하리. 이곳 사람들에게 겨울은 그냥 겨울이다. 잠시 집 나간 사람이 집에 돌아온 듯, 사람들은 겨울을 만나 살아내는 것이다. 추위를 참아내고 삶을 견디며 봄을 기다리는 거겠지. 나는 낯익은 방문객, 겨울과 잘 지내고 싶다고 생각한다. 연유는 모르겠으나 겨울이 좋아진다. 저 차가움, 저 냉소, 저 침략행위, 내 집 담을 넘는 날 선 바람과 눈꽃.

니체를 생각한다. 니체에게 아름다움의 이데아 같은 소리 하면 안 된다. '인식의 돈 후안'이신 니체께서는 당장 한마디 하시겠지요? "이데아라니?"

니체의 작품을 읽다 보면 다소 혼란스럽다. 초기작 《비극의 탄생》에서 그는 '그리스 비극은 디오니소스적인 것과 아폴론적인 것의 균형 잡힌 결합으로 이루어졌으나 에우리피데스가 이를 망쳤다'고 비난한다. 이때 니체는 디오니소스와 아폴론의 균형을 강조한다. (고대 그리스 문화를 동경했던 니체는 그리스 비극을 그리스 정신의 정수로 보며 이 정신이, 황폐한 당대 독일 문화를 일깨울 수 있다고 보는 듯하다.)

3대 비극작가 중 에우리피데스가 디오니소스적인 것을 삭제하고, 소크라테스의 진리와 이성에 오염된 작품을 쓰게 되는데 이때부터 그리스 비극이 쇠퇴했다고. 대체로 초기 니체는 진리보다는 예술에 무게를 두고 소크라테스에 적대하는 듯하다. 그러나 《인간적인 너무나 인간적인 I · II》와 《아침놀》에서는 철학과 진리가 다시 강조되고 예술이 뒤로 물러나는 느낌이 든다. 후기 작품들에서는 다시 예술의 지위가 복권되고, 아폴론을 배제한 디오니소스를 강조한다. 그래서인지 니체의 작품을 읽을 때마다 같은 사람이 서로 다른 말을 하는 듯해서 긴장을 놓을 수가 없다.

이는 니체만이 아니라 걸출한 철학자들이 인식의 지평을 확장시키는 과정일 것이다. 그러나 니체는 언어의 용법이나 사유의 전개 방식이 들쭉날쭉해서 맥락에 따라 같은 낱말이 전혀 다르게 읽히거나 선택되는 경우가 많다. 또한 매 순간 위험한 물음과 문제의 영역으로 나간다. '벼랑 끝에서 한 발 더' 넘어가 버리는 그의 인식은 난감하고 난해하다.

모든 사유는 침략이다

"그도 그럴 것이 바람둥이가 온갖 여자를 겪어도 만족하지 못하는 것처럼, 니체 역시 온갖 인식의 과정에도 불구하고 도달할 수 없는 인식을 끊임없이 찾고자 했기 때문이다. 고통과 절망에 이르도록 그를 자극한 것은 정복하거나 정지하고 소유하는 것이 아니라 끝없이 묻고, 구하고, 추적하는 것이었다. 불확실성, 확고하지 않은 것이 그가 사랑한 것이었다. (…)
우리가 어떻게 이토록 경이로운 불확실성과 현존의 다양성 속에서 살면서 물음을 던지지 않을 수 있겠는가, 물음의 욕구와 욕망 앞에서 어떻게 떨지 않을 수 있겠는가"라고 그는 자족적인 사람들을 당당하게 조롱했다. 그들이 확실성 속에서 안주하면서 그들 체계의 조개껍질 속으로 조용히 피신했어도, 위험한 급류, 모험, 영원한 황홀, 영원한 실망만이 그를 유혹했다."

– 슈테판 츠바이크, 《니체를 쓰다》

잠시도 머물지 않는 사람 니체, 항상 경계에서 한 발 더 내딛는 사람, '맹수의 눈빛'으로 물음을 던지며 '위험한 급류' 속으로 한쪽 발을 뻗는 정신. 이 '좌충우돌' 니체를 츠바이크는 '인식의 돈 후안'이라고 명명한다. 그는 머무르지 않는다. 끊임없이 묻고 문제를 제기한다.

"중요한 것은 오로지 문제와 물음들뿐이다. (…) 문제들은 아름다

운 영혼의 동일성을 박탈하고 그의 선한 의지를 깨트리는 가운데 그 영혼을 파괴하는 힘을 낳는다. (…) 모든 사유는 침략이 된다."

– 들뢰즈, 《차이와 반복》

미셸 푸코와 함께 니체를 '복권'시킨 일등공신이라 할 만한 들뢰즈의 《차이와 반복》 서문에 나오는 구절이다. '중요한 것은 오로지 문제와 물음들뿐이다.' '문제와 물음' 앞에서 우리는 드디어 사유하게 된다. '아름다운 영혼의 자기 동일성' 속에서 사유는 일어나지 않는다. 자동화된 뇌의 시스템이 정해진 회로를 따라 반응할 뿐이다. 그것은 잠자고 있는 삶과 비슷하다. 우리는 전혀 사유하지 않고 살 수 있다. 습관의 힘 때문이다. 아침에 일어나 자동적으로 씻고 밥 먹고 회사에 출근한다. 사유가 필요 없다. 회사일을 습관적으로 하고 퇴근 후 대중교통수단을 이용해, 혹은 운전을 해서 집으로 돌아온다. 이때도 사유하지 않는다. 내 몸이, 내 발이 나를 집으로 데려다준다. 집으로 가는 동안 일일이 '명령어'를 사유하지 않아도 된다.

가령 "엘리베이터에서 내려", "그리고 큰길에서 직진해", "거기서 노란 버스 정류장 표지판을 찾아. ,"거기서 멈춰", "80번 버스를 꼭 기억해" 등등 말이다. 내 몸은 컴퓨터와 비슷해서 '집에 가야지'라고 입력하면 나를 집으로 데려다준다. 프로그래밍 된 회로를 돌고 있는 삶을 살면서 우리는 생각하며 산다고 착각한다.

우리는 언제 사유하는가?

질문할 때 사유한다.

"너 지금 무엇을 하고 있는 거지?"

우리는 언제 사유하는가?

문제 앞에 섰을 때 사유한다.

뜨거운 물을 부어 넣은 컵라면을 엎질렀을 때, '앗, 뜨거워. 이게 뭐지?'라고 비로소 뇌가 작동하기 시작한다. 오로지 '물음들과 문제들' 앞에서 사유가 시작된다. 그래서 문제와 물음은 일종의 침략행위다.

문제와 물음들은 '아름다운 영혼의 동일성'을 파괴하고, 침략적으로, 폭력적으로 나에게 덮쳐온다. 매끄러운 내 하루를 찌그러뜨리고 내 안의 타자성을 찾는 행위, 그것이 물음을 던지며 문제를 만들며 사는 삶이다.

우리에게 《동물농장》과 《1984》 등으로 잘 알려진 작가 조지 오웰은 명문 기숙학교인 세인트시 프리언스와 이튼을 졸업한 후 대학을 포기하고 대영제국의 경찰간부로 식민지 버마에 간다. 그곳에서 자기 동일성을 지키며 '성공'하는 삶을 설계할 수 있었으나 그는 돌아온다. 압제자의 일원으로서 양심의 가책을 느낀 그는 '실패만이 유일한 미덕' 같아 보였으므로 자발적으로 파리와 런던의 노숙자 생활을 시작한다. 또 작가 생활을 하던 중에도 스페인 내전(1936~1939)이 발발하자 나치의 협력을 받는 프랑코에게 맞서기 위해 공화국 민병대 소속으로 전쟁에 참가한다. 그는 대영제국의 경찰 간부로 '자기 동일성'을 유지하며 안정된 삶을 살 수도 있었고, 전쟁에 참전하지 않을 수도 있었다. 그러나 그는 다른 선택을 했다. 끊임없이 자신 안의 타자성을 일깨우는 삶을 살았다. 목숨을 내놓을 각오로 글을 썼던 것이다.

'물음과 문제'가 없는 인생을 꿈꾸는 사람이 있다면 그건 잠자는 삶을 꿈꾸는 것이다. 부단히 타자와의 경계를 지우고 인식의 격렬함으로 들어가는 삶이란 스스로 물음을 제기하고 문제를 만들면서 사는 것이다. 그 삶은 다소 위험할 수 있다. 그러나 그것이 삶의 속성이며 살아있다는 증거가 아닐까?

이때 비로소 다른 것을 보게 되고 다른 인식에 이르게 된다. 다른 글을 쓰게 된다. 존재의 다른 층위를 보게 됨으로 다른 삶을 살게 된다. 삶이란 끊임없이 자기 동일성을 극복하는 과정의 다른 말이 아닐까? 그것이 개체의 속성이 아닐까?

나는 매 순간 침략당하고 싶다. 나의 동일성에 균열을 내고 나를 다른 배치 속으로 들어가게 하는 침략. 그것은 다른 나를 생성하는 순간이다. 이 순간 나는 새로 태어난다.

모든 사유는 침략이다!

당신을 침략하고 싶다!

여행자와 개똥

다른 느낌과 다른 감각, 여행

오늘, 가을 위에 갑자기 겨울이 내려앉았다. 찬바람 쌩쌩 부는 거리에 은행잎이 먼지처럼 날리고 아파트 옆 산책로에는 낙엽이 수북하다. 개를 데리고 산책 나오던 사람들은 보이지 않는다.

개 이야기가 나왔으니까 하는 말인데 개 주인들은 개에게 무척 온정적이다. 용변을 보려 하면 인내심 있게 기다려주고, 주변을 킁킁거리며 탐색하면 어린 자식 보듯 흐뭇해한다. 쌓인 낙엽 아래는 개들이 싼 똥들이 굴러다닌다. 지금은 낙엽이 똥을 덮었지만 산책을 하다가 개똥을 밟을 때가 있다.

개똥을 밟은 어느 여름 낮, 개와 산책하는 사람을 만났다. 온화한 미소를 띤 주인은 사랑스러운 개를 자랑하고 싶은가 보다. 나도 모르게 한마디 했다. 정중하게 예의를 갖춰서.

"혹시 개가 길에 똥 싸면 아래쪽으로 좀 치워주세요."

"우리 개가 싼 똥은 제가 다 치우고 다니거든요."

주인은 금세 안색이 바뀐다.

그 후 실험 삼아 같은 말을 해봤더니 10명 중 1~2명 정도만 "그럼요"라고 심상한 어조로 말한다. 대부분은 기분 나쁘다는 투로 "우리 개는 여기 똥 안 싸는 데요"라고 대꾸한다.

산책로에는 항상 개똥이 널브러져 있는데 그 거리를 산책하는 개 주인들은 '우리 개는 절대로 똥을 안 싸며, 똥을 싸더라도 다 치우고 다닌다'고 불쾌한 심기를 드러낸다. 심상한 어조로 '알겠다'고 하는 예의 바른 개 주인 역시 '우리 개는 범인이 아니다'라는 요지의 말을 꼭 덧붙인다. 그렇다면 다른 지역, 다른 나라의 개들이 매번 똥을 싸놓고 줄행랑친 걸까?

지난여름 산책을 할 때 만났던 개와 개 주인들은 추운 날씨 탓인지 사라졌다. 그리고 사람들의 옷은 어느새 다른 색깔과 다른 모양으로 바뀌어 있다. 가을 위에 갑자기 내려앉은 겨울은 거리의 풍경을 바꾸고 산책로의 개 주인과 개를 감추었다. 맞은편 인도에 나타난 호떡 장수와 뜨거운 어묵을 파는 노점을 보면서 거리의 변화를 감지한다. 오늘은 나도 두툼한 외투를 입고 있다. 익숙하던 거리에 다른 분위기 다른 냄새 다른 색깔 다른 공기가 도착해 있다.

안녕! 반가워. 이렇게 다시 만나서 참 좋네.

이 소읍에서 나는 돌연 여행자가 된다. 방금 열대의 사막을 횡단하다가 돌아온 사람처럼 주변을 두리번거린다. 엊그제 태양이 펄펄 끓었는데, 정말 엊그제 가을이 고즈넉해서 그 안에서 정신을 놓고 있었는데 하루 사이에 겨울이 와 있다. 여행자는 신기한 눈으로, 호기심 가득한 얼굴로 주변을 두리번거린다.

가을 위에 겨울이 느닷없이 와 있네! 나는 느닷없는 손님을 보며 잠시 멈칫한다. 이 겨울은 앞으로 다양한 영상을 선물하리라. 펑펑 쏟아지는 함박눈, 꽝꽝 언 빙판길, 눈싸움하는 아이들의 웃음소리, 스케이트장, 썰매 타는 풍경, 잿빛 하늘, 웅크린 사람들의 어깨, 목도리로 쭈그렁 얼굴을 잔뜩 동여맨 노인들의 잰걸음과 어여쁜 처녀들의 추운 종아리를… 이 소읍에서의 하루가, 이 삶이 여행이구나. 수시로 변하는 무대 배경처럼 자연은 순간들을 영화처럼 보여준다. 바빠서 내가 놓친 풍경들은 어떤 모습이었을까?

> *"그들은 마치 동물처럼 미련하게 땀을 흘리며 산을 올라간다. 도중에 아름다운 전망들이 있다는 사실을 사람들이 그들에게 말해 주는 것을 잊었던 것이다."*
>
> – 니체, 《인간적인 너무나 인간적인 II》, 202

우리는 산을 올라가는 데만 정신을 팔고 있어서 아름다운 것을 보지 못하는 것일까? 최대한 빨리 도착하려 하지만 그곳에는 아무것도 없다.

살면서 혹 내가 놓친 것들의 이름을 생각해 본다. 내가 봐주지 않아서 화가 났을 사람이 있을까? 토라진 마음이 있을까? 삐쭉 입을 내밀고 사라진 꽃잎이 있을까? 잊힌 항구의 바람소리, 안개와 빗방울들이 있을까?

산길에서 맨발로 걷다가 무심히 밟아버린 개똥, 화가 난 내가 모든 개들을 미워할 때 무구한 개들은 섭섭해했을까? 개가 똥 싸는 것은 개 잘못이 아닌 것을.

다른 느낌과 다른 감각으로 세상을 응시하자.
미지의 감흥을 탐험하자.

인생이 참 빠르다. 인생이 여행이다. 여행을 할 때 우리는 흥분한다. 모르는 것을 만나는 것은 설렘이다. 다른 존재가 되는 경험을 한다. 나의 신체와 사유는 다른 사물과 세계와 접촉해서 다른 것이 된다. 하지만 내 옆에 새롭게 생성 중인 아름다운 순간들이 있는데 못 보는 것이다. 사는 것에 시큰둥해진 때문이다.

니체는 '오늘날 사람들은 체험은 너무 많이 하면서 숙고하는 일은 너무 적게 한다'고 지적한다. 그토록 경험의 폭을 넓히기 위해 많은 여행과 체험을 하고서도 정작 숙고는 하지 않는다고. 그리고 '나는 아무것도 체험하지 못했다'고 말한다고.

유발 하라리는 저서 《사피엔스》에서 '새로운 경험'을 강조하는 19세기 낭만주의 신화와 20세기 소비자주의 신화의 결합이 오늘날 '해외여행' 욕망을 탄생시켰는데 이 욕망은 '상상의 질서'에 의해 프로그램된 것이라고 말한다. '나의 시야를 넓히고 내 인생을 바꾸는 여행'에 대한 신화는 '만들어진 것'이다. 즉 '상상의 질서'가 우리의 욕망을 결정한다는 것이다.

굳이 해외여행이 아니면 어떠랴. 일상에는 신비하고 비의적인 삶의 암호들이 숨어 있다. 이 하루 안에는 놀라운 생성과 소멸의 순간이 출렁이고 있다. 땀 뻘뻘 흘리며 정상에 올라가는 일에만 열중하지 말자. 정상에 당도하는 순간은 소멸의 순간이며 무(無)의 순간이다. 삶의 무의미성을 확인하는 그 행렬 속에서 우리 다른 것을 보자. 어느새 찾아온 손님, 겨울에게 인사를 하자. 지금, 이 순간과 접촉하고 어울리자. 놓친 것들에게 다가가 보자.

믿는다는 것의 품위 없음

스피노자, 작별, 그리고 인간 유형

2018년과 이제 작별해야 한다. '작별'은 슬프다. 그 내용이 무엇이든 작별이라는 낱말은 아쉬운 여운을 남긴다.

2018년, 달력, 시간… 이것들은 인간이 자연에 부여한 인위적인 분류 체계일 터이다. 2019년 1월 1일이나 2018년 12월 31일이나 별스러울 것이 없다. 무의미의 기호일 뿐이다. 그러나 무의미에 의미를 새겨 넣는 것이 삶일 게다. 해서 한 해의 끝에서 후회하고 아쉬워하고 새로운 다짐을 한다. 나이를 한 살 더 먹어서 서글픈 사람도 있고 추운 겨울이 지나 어서 봄이 오기를 바라는 사람들도 있을 것이다. 올 한 해가 힘들었던 사람들은 빨리 작별하고 싶으리라.

우리는 항상 작별해야 한다. 매 순간이 실은 작별의 순간이다. 매 순간이 나와의 결별, 나의 변용의 순간이며, 나와 관계하는 타자와의 변용의 기록들일 것이다. 스피노자의 변용(affection)이라는 개념은 재미있다. 스피노자는 무한하고 절대적인 실체(신=자연)가 여러 가지 양태, 가령 철수, 영희, 개, 사슴, 꽃, 나비 등으로 나타나는 것을 변용이라고 설명한다. 그러니까 이때 변용은 양태를 뜻한다.

또 외부 물체가 인간을 변화시키는 것 역시 변용이다. 내가 타자를 통해 변용되거나 나로 인해 타자가 변용되는 관계 속에서 살고 있다. 인간은 변용되지 않고는 살 수 없는 존재다. 내가 밥을 먹으면 내 신체는 변용되며, 아름다운 너를 만나면 나는 즉시 변용된다. 책을 읽으면 나의 정신은 변용되고, 대화를 나누면 변용된다. 이 겨울, 내리는 눈을 맞으면 나의 신체와 관념은 삐끗하고 변한다. 그 삐끗하는 지점이 어디로 향할까에 따라서 헤어진 옛사랑을 추억하기도 하고, 미끄러져 넘어졌다면 수치심에 사로잡히기도 한다. 당신을 만나서 나는 이렇게 저렇게, 당신 또한 이렇게 저렇게 흔적을 남기며 산다.

나는 절대 변하지 않을 거야, 라고 주장하는 사람이 있다고 해서 비난할 수는 없지만 변해버린 그를 원망할 수도 없다. 변화를 겪는 것, 그것이 개체의 삶의 존재론적 조건일 테니 말이다. 해서 지금 당신 곁의 그 사람이 영원한 사랑을 맹세하더라도 그 말 믿지 마시라. 변하는 존재가 인간이라고, 변하는 나와 당신을 바라보며 살아가는 것이 인생이라고 생각하시라.

니체는 후기작《안티 크리스트》에서 믿는다는 것의 품위 없음에 대해 이야기한다. 니체는 '위대한 정신들은 회의주의자'이며 확신은 '감옥'이라고 말한다. 내가 보기에 확신은 변하지 않으려는 결단이 아닐까 싶다. 혹은 제대로 보지 않으려는 선택이 아닐까? 고집이 아닐까?

확신에 찬 사람을 가끔 만난다. 종교적 신념으로 가득한 사람은 뭐라 말할 수 없겠다. 그러나 일상 삶에서도 종교인 못지않게 확신에 찬 삶을 사는 사람이 많다. 아는 친구는 항상 자기가 옳다. 이 친구를 a라고 하자. 함께 식당에 가면, 자신이 선택한 곳에는 찬사를 아끼지 않는다. 영화를 보러 가더라도 자신의 선택에는 별 5개를 주고도 아쉬워한다. 정치적 사안에 대해 말할 때도 자기주장이 관철될 때까지 결론 없는 공방을 고집한다. 누가 멈추자고 하면 화를 낸다. 그러나 다른 사람이 제안한 것에 대해서는 민망할 정도로 혹평을 한다. 거 봐. 내가 보자는 영화 봤으면 훨씬 재미있었을 텐데 등등. 이 정도는 괜찮다.

자신이 잘 모르는 것은 '모른다'고 말하지 않는다. 자기가 잘 모르는 것은 '나쁜 것', 혹은 '함량 미달인 것'이 된다. '나의 취향과 맞지 않아.' 혹은 '나는 그런 분야는 좋아하지 않아.'가 아니고 그것은 형편없는 잡동사니거나 잘난 체이거나, 부족한 것으로 평가한다. 솔직하지 못한 태도다. 물론 모르는 것을 모른다고 인정하는 것이 쉬운 일은 아니다. 그러나 자기가 모르는 것을 나쁜 것으로, 질 낮은 것으로 판단한다는 것은 문제다. 한술 더 떠 그런 자신의 판단을 부끄러워하지도 않고 발설한다. 발설하는 것도 좋다. 발설하고 나서 동의하지 않는다고 성을 낸다. 자기 말에 동의해달라고 무언의 표정으로 압력을 행사하고, 아무도 동의하지 않으면 화를 내고 자리를 뜬다.

잘 모르는 것을 안다고 확신하지 않았는가

종종 나를 돌아본다. 나는 잘 모르는 것을 잘 안다고 확신하지는 않나? 내가 잘 안다고 생각하는 것은 사실일까? 그것에 대해 검토하고 고민했나? 그것과 관련해서 책을 읽어보았는가? 관련된 사람들을 만나보았는가? 어떤 식으로든 귀납을 거쳤는가? 거개의 나의 판단은 나의 판단이 아닐 개연성이 높다. 그냥 믿는 것이다. 그렇다면 설득하고 설득당할 유연성 정도는 있어야 하지 않을까? 내가 믿는 것은 참이고 진리이며 네가 말하는 것은 수준 낮은 잡담이고 가치가 떨어지는 거야, 라는 터무니없는 확신은 역설적으로 발화자의 무지 혹은 품위 없음을 누설하는 힌트가 아닐까?

이것은 진보와 보수라는 이데올로기적인 문제에 국한되지 않는다. 일상생활에서 우리는 우리 믿음을 공고히 하는 토대 위에서만 안정을 찾는 것이 아닐까 싶다. 혹은 심리적 안전을 확신하는 것일지도 모른다. 확신이라는 감옥은 타자와의 만남을 통한 변용을 거부한다. 거부한다고 변용되지 않는 것이 아니지만 인식하려고 하지 않는다. 앎을 향해 열려 있는 정직한 고통이나, 자기 내부의 균열을 참을 수가 없다.

또 다른 유형이 있다. 편의상 b라고 하자. 그는 누구에게든 반대의 의사를 표한다. 반대를 위한 반대를 한다. 누군가의 발언에 반대 의사를 개진할 때 희열을 느끼는 사람. 그 내용이 무엇인지는 중요하지 않다. 일단 반대하고 보자! 반대하고 나면 에너지를 느낀다. 그것이 그의 살아있음을 확인시키는 힘이라도 된다는 듯이. 내적으로 공허한 탓일 것이다.

또 다른 유형이 있다. 내가 여기 포함된다. c라고 하자. 나는 타인의 의사를 너무 존중하려는 태도가 문제다. 뭐든 단호하지 못하다. 그럴 수도 있고, 네 말도 맞고, 그래 그의 말도 맞고, 그래 너희 말도 맞고… 맞고맞고 맞아. 나는 자주 그렇게 말한다. 맞아맞아맞아… 아! 나 왜 이러지? 이거 사실이 아닌데. 왜 나를 속이지? 그러다가 생각했다. 나만 옳고 넌 틀려! 보다는 너도 옳고 나도 옳고 모두 옳아. 옳아옳아옳아. 그런데 모두 다 옳을 수 있을까? 그럼그럼 다 옳을 수도 있고 다 틀릴 수도 있지. '나만 맞고 넌 틀렸어'보다는 낫잖아. 그래 이렇게 밀고 나가는 거야. 나도 맞고 너도 맞고 이것도 좋고 저것도 좋고… 뭐야? 너무 유약하고 비굴하고 우유부단하잖아. 그래도 나는 '당신은 틀렸어!'라고 말하진 않잖아. a나 b보다는 낫지! 아차! 그렇다면 친구 a와 친구 b에 대해서도 맞아맞아맞아라고 말해주어야 하지 않을까? 가만, 내가 속한 유형, c가 가장 좋다고 말하면 안 되는 거 아닌가? 결국 나도 내가 속한 'c가 최고야'라고 말하는 거잖아. 아니지. 'c가 정답이야'가 아니라, 'c가 좀 더 나은 가치야', 라고는 말할 수 있는 것이 아닐까? 그런데 그 판단은 어디서 나왔는데? 네가 속한 c유형이 가장 낫다고? 잘 모르겠다. c유형에 대해서도, 즉 나에 대해서 나는 회의적이다. 물론 절대적 진리나 보편적 정답이 있다고 강하게 주장하다 보면 그것은 어김없이 독단으로 흐르게 된다. 그러나 나의 유형 역시 마음에 들지 않는다.

c유형을 다시 생각해 본다. 소망스럽지 않다. 나는 a와 b에게 말할 수 있어야 하지 않을까? 믿음은 감옥이라고. 정답은 없으나 가치의 위계는 있으니, 니체 식으로 말하면 망치를 들고, 이의를 제기해야 하는 것이 아닐까? 그것이 그와 나의 관계의 종말을 가져오더라도. 그것이 어려운 과제이더라도, 그 속에서 서로 변용되어야 하지 않을까? 그러나 나는 멈춘

다. 혹시 있을지도 모르는 파국을 감당하기 싫기 때문이다.

> *"정신의 강력함에서, 정신의 힘과 힘의 넘침에서 나오는 자유는 회의를 통해 입증된다. 확신하는 인간은 가치와 무가치의 문제에서 근본적인 것 전부를 전혀 고려하지 못한다, 확신은 감옥이다. 이것은 충분히 넓게 보지 않고, 발아래를 보지 않는다.: 하지만 가치와 무가치에 대해 말참견할 수 있으려면, 오백 가지 확신들을 자신의 발아래로 굽어보아야만 한다. — 자신의 뒤에 있는 것을 보아야만 한다… 위대한 것을 원하고, 그것을 위한 수단을 원하는 정신은 필연적으로 회의주의자다. 온갖 종류의 확신으로부터의 자유는 자유롭게 볼 — 수 — 있는 강한 힘에 속한다."*
>
> – 니체, 《안티 크리스트》

니체는 "믿는 자는 자기 자신에 속하지 않는다."라고 말한다. 해서 "모든 종류의 믿음은 그 자체로 탈아(Entselbstung)의 한 표현이고, 자기 소외의 한 표현"이라고 설명한다.

자기 자신이라는 이 존재는 수시로 변용을 거치는 존재다. 말하자면 자기 안에 타자들로 매 순간 우글거리는 존재다. 때문에 '믿는 자'는, 자기 자신에 속하지 않으며 자기 소외의 형식이 될 수밖에 없다. 진리가 있다면 그것은 타자성 속에 있지 않을까? 자기를 이탈하려는 용기 속에, '건강할 용기' 속에. 넘치는 건강을 두려워하지 않고 감당할 힘 속에.

내일은 새해다. 기해년(己亥年) 한해 건강할 용기와 확신의 밖에 머무르는 결단을 시작하자.

과거와 작별하기

나, 그렇게 되기를 원했다

살아오면서 억울한 일이 있었는가? 예기치 않은 사건으로 고통받은 일이 있는가? 이런 경험은 유년기와 청년기는 물론 성인에게도 발생한다. 그 억울한 기억은 현재 진행형으로 지속되고 있는지도 모른다.

유아기와 청소년기를 거쳐 이십 대, 삼십 대… 누구나 많은 곡절을 지닌 채 지금 여기 와 있는 것이다. 아무도 쉽게 지금 이곳에 당도하지는 않았을 것이다. 지금 이곳에 오기까지 다리가 아팠는가? 모멸감을 느낀 순간은 없었는가? 참담하고 치 떨리는 기억은 없었는가?

나의 경우는 성장기 동안이 힘들었다. 그 시절에는 대부분의 가정이 그랬나 보다. 엄한 부모 밑에 효자 난다는 말을 입에 달고 살던 내 어머니. 어머니는 어린 나에게 무시무시한 '괴물'이었다.

어른이 된 후에도 나는 상처를 극복하지 못한 듯했다. 꿈에서 자주 어머니에게 얻어맞고 쫓기는 신세가 되다가 붙잡혔다. 극도의 두려움 속에서 눈을 번쩍 뜨면 '꿈이었구나' 하고 안도한다.

중년의 나이가 되었으나 살아온 날들을 돌아보면, 아직도 그 시절보다 지독한 때는 없다고 느낀다. 살다 보면 힘든 일, 슬픈 일, 속상한 일이 있지만 우리가 매우 무력했던 유년기의 공포와 고통은 특히 오래가는 것 같다. 자기 방어능력도 상황 판단력도 미숙하고, 세상이 온통 두려운 것 투성이인 어린아이에게는 사소한 사건도 공포스러운 기억이 된다. 그러나 이제 나는 무력하던 그 시절을 비교적 평화롭게 떠올릴 수 있게 됐다. 나이가 들면서 조금씩 평온을 찾게 되었고 상처들이 스스로 치유된 것 같다.

당신에게는 어떤 기억이 있는가? 떠올리기 힘든 사건이 있는가? 누군가가 원망스러운가? 내게 몰아닥친 어떤 상황이 여전히 이해가 안 되는가?

니체는 이처럼 상처받고 원한 감정에 머무르고 있는 사람들에게, 어서 그곳을 박차고 나오라고 말한다.

> *"지난날을 구제하고 일체의 '그랬었다'를 '나 그렇게 되기를 원했다'로 전환하는 것, 내게는 비로소 그것이 구제이다."*
>
> – 니체, 《차라투스트라는 이렇게 말했다》

내가 자초한 것이 아닌 사태, 나와 무관하게 벌어진 일 때문에 내가 고통받는 이 세계의 법칙, 대체로 인간은 자기가 손 쓸 수 없는 상황에 대해 책임져야 할 때 힘들어한다. 그렇지 않은가? 어떤 일이 나의 잘못에서 비롯됐다면 수업료를 냈다고 생각하고 마무리할 수 있다. 그러나 아무리 생각해도 내가 이해할 수 없는 일에 엮여서 고초를 겪었다면 당혹스러울 뿐이다. 사는 것이 무엇인가 싶고, 인간에 대한 절망으로 한동안 기력을 잃을 수도 있다.

세상에는 참으로 알 수 없는 일들이 많이 생긴다. 나의 의지와 무관한 세상의 흐름을 보면서 우리는 사는 것에 회의를 느끼기도 한다. 더러 절치부심하고 세계를 복수의 대상으로 생각하기도 한다. 묻지 마 사건들이 발생할 때마다 피해자들의 절망감을 생각해 본다.

니체는 '이미 행해진 일에 손을 쓸 수 없는 의지'는 '일체의 과거에게 악의를 품고 있는 관망자'라고 말한다. 이미 행해진 일은 되돌릴 수 없고, 되돌아가서 수정할 수도 없다. 그렇다고 세계에 대해 복수의 감정을 갖는 것은 본인에게 더없이 고통스러운 일이다. 복수의 감정에 머물러 있는 인간을 니체는 병든 자라고 부른다. 정신의 불구자라고. 이 경우 정신의 불구를 헤쳐서 나올 방법은 딱 하나뿐이다.

자기를 구원하는 방법

나 그렇게 되기를 원했었다!라고 외치는 것이다. 말도 안 돼! 내가 그렇게 되기를 원했다니! 그러나 니체는 그 방법만이, 그런 전환만이 자기를 구원하는 방법이라고 설명한다. 그렇게 함으로써 그는 비로소 원한의 과거와 작별하고 과거를 수정할 수 있게 된다. 그 과거는 내가 관여하여 그렇게 되기를 원했던 바로 그 과거다! 그러므로 지금 내가 여기 와 있다.

그 과거는 내가 원했던, 나의 의지가 작용한 바로 그 과거라고 당당하게 외치고 과거에 대한 해석을 바꾸는 것, 그것만이 원한의 인간을 건강한 인간으로 변화시킨다. 원한의 인간은 복수를 하려고 '최상의 궁리'를 한다. 그리고 상대에게 벌을 내리는 것으로 자신의 원한을 해소한다. '앙갚음을 떳떳한 양심'인 양 생각한다는 것이다. 원한이 있는 한 처벌 또한 영원하게 된다.

> *"어떤 행위도 말살될 수 없다. 어떻게 그런 행위가 징벌에 의하여 행위되지 않은 것이 될 수 있는가! 생존 또한 영원히 되풀이해서 행위가 되고 죄책이 되지 않을 수 없다는 것, 이것, 이것이야말로 '생존'이라는 징벌에서 영원한 것이다. 의지가 끝내 자기 자신을 구제하지 않는 한, 의욕이 무욕이 되지 않는 한, 형제들이여, 아무튼 너는 광기의 이 터무니없는 노래를 알고 있으렷다! 나 너희에게 '의지는 창조하는 자'라고 가르쳤거니와 그럼으로써 나 너희로 하여금 이 터무니없는 노래에서 벗어나도록 했다."*
>
> – 니체, 《차라투스트라는 이렇게 말했다》

니체에 따르면 이 세계는 힘에의 의지들의 투쟁의 세계다. 힘에의 의지인 한에서 나도 이 세계의 그러함에 관계했고, 나 역시도 이 세계의 일부분이다. 이 세계가 이 모양 이 꼴인 것은 내가 그렇게 만든 것이다. 다시 말해 나에게도 내가 모르는 책임이 있다. 그것은 내가 그렇게 되기를 원한 것이다!라고 외쳐보시라!

그러면 한층 기분이 나아진다. 가만! 어린 시절, 작은 아기, 꼬물꼬물

거리는 그 아기가 그렇게 되기를 원했다고? 길거리에서 우연히 절도를 당한 것을 그렇게 되기를 원했다고? 묻지 마 사건의 희생자가 그렇게 되기를 원했다고?

좀 말이 안 되는 것 같다. 그러나 요는 이렇다. 세계는 무수한 힘에의 의지들의 쟁투의 장(場)이다. 여기서는 강한 힘이 승리하고 매 순간 완성되는 배치가 진행된다. 세계는 매 순간 완성된다. 매 순간 새롭게 힘에의 의지는 자기를 넘어서며 완성의 순간 더 큰 힘을 향해 나간다. 여러 힘들의 경쟁 속에서 승리한 힘은 새롭게 도전하는 힘에의 의지들의 관계 속에서 다시 자기를 넘어선다. 이런 무수한 영원회귀의 순간을 우리는 산다. 이 힘들의 관계 속에서 우리는 누구도 여기 관여하지 않은 적이 없다. 세계는 힘에의 의지의 무한 회귀와 힘들의 관계 속에서 더 많은 힘을 향한 의지들이 만들어간다. 나는 이 힘의지의 관계망 속에서의 나다.

타인은 곧 나이며, 나는 곧 타인이다. 타인을 탓하고 세계를 탓하는 것은 곧 나를 탓하는 것이다. 타인들의 입장에서는 내가 탓하는 타인이 바로 '나'니까 말이다.

해서 니체는 건강한 인간은 원한 감정이 없다고 말한다. 삶에 대한 무한 긍정의 인간, 그 인간을 건강한 인간, 위버멘쉬라고 말한다. 건강한 인간은 복수의 감정과 상처에 머물지 않는다. 건강한 인간은 망각하는 인간이며, 다시 시작하는 인간이다. 망각할 수 있기에 새로운 시작이 가능한 것이다. 매 순간 완성되는 인간이기에 매 순간 다시 시작하고 매 순간 망각한다. 때문에 과거를 즉각 변경할 수 있다. 나 그렇게 되기를 원했다! 그것은 나의 의지였다!

이렇게 될 때 나는 나를 구원한다. 위버멘쉬를 향해 나가게 된다.

"일체의 '그랬었다'는 창조하는 의지가 나서서 '나는 그러하기를 원했다!'고 말할 때까지는 파편이요, 수수께끼이자 끔찍한 우연일 뿐이다. 창조의 의지가 거기에다 '그러나 나 그렇게 되기를 원한다! 나 그렇게 되기를 원하게 될 것이다!'라고 말할 때까지는 말이다. (…) 의지는 이미 그 자신의 구제자가 되어 있으며 기쁨을 가져오는 자가 되어 있는가? 앙갚음의 정신과 일체의 절치를 넘어섰는가?"

– 니체, 《차라투스트라는 이렇게 말했다》

지나간 세월에, 백번을 생각해도 억울한 사건에 통분과 역정으로 머물지 말자. 과거에 대한 적의는 나의 미래와 즉각 접속한다. '일체의 그랬었다'는 힘이 세다. 해서 해묵은 원한의 과거는 현재와 미래와 연결되고 나를 다시 '그랬었다'의 굴레로 몰아넣는다. 나 그러하기를 원했다고 외치고 훌훌 털고 일어나자. 이 순간 과거는 변한다. 현재의 나의 의지는 미래를 변화시키고 과거마저 수정한다. 과거를 다르게 해석하자.

나 그러하기를 원했다!라고 나에게 말해주자! 이 한마디 말이 나를 구원한다. 말은 행동이다!

고독 배우기

떠나기와 버리기와 배우기

인간에게 가장 두려운 말은 '혼자'가 아닐까? 우리는 '혼자'를 견디지 못한다. 무리 속에 있어야 안정감을 찾는다. 침묵할 줄 모른다. 말을 해야 한다. 떠들어야 스트레스가 풀리고 살아있다는 확신이 생긴다.

어느 날 딸이 말했다. "엄마, 사람들은 왜 저렇게 시끄럽게, 큰 소리로 떠드는 걸까? 사람들 입은 떠들라고 있는 걸까? 너무 시끄러워."

올해 초등학교를 졸업한 사춘기 딸은, 사람들이 시끄럽다고 불만을 늘어놓는다. 나는 그런 말을 하는 아이가 걱정이 된다. "그러면 사람의 입은 먹으라고 있는 줄 알아? 이야기 나누고 웃고 떠들라고 있는 거지."

아이는 또 말한다. "사람들은 서로 말하려고 한다니까. 어른들도 서로 말하려고 하고 애들도 서로 말하려고 야단이야. 나 참 가만히 있지를 못해요."

인간이 말하는 것은 자연스러운 것이다, 일일이 거부감을 느끼는 네가 별난 아이다, 라는 요지의 긴 훈계를 한다. 그쯤 되면 아이는 듣기 싫다고 화를 내고, 나는 엄마 말에 귀 기울이지 않는다고 호통을 친다.

아이가 사람들과 둥글둥글 어울려 살기를 바라는 마음 때문이다. 이 마음은 확실히 두려움에 기반한다. 이 마음이 항상 문제다. 아이의 개성과 문제의식을 깎아내리고 길들이는 방식이다. 그런데 나는 아이의 말에 힌트를 얻어 이 글을 쓰고 있다!

아무튼 지금 우리에겐 조용히 머무는 시간이 필요할지 모른다. 고독의 시간. 고독해지려면 용기와 뒷심이 필요하다. 우리는 '너무' 고독하지 않으려고 발버둥 친다. 모든 사건에 끼어들어 내 목소리를 내야 한다. 가만히 있지 못한다.

여럿이 모인 좌석에서 입 다물고 있으면 바보취급 받을까 두렵다. 뭐든지 말하자. 시시껄렁하고 웃기는 말이면 더 좋다. 이목을 끄는 내용이라면 더더욱 좋다. 우리는 아무 말 대잔치의 달인들, 그 무엇에든 한마디 코멘트쯤은 해야 한다. 이것은 역으로 너무 고독해서일까?

> *"그대들은 언제나 귀 기울이고 언제나 그대들의 의견을 던져 넣을 수 있는 기회를 노리기 때문에 진정한 모든 생산성을 상실해버린다! 그대들이 위대한 일들을 하려고 아무리 열망해도 〈그러한 일들을〉 잉태할 수 있는 깊은 침묵은 그대들에게 결코 찾아오지 않는다. 그대들은 그대들 자신이 사건을 쫓는다고 생각하지만 〈사실은〉 나날이 일어나는 사건들이 그대들을 지푸라기처럼 그 사건들 앞으로 몰아오는 것이다."*
>
> – 니체, 《아침놀, 177》

니체는 '무대에서 주역을 맡으려면 합창에 끼어들 생각을 해서는 안 된다'고 말한다. 우리는 숙고하는 시간을 허용하지 않는 교육을 받아온 것이 아닐까?

고독은 떠남이다. 세상의 번잡으로부터의 떠남, 규율과 강제로부터의 떠남, 나로부터의 떠남. 잠깐!! 그런데 그게 무얼 가져다주지? 난 유용성을 모르겠는데. 가시적인 결과를 원하는 세상에서 침묵? 고독?

고독은 나의 가장 소중한 것을 내다버리는 행위

그렇다면 그냥 고독해지자. 한시도 쉬지 못하는 입을 닫고 가만히 있는 것, 그런 행위가 아무것도 안 가져다주어서 좋다고 생각할 것. 고독은 무엇을 가져다주기는커녕 나의 가장 소중한 것을 내다버리는 행위일지도 모른다. 고독을 배운다는 것은 나를 떠나고 '세상을 등지는' 행위이다. 또한 고독을 선택하는 것은 망각을 선택하는 것이다. 나를 잊고 너를 잊고 세계를 잊는 것이다. 고독해지는 것은 내 안에 가득 찬 세계와 작별하고 망각하는 것이다. 그러니까 고독을 배운다는 것은 망각을 배운다는 것과 동의어일지도 모른다.

니체는 망각의 능력을 매우 중요하게 생각한다.* 인간만이 망각하지 못하고 기억을 끌고 다니면서 지옥 같은 삶을 산다. 지금 이곳의 확신과

---

* 이 책 1부의 〈위대한 망각의 힘〉 참조.

강요에서 멀어지는 것, 고독해지는 것은 내면화된 믿음 체계들과의 작별이며, 우글대는 낯익은 것들로부터 떨어져 나와 내 안의 타인이 되는 것이다.

인간은 고독과 망각을 알지 못해서 비극을 겪고 쉬지 못한다. 고독해지는 것은 새로운 앎과 접속하는 방법이다. 내 안을 비워냈을 때 새것의 자리가 생긴다. 나를 구성했던 세계가 붕괴되는 사태를 맞는 능력. 그러므로 망각하는 것은 다른 만남의 방법이기도 하다. 배우기 위해, 기억하기 위해 고독해야 한다. 망각해야 한다. 고독은 디오니소스적 근원 일자로 돌아가려는 행위, 디오니소스적 도취다. 개체의 몰락을 통한 자기 망각, 망아.

아폴론적 구별의 세계를 무화(無化)하는 도취, 내 밖으로 나온 자 되기. 그렇다. 도취는 내 밖으로 나온 자가 되는 것이다. 개체화의 세계를 빠져나온 자. 자기 파괴. 다른 나 되기.

하지만 우리는 망각하지 않으려고 한다. 지식을 축적하고, 정보를 뇌 속에 집어넣어 과시하고 싶다. 그런데 역설적이게도 고독과 망각을 통해 배움을 얻게 된다. 인식주관에 들어오는 외부 감각 세계의 인상을 적절히 망각해야 적절히 기억해낼 수 있다. 잘 망각해야 잘 기억할 수 있다! 그 첫걸음이 '세상을 등지는' 고독으로 들어가는 것이다. 고독은 내가 모르는 타자들을 불러들이는 방식이다.

> *"(세상을 등진 자) 그는 우리를 넘어 날아가려는 자신의 열망, 긍지, 의도를 우리에게 숨기려 한다. 그렇다. 그는 우리가 생각하는 것보다 현명하며 우리에게 친절하다. 그는 긍정의 인간이다. 그가 세*

상을 등진다 해도 우리와 똑같이 그는 긍정의 인간이다."

– 니체, 《즐거운 학문》, 27

세상을 등진 자는 비유적으로 읽힐 수도 있고 아닐 수도 있다. 세상을 등져보지 않고 무엇을 느낄 수 있을까? 잠시라도 다른 세계로 가보자. 삶은 모르는 나, 발견되지 않은 나를 찾는 실험이기도 하다.

니체는 몸과 삶 전체를 통해 철학을 한 사람이다. 개념을 만지작거리고 개념을 굴려서 사유를 한 사람이 아니다. 천둥치는 허허벌판에서 천둥을 몸으로 대결하고 벼락 앞에 호령하는 미친 용기와 충동으로 인식에 자신을 바친 사람이다. 그래서 니체의 목소리는 충격과 거북함과 물음으로 우리를 내몬다.

나의 신념체계를 강고하게 하는 사유가 아니라 나의 구조물을 계속 파괴하게 하고, 새로운 물음으로 데려가는 철학자 니체. 그 니체가 고독을 배우라고 한다. 때로 세상을 등지고 빈 벌판으로 가는 고독.

빈 벌판에는 힘 있게 웅성거리는 보지 않던 것들의 세계가 웅웅 돌아가고 있을지 모른다. 어서 와요! 반가워요! 이 괴물 뭐지? 이 바보는 왜 이러고 서 있지?라고 깔깔대는 벌레들과 하루살이들과 씽씽 소리내어 자라는 풀들. 이것들은 덩치 커다란 거인 인간을 비웃을지도 모른다. 벌레의 알들과 흙 속의 미생물들과 축축한 진흙 속을 흐르는 물소리, 생물과 무생물과 원자와 소립자들의 꿈틀거리는 소리.

혹은 이것들보다 더 작은 세계를 마주하게 될지도 모른다. 눈으로는 포착할 수 없는 세계를. 고독해져서 세상을 등진 나는 이상한 소리의 결들을 보게 될지 모른다. 침묵의 소리들, 고독이 웅성거리는 소리들… 나와 다른 너를 만나는 방식을 배우게 될지도 모른다. 입으로도 보고 귀로도 말하고 눈으로도 냄새 맡고 몸이 웃고 손이 생각할지도 모른다. 몰랐던 고독들이 떠들어대는 세계. 낯선 눈과 손과 얼굴 만나기.

> *"숨어 있는 많은 혼의 은밀한 길들을 통해 그 혼들에 도달하기 위해 많은 부당함을 감수하고 모든 종류의 오류의 벌레 구멍으로 기어갈 것! 항상 일종의 사랑 가운데 존재하고 항상 이기심과 자기 향락 가운데 존재할 것! (…) 끊임없이 우아함이라는 태양과 부드러움 속에 누워 있고 숭고한 것으로 통하는 계단이 가까이 있다는 사실을 알 것! 이것이 바로 인생이리라! 이러한 인생이라면 오래 살 필요가 있다!"*
>
> – 니체, 《아침놀》, 449

지금 때 묻고 규격화된 것들의 문턱을 넘어 나오자. 쌉쌀한 바람이 부는 바깥에서 아름다운 너를 만나는 다른 욕망들을 발명하자. 무수한 '오류의 벌레 구멍'을 기어다니는 고독, 그 황량한 빈 들판으로 가면 무수한 너를 만날 수 있다. 너와 우정을 나누고 싶다. 이제 고독하지 않다!

무지의 발견

소크라테스, 무지의 지(知)

플라톤의 초기 대화편《소크라테스의 변론》에는 법정에 서서 무죄를 주장하는 소크라테스의 육성이 절절한 울림으로 다가온다.

"만약 여러분이 나를 죽이면 나를 대신할 사람을 찾기가 쉽지 않을 것입니다. 표현이 좀 우스꽝스러울지 모르지만, 알기 쉽게 말해 나는 마치 덩치가 크고 혈통이 좋긴 하지만 그 덩치 때문에 굼뜬 편이어서 등에의 자극이 필요한 말(馬)에게 배정되듯, 신에 의해 이 도시에 배정된 것입니다. 그런 등에 구실을 하라고 신께서 나를 이 도시에 배정하신 것 같단 말입니다. 어디서나 온종일 여러분에게 내려앉아 여러분을 일일이 일깨우고 설득하고 꾸짖으라고 말입니다. 여러분, 그런 사람을 여러분은 쉽게 구하지 못할

것입니다. 여러분이 내 조언을 받아들인다면 나를 살려 주겠지요. 그러나 여러분은 아마 졸다가 깬 사람처럼 짜증이 나서 (…) 아무 생각 없이 나를 죽이게 될 것입니다. 그러면 신께서 여러분을 염려하여 나를 대신할 누군가를 보내주시지 않는 한 여러분은 자면서 여생을 보내게 될 것입니다."

– 플라톤, 《소크라테스의 변론》, 숲, 천병희 역

소크라테스는 사론을 정론으로 만들며, 나라에서 섬기는 신이 아닌 다른 신을 섬기고 청년을 타락시킨다는 죄목으로 법정에 서게 된다.

소크라테스는 '자기의 유일한 지식은 자기가 아무것도 모른다는 사실을 아는 것뿐'이라고 주장한다. 또 "소크라테스가 세상에서 가장 지혜롭다"는 델포이 신전의 신탁이 믿기지 않아 자기보다 더 지혜로운 사람을 찾아다녔으나 찾지 못했다고 고백한다. 그러나 이 과정에서 지혜롭다고 알려진 사람들도 '사실은 무지하다는 것'을 입증함으로써 이들의 미움을 샀기 때문에 고발됐다고 말한다.

이에 대해 니체는 《반시대적 고찰》에서 '어느 시대를 막론하고 아버지들은 아들의 철학자 정신, 가장 뒤틀린 정신에 반대해왔을 것'이라며 '소크라테스 역시 청년을 타락시킨 일에 대한 아버지들의 분노의 희생자가 되었다'고 논평한다.

대체로 선사 이래 인간의 역사에서 앎의 의지는 무섭고 두려운 어떤 것임에 틀림없어 보인다. 지금 이곳을 가로질러 물음과 문제를 제기하는 정신, 앎을 향한 정신은 소크라테스에게서 보이듯 자기의 무지를 고백하는 것에서 출발한다. 내가 세상살이에서 알 만한 것은 이미 다 알고 있다고 믿는 정신은 다른 앎을 향한 파토스를 지닐 수 없다.

그래서 소크라테스는 자신의 무지함을 깨닫고 타인의 무지함을 알려주는 '등에' 역을 자임하고 나섬으로써 위험하고 성가신 존재가 되어 죽음의 운명을 맞게 된다.

소크라테스의 사형선고 이후 서양은 중세라는 암흑기를 스스로 선택한 것일지도 모른다. 모든 것을 안다고 믿는 시대, 그 앎은 신(神)의 앎이며 인간은 신의 앎을 따라 사는 존재일 뿐이다. 신이 모든 것을 주관하고 창조하고 설계하는 시대가 중세다.

여기서 유발 하라리의 통찰이 재미있게 다가온다. 하라리는 현대문명을 가능하게 한 과학혁명을 '무지의 혁명'이라고 규정한다. 그는 '과학혁명을 출범시킨 위대한 발견'은 '인류는 가장 중요한 질문에 대한 해답을 모른다는 발견'이었다고 말한다. 그러나 근대 이전에는 알아야 할 것은 이미 다 알고 있다고 믿었다는 것이다. 누구나 "종교의 경전을 통해, 문헌과 전통을 통해 알고 싶은 것을 알 수 있다"고 생각했다. 그래도 '여전히 우리가 모르는 무엇이 있다'고 말하는 사람은 참혹한 박해를 받았다. 이런 집단 내에서는 새로운 앎의 갈망을 지닐 수 없다, 오늘날 과학의 정신은 '집단적 무지'를 기꺼이 인정하고 탐구하는 정신이다. 중세는 집단적 무지를 인정하지 않았다. 신이 다 알고 있고 신의 계시에 따라 사는 삶만이 요구되었다. 즉 '모름의 인정'이 앎을 향한 항해를 가능하게 했다는 분석이다. 여기서 유럽제국은 대항해(大航海) 시대를 맞게 되고 식민지를 개척하여 과학과 자본으로 세계를 쥐락펴락하게 된다. 하라리는 '무지를 발견하고 인정함으로써 지(知)를 향한 도정'에 나설 수 있었다고 말하는 것이다.

나는 모른다. 해서 나는 알고 싶다. 이 정신을 니체만큼 철저히 밀고 나간 철학자가 있을까? 어떤 성취에도 머물지 않고, 변전(變轉)을 거듭한 니체의 이야기를 들어보자.

"허물을 벗을 수 없는 뱀은 파멸한다. 의견을 바꾸는 것을 방해받는 정신들도 이와 마찬가지다. 그들은 정신이기를 그친다."

– 니체, 《아침놀》, 573

니체는 인식의 확장을 향한 불꽃의 삶을 살았다. 경계를 넘어가기. 벼랑에서 한발 더 나가기. 늘 인식을 향한 과정 중에 있던 인간이 니체였다. 니체에게는 머무르지 않기가 목적이었을까? 파멸을 각오하며 위험한 항해를 거듭하는 정신, 그 정신은 '지금까지 우리는 철저히 무지했다'고 고백하는 순례가 아닐까? 전통적 형이상학과 도덕은 오류 속에서 탄생했다고 말하는 순례.

도덕은 오류에서 탄생

그러나 이런 오류를 인정하지 않고 신의 목적에 따라 인간은 창조되었으며, 인간은 신을 믿음으로써 이미 다 '안다'는 오만, 그 앎, 그 오류를 '보편적 진리라고 주장'하는 한 어떤 배움도 불가능하다. 니체는 도덕과 형이상학이 모두 종족 보존의 본능으로 인한 오류에서 출발했다고 그 기원을 추적한다.

중세, 종교가 학문이며 철학이며 과학을 대신했던 집단적 신앙 속에서 인간은 무지를 인정할 수도 없고 오류를 알 수도 없다. 모두 다 신의 뜻이고 신의 섭리이니, 그 섭리와 신의 뜻에 순종하는 삶만이 허락된다. '신의 뜻과 섭리'가 무엇인지는 교회가 정한다!

소크라테스는 자신은 모른다는 사실을 알고 있지만, 지혜롭다고 알려진 명망가들은 모르는 것을 아는 것으로 생각한다고 지적한다. 그러나 무지의 지, '모른다는 사실의 앎'은 새로운 앎을 향한 항해의 첫 시작이 된다. 이 모름을 인정할 때 우리는 앎을 갈망하게 되고 앎을 향한 배움으로 가게 된다. 그러나 알고 있다고 생각하고 있으면 더 이상의 앎이란 없다. 이것은 내가 철학책을 읽으면서 알게 됐다. 철학 공부를 하면서 내가 너무도 모른다는 사실을 깨닫게 된 것이다. 역설적이지만 자신이 모른다는 것을 안다는 것은, 어떤 앎이 전제된다. 무지의 앎을 위해서는 어떤 앎이 없고는, 무지함에 대해 알 수가 없다. 그 무지를 일깨워주는 역할을 해준 이가 소크라테스일 것이다. 내겐 어려운 책이 나의 무지를 일깨워 주었다면 아테네 사람들에게는 소크라테스가 자신들의 무지를 일깨워주었을 것이다. 그런데 이때 나의 무지를 절감하면서 앎을 수용하려는 자세이거나 나의 무지를 깨우쳐준 매개물(소크라테스 혹은 책)에 대해 저주를 퍼붓거나, 그것은 개인의 자유다. 그러나 이것이 개인이 아니라 공동체, 조직, 국가가 되었을 때, 중세처럼 세상 전체가 앎을 거부할 때 암흑의 역사가 전개된다. 앎을 거부하고 신에게로 귀의하는 삶은 맹목의 삶이며 확인과 검토를 허용치 않는 삶이다. 그러니까 알기 위해서는 모른다는 사실을 아는 것이 선행돼야 하는 것이다. 무엇을 모르는지, 어디까지 모르는지, 즉 모르는 것을 정확히 아는 것이 필요하다. 해서 소크라테스는 아테네의 거리를 돌아다니며 사람들의 무지를 일깨우다가 미움을 받고 죽는다. 한 문명이나 한 사회나, 개인이나 자신의 무지를 인정하고 받아들이는 순간이 깨달음의 순간이며 앎과 접속하는 순간일 것이다.

무지의 발견과 인식을 향한 노력은 동시적으로 발생한다. 내 안에 자리 잡고 있는 나의 신(神)은 무엇일까? 그 신은 나의 족쇄는 아닐까? 미지의 대륙을 향해, 절벽 아래로 떨어져 죽을 각오로 항해에 나선 콜럼버스는 자기 시대의 무지를 인정하고 자기 시대 밖으로 나가버린 자다.

중세인들은 지구가 평평하거나 네모난 것으로 인식했으므로 먼 바다로 나갔다가는 벼랑에서 떨어져 죽을 것이라고 생각했다. 그래서 가까운 바다에서 고기잡이를 하고 돌아오곤 했다. 그러나 콜럼버스는 벼랑을 향해 시대 밖으로 나갔다. 실제로 신대륙을 발견하기까지 수많은 선원들이 사망하고 콜럼버스 자신도 병을 앓았다. 유럽 제국주의 행태를 지지하는 것이 아니기에 콜럼버스는 비유적 의미일 뿐이다. 앎이 타인에 대한 폭력과 지배를 위한 도구로 이용돼서는 안 될 것이기에 말이다. 앎은 나와 세계의 변화와 향상을 목적으로 해야 하지 않을까?

니체의 문장을 인용한다.

> *"확실한 발걸음과 신뢰를 가지고 지혜의 길로 나아가라. 네가 어떤 존재이든 스스로 경험의 샘이 되어 너 자신을 도우라. 사람들은 종교와 예술을 어머니와 유모처럼 사랑해봤어야만 한다. 그렇지 않으면 현명해질 수가 없다. 그러나 그것을 넘어서서 바라보고 그것에서 벗어날 수 있어야 한다. 마찬가지로 너는 역사에 정통해야 하*

고 과거의 황야를 통해 그 고통에 찬 위대한 걸음을 걸었던 인류의 발자취를 거꾸로 거닐면서 다시 가서는 안 되는 곳을 확실히 알게 될 것이다. 그리고 어떻게 미래의 매듭이 또 맺어질 것인지를 전력을 다하여 미리 탐색함으로써 네 자신의 삶은 인식을 위한 도구와 수단으로서의 가치를 얻게 된다. 네가 체험한 모든 것, 모든 시도, 오류, 실수, 착각, 정열, 너의 사랑과 희망이 너의 목표 속에서 남김 없이 꽃을 피우도록 성취하는 것은 네 손에 달려 있다."

– 니체, 《인간적인 너무나 인간적인 I》

방귀와
웃음과
니체와 나

웃음, 유머, 참새와 아이

누구나 방귀를 뀌고 산다. 그런데 왜 방귀 생각을 하면 혐오스럽고 불편한 느낌이 드는지 모르겠다. 아침에 눈발이 날리기에 두꺼운 외투를 입고 근처 산에 갔다. (지금부터 조금 민망한 이야기를 하더라도 너그러이 이해해주시길 바란다.)

노인 한 분이 일찌감치 운동 후 산에서 내려오신다. 마주치면 종종 목례를 했던, 안면이 있는 분이다. 고개를 들어 저 앞에서 오시는 노인에게 인사를 하려는 찰나, — 나를 못 보신 것 같다 — 갑자기 뿌웅~ 냅다 방귀를 뀐다. 무안해서 고개를 얼른 돌렸는데 내친김에 2회 더 뿡 뿌웅~ 한다. 그리고 그냥 지나가신다. 나를 발견한 순간, 이미 '사건'이 터진 후라 어쩔 수 없었을 것이라 생각했다. 문득 오래된, 방귀에 얽힌 기억이 떠올라서 혼자서 킬킬킬 웃으며 산길을 걷는다.

적막한 겨울 산길을 걸으며, 떨어진 낙엽이 새로 태어날 어린잎의 거름으로 돌아갈 채비를 하는 겨울 산에서 방귀에 대해 생각한다.

결혼 전 직장 동료, 남자가 있었다. 이 동료, 뭐랄까? 한마디로 멋진 남자다. 자칭 '음유시인'인 그는 술자리에서든, 식사시간이든 재미있는 말을 잘해서 사람들의 배꼽을 빼놓는다. 열정이 넘치고 공부하는 자세가 몸에 밴, 유머가 풍부한 유형. 외모 또한 봐줄 만하다. 동갑인 나는 여럿이 함께 그의 기상천외한 관찰과 달변에 웃기도 많이 하고, 잘못된 '고찰'에 대해서는 지적도 서슴지 않았다.

한마디로 편하고 좋은 직장 동료. 어느 날 이 사람, 점심을 먹고 나오는데 방귀를 뀌는 거다. 순간 이 사람이 '더럽게' 느껴졌다. '예의 좀 지켜요!' 농담 섞어 핀잔을 주고, 멀찍이 떨어져 다른 사람과 함께 사무실로 들어왔다. 그 이후로 이 사람에 대한 이미지가 모두 구린내 나는 것 일색으로 연상되는 거다. 게다가 우습게까지 보인다. 괜찮은 사람임에 틀림없었는데, 방귀 한 방 때문에 냄새나는 이미지가 오래 지속됐다는 얘기다. 누구나 뀌는 방귀 한번 뀌었다고 저 사람을 내 동료의 목록에서 빼버리고 싶고, 구린내 나는 사람으로 낙인찍는 건 심한 반응인 듯했으나 어쩔 수 없었다.

그 후 시간이 흘러 나는 결혼을 하고 퇴직을 하고 아이를 낳았다. 아이를 낳고 다시 일을 시작했는데 거기서 방귀의 '강적'을 만났다. 방귀의 달인이라는 이름을 붙여주고 싶은 사람을. 그곳 잡지의 편집장 일을 하던 나의 작업공간과 윗사람인 그의 공간은 칸막이로 구획되어 있었다. 이 분은 하루도 그냥 지나가는 날이 없이 큰 소리 나는 방귀를 뀌어대는 거다.

지어낸 이야기가 아니다. 속으로 많이 웃었다. 세상에, 업무와 관련해 나와 둘이서 논의를 하는 중에도 냅다 방귀를 뀐다. 종종 냄새까지 구릴 때는 진짜 짜증이 난다. 그런데 그 사람의 표정은 흔들림이 없다. 의당 할 일을 했을 뿐이라는 듯, 아니 방금 자신이 무슨 소리를 냈는지 개의치 않는 태도다. 그가 그런 식이니 나 역시 아무렇지 않은 듯 넘길 수밖에.

동료들에게 그의 방귀에 대해 말했더니 원래 방귀 잘 뀐다고 했다. 하지만 나는 그와 칸막이를 사이에 두고 하루 종일 함께 생활하니 나처럼 고초를 당하는 사람은 없을 거다. 나의 전임자가 사직한 것은 방귀 때문이 아니었을까 하고 추측했다.

어느 날부터 그의 방귀 소리에 화가 치밀어 오르기 시작했다. 예전에는 실수로 방귀를 뀐 멋진 동료가 우습게 보였는데, 지금은 이 윗사람이 나를 얼마나 우습게 보면, 대놓고 하루에도 최소한 2차례 이상 방귀 소리를 들려주나 싶어서. 방귀 소리에 자꾸 민감해졌다. 항의를 할까, 생각했지만 그건 나를 더 우습게 만드는 것 같았고 화를 참는 것도 짜증 나고. 어떤 날은 줄방귀를 뀐다. 나는 별난 사람이 아니다. 하지만 줄방귀 소리를 들으면 알 수 있다. 주위를 의식하고 조심하는 방귀 소리와 다다다다닥~ 거리낌 없이 내뿜는 뻔뻔한 방귀소리를 구별할 수 없겠는가? 이 인간이 나를 전혀 의식하지 않는다는 것이 더 나를 화나게 했다.

머리를 싸매고 방귀 달인을 혼내 줄 방법을 혼자서 끙끙 거리며 연구했다. 좋은 생각이 떠오르지 않는다. 회사에 정식으로 항의하기도 그렇고, ○○님의 방귀소리 때문에 일 못하겠다고 할 수도 없고. 방귀에 대해 이렇게 신경전을 벌이는 내가 한심하기도 했다.

그러다 손뼉을 치게 하는 아이디어가 떠올랐다. 그래, 나도 맞방귀를 뀌자! 그럼 미안해하겠지. 지금 생각하면 믿기지 않지만 사무실에 앉아서 방귀가 나오기만을 학수고대하며 일을 했다. 그런데 결심을 하고 나니 방귀가 더 안 나온다. 막상 방귀가 나오려고 하면 습관적으로 참게 되고, 소리가 아주 작고.

며칠을 애태우던 끝에 약이 바짝바짝 오른 나는 드디어 한 방 터트렸다. 그런데 오히려 내가 창피하다. 이렇게까지 해야 하나, 얼굴 화끈거리고 화가 났다. 그래도 그의 방귀는 멈추지 않았다. 나도 여기서 멈추면 안 된다고 스스로를 다잡았다.

방귀가 뭐길래

업무와 관련해 얼굴을 맞댈 일이 1주일에 한 번은 있는데 내 방귀 소리를 들은 것이 분명한 이분, 나를 바라보는 표정이 야릇하다. 기분이 나빴다. 자기는 하루에 적어도 2회 이상 뀌면서 나를 바라보며 빙긋이 웃는다. 난 네가 방금 전에 한 일을 다 알고 있다! 이런 표정으로. 기가 막혔다. 내일은 더 큰 방귀로 이 사람 기를 꺾어 놓아야지, 생각하며 퇴근했다.

그런데 그와 방귀를 트고 지내던 어느 날, 이게 아닌데 싶었다. 나의 이미지가 엉망이 된 것 같아서 괴로웠다. 이제 방귀 트고 지내는 것, 그만하자, 고 결심했다. 방귀에 대한 신경전으로 지칠 대로 지친 나는 그의 커다란 방귀소리를 음악소리처럼 들어주는 도인의 단계로 접어들었다. 하지만 이 사람은 내가 그의 방귀소리에 괴롭고 힘든 시간을 보낸 걸 아는지 모르는지 날마다 정직한 배설기관의 소리를 한 두 차례는 꼭 들려준다. 참 낯짝도 두꺼운 인간이야. 부글부글 속을 끓이다가도 그의 표정이 평온할 뿐이어서 내가 과민했나, 하다가, 방귀를 트고부터 야릇하게 웃는 것 같던 그의 얼굴이 하루도 여러 번 머릿속을 맴돌았다.

나는 괴로웠는데, 업무적으로나 회식에서 보면 그는 정상적인 사람이었다. 회식자리에서도 종종 방귀소리를 내지만 사람들은 신경 쓰지 않았고, 곧 시끄러운 잡담 속에 묻히곤 했다. 하지만 나는 그의 방귀소리를 시끄러운 술좌석에서도 잘 듣는다. 평소에 단련된 탓이다! 문제는 회식에서는 방귀소리가 도드라지지 않는다는 것이다. 사람들이 내 분한 마음을 몰라주는 것 같아 약이 올랐지만, 나중에는 그러려니 하고 지냈게 됐는데, 오늘 방귀에 얽힌 지난 기억이 떠올라서 적어본다.

인간은 누구나 방귀를 뀌고 배설하는 동물인데 내가 까탈을 부렸나 싶기도 하고, 자연스러운 현상을 왜 부끄러워해야 하나 하는, 의문도 가져본다. 하지만 심한 냄새를 풍기는 건 피해를 주는 거니까 예의가 아니라고 생각한다. 인간이 방귀도 뀌고 똥도 오줌도 싸는 유기체라는 것을 부인할 수 없고, 분노할 일도 아니었는데, 그때는 그의 방귀 소리를 생각하면 자다가도 벌떡 일어날 정도로 화가 났다.

위 내용은 몇 년 전에 나의 블로그에 올린 글이다. 니체를 읽다가 이 글이 떠올랐다. 빡빡한 삶에서 벗어나 한번 웃어보자, 라는 생각에 어법 등을 좀 수정해서 싣는다. 니체가 웃음을 추천하는 것에 눈이 번쩍 열린 것은, 실은 내가 잘 안 웃는 인간형이기 때문일 것이다.

니체는 웃음을 긍정한다. 프로이트는 유머를 긍정적인 방어기제로 본다. 웃음은 세상의 고귀함과 성스러움을 조소하고 무화시킨다. 웃음은 해방시킨다. 웃음은 도약하게 한다. 웃음은 진지한 담론도 거대한 무거움도 즉시 날려버린다. 모든 분리와 차별의 틀을 지운다.

중세에는 웃음을 허용하지 않았다고 한다. 중세 성직자들의 근엄한 얼굴을 떠올려 보라. 창조주 하느님이 만들어 준 얼굴을 변형시키면 안 된다! 중세에는 웃음도 학문도 과학도 목소리를 낼 수 없었다. 이젠 웃자. 웃음은 세상 근심을 소거하고 유머와 여유를 가져다준다. 웃음은 진리를 날려버리는 진리다. 낙타도 사자도 웃을 줄 모른다. 낙타과 사자를 경유해온 어린아이만이 웃는다. 등짐을 잔뜩 실은 낙타가 사막을 터벅터벅 걸어갈 때, 아이는 사막을 미끄러지듯 빠져나와 대양 앞에서 깔깔깔 웃는다.

웃음은 경쾌하다. 웃음은 높은 곳으로 솟구친다. 웃음… 하늘에 지상에 웃음꽃이 핀다. 웃음의 꽃은 색깔이 다양하다. 웃음의 종류만큼 웃음의 꽃들이 각각의 자태로 웃는다. 웃으면, 사는 것 별것 아니다. 심각할 것 없다. 나는 웃는다. 15분간. 참새에게 별에게 파리에게 바람에게 창문에게 공기에게 사슴에게 청설모에게 지렁이에게 고목에게 슬픔에게. 나에게 웃음 편지를 쓴다. 웃음. 무지개.

예전 언젠가 휴식을 취하려
나무 그늘 아래 앉았을 때
나는 들었네, 나지막이 똑딱거리는 소리를.
장단을 맞추듯 우아한 소리였지.
화가 나서 얼굴을 찌푸리다가
마침내 마음을 돌려

심지어 스스로도 시인처럼
똑딱 장단에 맞춰 말하게 되었지.
이렇게 시구를 만들어가며
한 구절, 한 구 절마다 네 장단과 함께 뛰어 노노라니
갑자기 웃음이 터져, 웃고 또 웃었지
15분간이나.
네가 시인이라고? 네가 시인이라고?
네 머리가 그리도 멍청하단 말이니? —
"네, 그래요! 당신은 시인이랍니다."
— 딱따구리는 이렇게 말했지.

– 니체, 《즐거운 학문》, "새의 판결" 전문

죽어서 보자

플라톤, 정신, 신체, 구원

얼마 전 수능시험이 치러졌다. 문득 나의 대입(大入) 학력고사 시험에 얽힌 옛 기억이 떠오른다. 학력고사 전날 나는 교회에 갔다. 나를 위해 기도해주었던 그 아이. 나보다 어린 소녀. 산업역군. 교회에는 큰 소리로 울부짖으며 기도하는 그 아이가 있었다. 그는 말발이 셌고 교회에 열성적으로 다녔고, 믿음이 좋았고, 웃는 얼굴이었다.

바람이 불고 비가 오는 오늘 그 아이가 떠오른다. 발그레하던 얼굴과 강렬한 목소리, 그가 습관처럼 하던 말이 생각난다. "죽어서 보자." 이 말을 할 때마다 그녀는 웃었다. 선하고 촌스러운 미소가 붉고 까만 얼굴에 일렁이던 아이, 나는 그와 수다를 떨면 마음이 아팠고, 그에게 끌렸다. 왜 끌렸는지는 모른다. 세상을 향해 "죽어서 보자"라는 듣기 거북한 말을 자랑처럼, 내뱉던 아이. 나에게 하나님의 사랑을 체험하게 해주려고 애쓰던 아이. 아직 세례도 받기 전 초심자인 나는 그의 말을 잠자코 들었고, 끄덕여주었다.

현실의 어려움을 참고 열심히 사는 그는 저 천국을 생각하며 오늘을 견디고 있었다. 지금 나 힘들지만 죽어서 보자. 당신들이 지옥에 있을 때 나는 천국에서 영생을 누릴 거야. 그 아이는 이렇게 말했다. 항상 자신의 믿음에 대해 자랑했다. 신앙심만이 그의 재산이었다.

나는 자주 죄의식에 사로잡혔다. 믿음 없는 자라는 자책. 그녀가 믿음에 대해 말할 때면 주눅이 들었다. 왜 나에게는 믿음이 안 생기지? 믿음이 안 생기는 것은 교만 때문이라고 목사님은 말했다. 그때 자부심으로 환해지던 그 아이 얼굴. 그녀의 안부가 궁금하다. 니체를 읽을 때면 그 아이가 떠오른다. "죽어서 보자."

니체는 후기작 《선악의 저편》에서 '그리스도교를 대중을 위한 플라톤주의'로 규정한다. 플라톤주의는 니체 이전 2500년을 서양사회의 주류 철학으로 자리 잡았다. 이제 니체는 플라톤주의의 지반을 흔들어 놓았다. 언급했듯이 니체는 그리스도교를 플라톤 철학의 종교적 버전으로 이해한다. 생성하는 이 세계를 부정하고 영원한 저편 세계를 상정하고 실재라고 믿는. 실제로 플라톤의 초기 대화편 《파이돈》에는 사형선고를 받은 소크라테스가 혼 불멸론을 주장하는 내용이 나온다. 《변론》에서는 죽음을 원하는 듯한 발언을 하기도 한다. 결론적으로 소크라테스는 몸에서 빠져나간 혼은 불멸하며, 혼들과 신들이 사는 저편 세계를 믿는다는 것이다. 이 대화편들에서 소크라테스는 저승에서 미노스, 아이아코스 같은 저승 재판관들과 호메로스 같은 영웅들을 만나는 기쁨을 말하기도 한다. 죽음을 찬양하는 뉘앙스가 느껴진다. '죽어서 보자'고 말하는 그 아이가 떠오른다.

배후 세계를 신봉하는 자들

때문에 니체는 플라톤 철학을 그리스도교와 동일시하는 것이다. 그리스도교에서는 이 세계의 삶을 나그네의 삶으로 비유하고 잠시 왔다가는 이 세계에 의미를 두지 말라고 가르친다. 영원한 저 세계의 영원한 삶을 위해 오늘 이 세계, 이 삶을 부질없고 덧없는 것으로 간주하는 것이다. 그러나 니체는 신(神)은 '사람이 만든 작품', 즉 '사람의 광기가 만들어낸 작품'이라고 말한다. 삶이 고달픈 이들이 삶을 위안하기 위해 만든 개념이 신이라는 설명이다.

〈차라투스트라는 이렇게 말했다〉 중 '배후 세계를 신봉하는 사람들에 대하여'에서 니체는 차라투스트라도 한때는 이 세계를 허구로 보았다고 고백한다. 해서 자신 또한 '인간 저편에 대한 망상을 품고 있었다'고. 그러나 아니라고. 그러니까 니체는 배후 세계라는 것은 현실의 고통 때문에 무기력한 자들이 꾸며낸 망상이라는 것이다. '신체에 절망한 자들이' 자신들의 행복을 위해 신을 만들었으나 이 신의 세계는 인간을 배반하고 인간을 소외시켰다고.

니체는 나약하고 병든 자들이 구원을 희망하며 이 삶에서 벗어나 보려 했으나 사실 구원도 천국도 없으니, 부디 병으로부터 쾌유하여 건강한 정신을 찾기를 바란다고 말한다. 부디 '구원'에서 구원되기를 바라는 것이다!

스무 살 시절 그 소녀는 죽어서 보자고 외쳤다. 단 한 번뿐인 이 삶을 기뻐하며 경쾌하게 살아야 할 소녀는 벌써 죽음 이후의 세계를 꿈꾼다. 그것을 니체는 병든 자의 전형이라고 본다. 이 세계의 삶에 봉사하는 해석과 인식만이 필요하다고 니체는 생각한다. 니체는 말한다. 그들이 천상의 초월의 세계를 꿈꾸고 그런 망상을 만들어낸 것도 사실은 이 대지에서의 삶을 잘 살기 위해 고안한 것이라고.

> *"진정 저들이 가장 신앙하고 있는 것은 배후 세계도 구원의 핏방울도 아니다. 그것은 신체렷다. 저들 자신의 신체가 바로 저들의 사물 그 자체인 것이다."*
>
> – 니체, 《차라투스트라는 이렇게 말했다》

고통과 무의미와 무기력으로 가득한 이 삶을 잘 살아내기 위해, 발명해낸 관념이 거꾸로 그 신체를 깔보고 삶을 비방하고 세계를 왜소하게 했다는 설명이다.

그 소녀는 지금은 중년이 되었을 것이다. 나보다 두어 살 어린 그 아이, 어디에서 살고 있을까? 붉은 뺨과 나풀거리던 단발머리의 소녀는 지금도 죽어서 보자고 말하고 있을까? 시골에서 상경하여 열심히 돈 벌어 집에 보내고 일이 끝나면 교회에서 대부분의 시간을 보내던 소녀. 십일조 헌금과 감사헌금을 꼬박꼬박 챙겼으며 울부짖는 목소리로 기도하던 그녀의 해사한 얼굴을 기억한다. 노래라면 찬송가만을 거룩하게 불렀고, 그 시대 소녀들이 좋아할 만한 가요는 불온한 전염병이라는 듯 멀리했던 그녀. 이제는 이름도 가물거리고 웃던 얼굴만 어슴푸레하게 떠오른다. 그 웃음을 생각하면 그 시절의 곤궁이 떠오르고 그 시절의 슬픔이, 그 시절의 허기가 몰려온다. 감동의 눈물을 흘리며 찬송가를 부르던 그녀, 꽃처럼 웃던 소녀. 그녀에게도 나에게도 이 삶이 명랑한 복음이 되기를 주문해본다.

니체에게 신체는 커다란 이성이다. 정신이 작은 이성이라면 신체는 큰 이성이며 우리는 이 신체 하나로 살아간다. 인간은 '신체일 뿐 그 밖의 아무것도 아니'라고 니체는 말한다. '영혼이란 것도 신체에 깃들어 있는 어떤 것'이라고. 정신과 육체의 이분법적 사고를 니체는 거부한다.

그러니까 기껏 우리들 정신이 발명해낸 낸 저 허구의 세계를 위해 이 구체적인 삶과 몸을 경멸하는 것은 어리석은 것이라고. 신(神)을 만들어낸 우리의 정신이란 결국 커다란 이성인 자기, 곧 나의 신체의 한 부분일 뿐이라고. 그런데 작은 이성, 즉 정신이 만들어낸 존재하지 않는 배후 세계를 위해 이 세계를 부정하고, 살아있는 존재인 자기를 부정하는 자들에 대한 안타까움이 절절하다. 이 어리석은 자들 때문에 이 자들의 자기가 스스로 몰락하려고 한다고.

"내 너희에게 말하노니, 너희들의 자기 스스로가 이제 죽기를 원하여 생에 등을 돌리고 있다. 그가 무엇보다 소망해온 것, 자기 자신을 뛰어넘어 창조하는 것을 더 이상 할 수 없으니 그것이 그가 가장 바라는 것이며, 그의 전 열망인데도 말이다. 그러나 그러기에는 너무 때가 늦었다. 신체를 경멸하는 자들이여, 그 때문에 너희의 자기는 몰락하려는 것이다."

– 니체, 《차라투스트라는 이렇게 말했다》

변화를 경멸하고 삶을 헛된 것으로 간주하는 정신에서 벗어나 창조하는 자가 되라고 니체는 말한다. 배후 세계나 이데아 세계는 플라톤의 작품이며, 플라톤의 정신은 플라톤이라는 신체가 존재함으로써 창작이 가능했던 것이다. 플라톤이 존재하지 않았다면 그의 정신도, 그의 정신의 작품인 플라톤의 철학도 존재하지 않았다.

우리가 절친이 되었을 즈음 그녀는 종적을 감추었다. 술집으로 직장을 옮겼다는 소문이 들렸다. 그 후 그 아이를 두 번 더 만났다. 그해 4월과 7월. 내가 다니는 대학 교정에, 목련이 지던 어느 날 그녀가 왔다. 태양이 뜨거운 정오. 눈을 쌍꺼풀 수술했고, 볼에 긴 흉터가 있었다. 어떤 손님이 맥주잔을 던져서 파편이 얼굴에 튀면서 생긴 것이라고 했다. 수입이 많아졌냐고 물었으나 대답하지 않았다. 이제는 소녀가 아니라 처녀가 되어 있었다. 7월에 그녀는 한 번 더 학교로 나를 찾아왔다. 그게 마지막이었다. 많은 시간이 지난 어느 여름, 그녀를 생각하며 쓴 시가 있다. 시의 전문(全文)이다.

그 얼굴을 기억한다
그 유리창을 기억한다
태양이 낮은 도시를 성큼성큼 걸어 내려온
그 여름을 기억한다
태양을 향해 돌을 던지던 그 아이들을 기억한다
그 여름에 내가 먹던 돼지두부찌개를 기억한다
그 여름에 그가 도마 위에 썰어내던 두부의 반듯한
정사각형을 기억한다
그의 칼의 도마의 손의 정교한 숙련을
찌개에서 끓던 더위를, 술잔에 묻어있던

마약의 얼굴을

태양의 발작을 기억한다

풍성한 젖무덤의 나보다 어린 술집 소녀를 기억한다

으깨어진 두부를 게워내며 노래하던, 그 여름밤

너를 기억한다

그 여름을 먹고 핀 꽃, 불치병 내 사랑을 기억한다

지금 노화되는 세포의 괴사를 기억한다

그날 그 포장마차, 더러운 의자들, 달리던

자동차의 경적을 기억한다

오늘 밤 나를 사 가세요 나를 가지세요 짧은

스커트의 해쓱한 소녀를 기억한다

그때 울었는가? 우리

지금 네 그림자를 기억한다

– 천경, 〈그 여름을 기억한다〉 전문, 시집 《고독 혹은 빨강색에 대하여》 중에서

신은 죽었는가?

고양이와 나, 신부님, 천 개의 길

매년 성탄절 즈음이면 가톨릭 신자들은 고해성사를 받는다. 모든 신자들이 의무적으로 죄를 고백하는 제의다. 고해성사는 연 2회 부활 대축일과 성탄 대축일 즈음에 진행된다. 고해실에 들어가기 전 성찰할 내용을 미리 받는다. 하느님과 나의 관계, 나와 나 자신의 관계, 나와 가족, 이웃과의 관계 등을 돌아보면서 자신의 죄를 반성하고 고백한다.

머릿속으로 한 해 동안 나의 삶을 돌아보았다. 하느님과 나의 관계, 나와 나 자신의 관계, 나와 이웃의 관계, 나와 가족의 관계… 열심히 성당에 나갔고 열심히 기도했으며, 여러모로 도덕교과서 같은 단조로운 삶이라 특별한 것이 떠오르지 않았다. 다행이다! 이웃이나 지인과의 관계도 예의를 지키는 선에서 이루어지니 문제될 것이 없는 듯했다. 남은 것은 가족과의 관계다. 옆에는 이렇게 씌어 있다. 가족 관계에서 분노하고 미워하고 갈등한 적이 없는가? 나는 잠시 머뭇거린다. 생각해야 할 지점이다.

심각하게 지난 시간을 돌아보고 있는데 내 차례다. 다행이다. 본당 주임신부님이 아니고 근처 성당 신부님 쪽 고해실로 들어간다. 얼굴과 목소리를 알고 있는 본당 신부님에게는 쑥스럽다. 가림막이 있어도 누군지 금방 알 수 있다. 모르는 신부님이니 진솔하게 속엣말을 해도 될 듯했다.

미셸 푸코의《안전, 영토, 인구》(오트르망, 난장 펴냄)에 의하면 초기 그리스도교 공동체에서는 성사 제도가 없었고 신자들끼리 서로 성사를 해온 것으로 나타난다. 성사 제도는 11~12세기부터 발전해 의무화, 보편화됐다고 한다.

아무튼 올해는 운이 좋다. 나는 조심조심 고백을 시작한다. 가장 걸리는 부분, 가족과의 관계에 대해 말해야 하는 대목에서 숨 고르기를 한다.

"저는 남편에게 자주 짜증을 냈고, 만만한 딸에게 훈육이란 명목으로 소리 지르고 화를 많이 냈습니다. 고양이한테도 화를 많이 냈습니다. 고양이가 놀아달라고 옆에 오면 겁을 주어 쫓아버렸고 딱밤을 때리는 죄를 지었습니다. 내가 심심할 때는 고양이와 놀고, 내가 바쁠 때는 고양이에게 화를 냈습니다. 고양이가 소파에 똥을 싸면 화를 냈고… 이 밖에 알아내지 못한 죄에 대해서도 뉘우치오니 용서하여 주십시오."

신부님은 반응이 없으시다. 웃음이 나셨나? 내가 고양이한테 화냈다고 고해한 것이 신부님을 웃게 했나 싶다. 고해를 마치고 나오는데, 신부님도 나오신다. 다음 차례 사람들은 기다리고 있다. 내내 쉬지 못하고 진행했으므로 화장실에라도 가려는 모양이다. 그런데 나가면서 내 얼굴을 한 번 보고 나가신다. 심각하고 진지한 어조로 고양이에게 화낸 것을 고해한 중년 여인이 어떻게 생겨먹었나 보고 싶었나 보다.

신부님을 웃기려고 고양이에게 화낸 것을 고해한 것이 아니다. 나는 이웃이나 지인들에게는 예의를 지킨다. 그러나 남편에게는 종종 화를 내고 자식에게는 매우 편하게 화를 낸다. 고양이에게도 화를 잘 낸다. 가죽 소파를 뜯어 놓았을 때, 책장의 책을 물어뜯어놓았을 때, 똥을 소파에 싸놓을 때 화가 난다. 그런데 딸과 고양이 중에 누구에게 더 화를 많이 낼까? 상황마다 다르다.

고양이가 물을 엎지르거나 밥을 쏟았을 때는 그런가 보다 한다. 그러나 딸이 실수하면 몹시 화를 낸다. 주의 않고 제멋대로 행동하는 것 같아서다. 화는 딸에게 더 내지만 고양이를 더 무시한다.

고양이 앞에서라면 옷을 훌러덩 벗고 다니는 것은 개의치 않는다. 누구와 전화통화를 하더라도 신경 쓰지 않는다. 아이 앞에서는 못할 농담도 한다. 몸가짐에도 조심성이 없다. 아줌마 원피스를 입고 운동한답시고 다리를 쫙쫙 벌리거나 치켜들고 텔레비전을 본다. 물론 건너편 아파트를 의식해서 블라인드는 내린다. 무시한다는 것은 없는 듯이 행동하는 것 아닌가. 고양이는 없는 것이다. 고양이는 존재도 아니고 생명도 아니다. 그렇게 행동한다. 놀아달라고 귀찮게 하면 겁을 준다. 딱밤을 한 대 때린다. 나는 나의 이런 행동을 심각하게 받아들인다. 내가 사람과 고양이와 강아지를 차등하며, 약한 동물에게 무심하고 들쭉날쭉한 성품을 노출하는 것이 걸렸다.

고양이에게 화내는 나

딸은 어떤 상황에서도 고양이에게 화내는 법이 없다. 예쁜 고양이 예쁜 고양이 하며 쓰다듬는다. 남편도 마찬가지다. 손을 할퀴어 피가 나는데도 '으이구' 한마디 할 뿐이다. 그러고 보면 고양이에게 화내는 사람은 나뿐이었다. 이웃 사람들을 관찰해보면 기르는 강아지나 고양이를 죽고 못 살 정도로 애지중지한다. 자식처럼 품에 안고 다니며 자랑하고 금지옥엽(金枝玉葉)으로 키운다. 나는 그것이 의아하다.

나는 자식도 금지옥엽으로 키우지 않으며 고양이는 딸이 좋아해서 어쩔 수 없어서 키운다. 같은 실수를 타인이 했을 때는 잘 참아주면서 딸에게만은 그냥 넘어가지 않는다. 훈계하고 화내는 내 성품에 대해 고민하게 된다. 털이 복슬복슬한 착한 고양이에게, 사랑받으려고 저토록 애쓰는 작은 고양이에게 무심한 나에게 의문을 느끼는 것이다.

사랑이 부족하구나!

나는 내게 사랑이 넘치기를 희망하며 기도하곤 했다. 나는 자주 이런 나의 특성에 대해 생각한다.

요즘은 성당에 안 간다. 니체를 읽어서 안 가는 것은 아니다. 그냥 안 가는 것이다. 게을러진 때문이다. 봄이 오면, 혹은 마음의 여유가 생기면 나갈 것이다. 니체는 신은 죽었다고 했으나 나는 신이 죽었는지 살았는지 잘 모르겠다. 다만 존재의 미망 앞에서 두 손을 모으고 싶을 때가 있을 뿐이다. 그래서 선택한 것이 가톨릭인데 인류의 문명사를 보면 그리스도교가 지탄받을 짓을 많이 했다. 그리스도교가 저지른 과오 앞에서 나는 종종 할 말을 잊는다. 본론으로 돌아가자.

신은 죽었는가? 니체의 말을 들어보자.

> *"신의 시체가 부패하는 냄새가 나지 않는가? 신들도 부패한다! 신은 죽었다! 신은 죽어버렸다! 우리가 신을 죽인 것이다! 살인자 중의 살인자인 우리는 이제 어디에서 위로를 얻을 것인가? 지금까지 세계에 존재한 가장 성스럽고 강력한 자가 지금 우리의 칼을 맞고 피를 흘리고 있다. (…) 이 행위의 위대성이 우리가 감당하기에는 너무 컸던 것이 아닐까? 그런 행위를 할 자격이 있으려면 우리 스스로가 신이 되어야 하는 것이 아닐까? 이보다 더 위대한 행위는 없었다. 우리 이후에 태어난 자는 이 행위 때문에 지금까지의 어떤 역사보다도 더 높은 역사에 속하게 될 것이다."*
>
> – 니체, 《즐거운 학문》, 125

이어진 문장에서 니체는 '신이 죽은 사건은 아직 방황 중'이라고 말한다. 사람들에게 알려지려면 시간이 필요하다고. 또한 '신을 죽인 행위를 위대한 행위'로 평가한다. 그런데 신을 죽인 것은 그들의 짓이고, 그들은 바로 교회다. 이 책 125절 마지막 문장은 "이 교회가 신의 무덤과 묘비가 아니라면 도대체 무엇이란 말인가?"라고 외친다. 이렇게 외치는 자는 광인이다. 광인은 차라투스트라이며 이 문장은 차라투스트라의 출현을 예고하는 문장으로 해석된다.

즉 신을 죽인 행위는 위대한 행위지만 정작 신을 죽인 자들은 교회라는 점이다. 교회가 그 책임자라고. 교회의 잘못된 여러 행태가 신을 죽이고, 인간이 신의 손아귀에서 벗어나게 했다는 것이다. 그로 인해 인간은 자유를 얻었다. 중세 이래 기독교의 행태, 교회와 사제의 행태가 정작 인간을 신으로부터 멀어지게 한 것이라는 진단이 눈여겨볼 만하다. 내가 지키려고 움켜쥔 것이 오히려 나를 파괴하는 힘이 되는 아이러니. 이런 아이러니는 삶에서 자주 접한다. 해서 움켜쥔 손을 펴고, 자기를 비우면 행복해진다는 엇비슷한 담론은 여전히 유효하다. 사랑이라고 믿고 내 아이에게 '온갖 사랑'을 베풀었으나 그것이 독(毒)이 되어버리기도 한다. 또 나를 위해 나에게 한 짓이 나에게 해(害)가 되기도 한다. 본론으로 돌아오자.

> *"우리가 신을 죽였다 — 너희들과 내가! 우리 모두가 신을 죽인 살인자다! (…) 이제 지구는 어디를 향해 가고 있는 것일까? 우리는 어디를 향해 가고 있는 것일까? 모든 태양으로부터 떨어져 나온 지금? 우리는 끊임없이 추락하고 있는 것이 아닐까? 뒤로 옆으로 앞으로 모든 방향으로 추락하고 있는 것이 아닐까? 아직도 위와 아래가 있는 것일까? 무한한 허무를 통과하고 있는 것처럼 헤매고 있는 것이 아닐까? 허공이 우리에게 한숨을 내쉬고 있는 것이 아닐까? 한파가 몰아닥치고 있는 것이 아닐까? 밤과 밤이 연이어서 다가오고 있는 것이 아닐까?"*
>
> – 니체, 《즐거운 학문》, 125

신이 죽었으니 이제 인간은 방황한다. 끊임없는 허무감에 젖어 있을 것인가? 신이 죽었다면 어떻게 해야 할까? '신은 죽었다'를 어떻게 읽어야 할까? 전문가들은 신의 죽음을 기준이나 척도의 사라짐으로 해석한다. 즉 보편 진리, 절대정신 등이 사라진 상황. 플라톤 이래 주유했던 전통 형이상학 세계에 대한 종언 선언이라고.

신이 죽었으므로 신의 자리에 이제 인간이 들어오게 된다. 인간이 자기 삶의 결정권을 갖게 된 것이다. 나는 이 사유가 혹 서구의 인간중심주의 휴머니즘과 같은 맥락이 아닐까 반신반의했다. 그러나 근대의 휴머니즘이 인간을 수직적 위계의 최상으로, 즉 신 다음의 자리에 배치했다면 니체는 인간을 자연의 한 조각으로, 생성의 존재로 본다. 어쨌거나 이제 내가 내 인생의 창조자가 된 것이다. 우리 자신이 삶의 전면에 나서야 한다.

이 상황은 우리를 두렵게 한다. 그래서 니체는 '우리는 어디를 향해 가고 있는지, 끊임없이 추락하고 있는 것은 아닌지'라고 묻는다. 그러나 이런 카오스는 곧 복음(福音)이 된다. 인간을 옥죄었던 신이 사라지면서 새 세상이 열리는 혼돈이다. 같은 책 108절에서는 '부처가 죽은 후에도 수세기 동안 사람들은 동굴 안에서 엄청나게 크고 두려운 그림자를 보게 되는데 우리는 그 그림자와 싸워 이겨야 한다'고 말하고 있다. 여기서도 '신은 죽었다'고 니체는 말한다.

신의 죽음, 이 죽음 위에 초인이 탄생한다. 신이 죽었으므로 인간은 자신의 의지를 발휘하면서 초인으로 살 수 있게 된다. 초인(위버멘쉬, overman)에 대한 해석은 다양하다. 인간을 넘어선 인간, 자신을 극복한 자신, 신으로부터 자유로운 인간, 디오니소스적 긍정의 인간 등등.

위버멘쉬는 자신의 힘 의지로 사는 사람이다. 자유정신의 소유자. 자기를 넘어선 존재. 위버맨쉬는 어린아이 같은 긍정의 인간이다. 낙타와 사자의 삶을 통과해 온 인간 위의 인간.

세상에는 자유정신의 대양이 펼쳐진다. 천 개의 긍정과 천 개의 진리와 천 개의 가치와 천 개의 꽃들과 천 개의 비도덕과 천 개의 관점이 우리 앞에 놓여 있다. 초월적 존재에 의지하지 않고 무한 긍정의 삶을 사는 초인의 세상. 그 세상에는 무수한 길이 펼쳐져 있다. 그 길 위에서 고통을 긍정하며 명랑하게 사는 초인. 놀이하는 어린아이. '스스로 굴러가는 바퀴'. 세상은 새롭게 반복된다. 영원회귀다!

니체는 이렇게 말하는지도 모른다.

네 옆에는 네가 가지 않은 무한개의 길이 있다. 네가 가지 않은 무한개의 모르는 세계가 있다. 무한개의 견해와 무한개의 사랑과 무한개의 슬픔과 무한개의 고통과 기쁨이! 그것은 게슈탈트적 전환처럼 전혀 다른 세상이다. 이제 세상의 풍경이 통째로 바뀐다.

천재 혹은 고통과 살기

평균의 인간, 학자, 비범성

가끔 '내가 천재였으면!' 할 때가 있다. 부모들은 자신은 포기했지만 자식의 천재성은 열심히 탐색한다. 왜 우리는 천재가 되고 싶은가? 천재에게 보증되는 미래의 약속 때문에? 타인의 찬사와 경탄 때문에? 천재인 자신의 능력에 대한 만족감과 성취감 때문에? 여하튼 천재를 마다할 이유는 없다. 나에게 천재성이란 것이 있을까? 천재의 삶이란 뭘까?

천재, 나는 왜 이 자극적인 말을 제목으로 정하고, 하나마나 뻔할지도 모르는 논의를 하려는 걸까. 천재가 아닌 나를 독려하기 위해서? 호기심을 자극하기 위해서? 누구나 천재성이 있다고 주장하려고? 그냥 알 수 없는 '힘'에 의해서?

니체의 맥락에서 천재를 사유하는 것이 쉽지는 않다. 개념에서 항상 미끄러져 도망가 버리는 니체의 언어들은 논의를 어렵게 한다. 니체의 텍스트에서 언어들은 살아 움직인다. 니체는 《반시대적 고찰》에서 천재에 대해 이야기하고 있으나 온전한 개념을 움켜잡기가 쉽지 않다. 그의 논지를 힐끔거리면서 그가 말하는 천재성에 대해 생각해보지만, 나의 니체 따라잡기는 언제나 행복의 파랑새 잡기로 끝난다. 내 안으로 니체를 구겨 넣으려고 하지 말자.

자신의 유일성에 대한 두려움에 파멸하는 자

〈반시대적 고찰》에서 니체는 쇼펜하우어를 천재로 보고 있으며 그의 삶의 방식을 긍정한다. 니체를 따라가 보면 각자는 내면에 '생산적인 유일성', 즉 '그의 본질의 핵심'을 지니고 있고, 그가 이 유일성을 의식하면 '비범한 사람의 광채'가 나지만 게을러서 이를 견디지 못하고 몰락하고 만다고 말한다. 인간은 이 유일성에 의해 파멸할 수 있고, 이 '유일성에 대한 두려움에 파멸'할 수 있고 '자신을 포기하기 때문에 파멸할 수 있다'고 한다.

후기 저작인 《선악의 저편》에서 니체는 천재를 '생산하든지 출산하는 자'라고 말한다. 생산하거나 출산하는 천재는 곧 철학자다. 철학자는 비범한 정신의 소유자다. 반면 학자는 평균적인 인간이며 거울처럼 사물을 비추는 존재이다. 학자는 '고귀하지 못한 천성의 인간'이며 늙은 처녀 같은 인간이다. 이미 늙어버린 처녀는 아이를 낳을 수 없다. 학자는 자기 것을 낳을 수 없는 인간, 자신의 인식 주관에 와 닿는 것을 반영할 뿐인 수

동형의 인간이다. 니체는 천재와 학자를 구분하며 비범한 정신과 평균의 인간, 거울같이 비추는 존재를 구분한다.

천재=생산하거나 출산하는 자, 생산하거나 출산하는 자란 어떤 사람일까? 생산한다는 건 무엇일까? 출산한다는 것은 무엇의 비유일까? '생산'의 사전적 의미는 1. 인간이 생활하는 데 필요한 각종 물건을 만들어 냄, 2. 아이나 새끼를 낳는 일을 예스럽게 이르는 말이다. 생산이란 어떤 재료로 무언가 다른 것을 만들어 내는 행위다. 나는 무엇을 생산했나? 나는 뭘 하고 살고 있나?

생산하거나 출산하는 자. 생산이나 출산이 위대한 발명과 발견 행위라고 한다면 보통사람들과는 거리가 먼 이야기 같다. 그러나 자신의 '유일성'이 '생산한' 무엇을 천재의 작품이라고 나는 정의하고 싶다. 이렇게 되면 나의 삶에서 나오는 소소한 행위도 '생산'이 될 수 있다. 하루의 삶도 생산이 될 수 있다. 내 삶을 조형하는 힘이 생산이 아닐까? 나의 유일성을 담아낸 무엇을 하는 것은 생산이 아닐까? 글쓰기든, 그림 그리기든, 뜨개질이든, 바느질이든, 요리든, 노래 부르기든, 그것은 나만 할 수 있는 것, 고유한 나의 힘이 작용한 무엇일 것이다. 그것이 어떤 도약에 이를 때 '작품'이 되는 것이겠다.

나의 삶은 내가 생산한 작품

그러고 보면 내 삶을 작품으로 조형해내기란 어려운 것이 아닌 것 같다. 타인과 비교하거나, '시대의 정신' 안에 숨어들거나, 흉내 내는 삶이 아닌 어떤 것일 게다. 내가 만들어가는 삶, 나를 강렬히 잡아채는 힘 속에서의 삶. '보편'의 방향이 아닌 내가 가야 할, 그 길에서 살기. 한마디로 나의 유일무이성, 나의 고유성으로 살기. 그 삶은 내가 생산한 작품이다.

그렇게 보면 누구나 생산, 출산하는 자일 것이다. 그러나 자기 고유성과 유일성을 살기가 쉽지만은 않다. 그것은 지금 내 안에 구축된 가짜 나를 버려야 하는 고통의 힘과의 조우를 의미할 수 있다. 우리는 누구나 유일무이성을 지닌 인간으로, 자기 삶을 조각하고 조형해 낼 수 있다. (니체는 귀족주의적이고 엘리트적인 색채가 농후하더라도 말이다.) 그러나 그것이 정말 나의 삶일까?

나의 삶은 나의 색으로 그림 그리고, 나의 향으로 물들이고, 나의 손과 눈으로 나의 입김으로 만들어 가는 고유한 나만의 작품이다. 중요한 것은 내가 믿는 내 것이 내 것인가 하는 것이다. 내 것이라고 믿는 내 안에 바글거리는 힘들은 적극적인 나의 힘일까? 가짜 힘들의 집합체는 아닐까? '고유한' 나를 나는 알아보고 있나? 나를 점유하고 있는 욕망들은, 꿈들은, 어떻게 내게 도착한 걸까? 나의 색과 나의 향기 찾기, 그것을 향한 능동성의 삶. 이 힘을 내 삶에 끌어오기가 쉽지 않다. 이 힘은 나를 비범하게 하는 힘이다. 그러나 모르는 사이에 순응하고 굴복한, 나의 힘을 왜곡하는 삶을 살고 있는지도 모른다. 나 아닌 것 알기. 이미 내가 되어버린, 거부할 수 없는 힘들은 나의 방향을 막는 폭력들의 구조로 실재하고 있다. 이것과의 싸움은 고통을 요구한다.

> *"가장 아름다운 것이란 천재가 작품이 아니라 작품으로서의 자신에 사용하는 저 힘의 연극, 즉 자기 자신의 통제에, 자신의 상상의 순화에, 쇄도하는 과제들과 착상들에 질서를 부여하고 선택하는 데 사용하는 저 힘의 연극(놀이)이다."*
>
> – 니체, 《아침놀》, 548

흔히 '성공한' 삶이든, 위대한 예술 작품의 생산이든 고유한 힘의 '구성'을 위해 고통을 겪은 이야기는 좋은 소재거리로 부상한다. '사소한 창작행위'도 엄청난 고통의 힘이 부여된 무엇일 때 에너지와 빛을 머금는다. 그것은, 내 고유성과 유일성을 막고 내 안에 버티고 있는 폭력들과의 싸움을 견디고 자신의 '힘'을 찾은 이야기가 아닐까? 그런데 나의 힘의 느낌 안에서 살게 되는 순간들은 불변한 상태로 지속되지 않는다. 그것은 항상 진동하며, '보편성' 혹은 '구조'에 의해 침식당하고 왜소해지고 쪼그라들 위험에 노출돼 있다. 나의 고유성을 지켜내려면 힘이 필요하다. 이 힘, 나인 것을 살리는 데는 고통이 따른다. 니체는 고통과 즐거움은 별개의 것이 아니라고 말한다. 삶의 진짜 '성공담'은 나로 사는 즐거움이다. 지금의 나와 다른 어떤 나를, 강하고 위대한 나를 구출해내는, 경쾌한 삶의 힘이다. 그것은 고통과 표리 관계에 있다. 네가 있어야 내가 있는 쌍둥이 자매. 고통에 대한 감각을 지금과 다르게 느끼는 인간.

"만약에 즐거움(쾌)과 고통(불쾌)이 하나의 끈으로 묶여 있어서 그 하나를 가능한 한 많이 얻으려고 하는 사람은 다른 것도 그만큼 많이 받아야 한다면, "하늘에까지 이르는 환호"를 배우려는 사람은 "죽음에까지 이르는 비애"도 각오하지 않으면 안 된다면 어떻게 될까? 아마도 실제로 그러할 것이다."

– 니체, 《즐거운 학문》, 12

니체는 고통의 필요성, 고통의 중요성을 역설한다. 고통과 즐거움은 동시적 국면이라고. 우리는 고통과 역경이 인간을 발전시킨다는 자기 계발 담론에 익숙해있다. 그러나 자기 계발 담론에서 고통을 긍정하는 것은 사회에서 받아들여지는 방식을 채택하기 위한 과정일 수 있다. 안락이라는 목적에 도달하기 위한 과정으로, 안락이라는 '피안'에 가기 위한 임시 거처로 승인하는 것. 그러나 니체는 그런 삶을 파멸이라고 말한다. 니체는 더 큰 고통을 말한다. 너, 더 커다란 고통! 어서 내게 오라!

"(…) 그대들은 가능한 한 –이것보다 더 미친 듯한 '가능한 한'은 없지만 — 고통을 없애고자 한다. 그런데 우리는? — 우리는 그 고통을 지금까지 있었던 것보다도 오히려 더 높고 힘든 것으로 갖고자 하는 것 같다! 그대들이 이해하고 있는 안락함 — 그것은 목적이 아니라 우리에게는 종말이라는 생각이 든다! 이는 인간을 바로 조소하고 경멸하게 만드는 상태이고, — 인간의 몰락을 원하게 만드는 상태이다!"

– 니체, 《선악의 저편》, 225

니체는 인간들이 원하는 안락함이란 인간을 종말로 안내하는 것으로 파악한다. '엄청난 고통의 훈련만이 인간의 모든 향상을 이루어왔다'고 강조한다. 고통이 가져다주는 향상, 달콤하게 나를 유혹하는 순응적인 힘들을 거부하고 저항하며 사는 자는, 고통과 함께 행복한 존재로 도약한다. 나의 힘이 증가하는 느낌은 나를 행복하게 하기 때문이다. 행복을 원하는 것은 자신의 힘의 증가를 원하는 것이다. 우리는 행복하고 싶다! 안락에 파묻힌 삶은 사실 행복이 아니고 몰락이다. 우리는 고통 안에서 정신의 깊이에 도달하는 것이다. 자신의 '영혼'을 돌보는 힘을 갖게 된다. 그러나 인간은 안락 속에서 잠자고 싶고 몽롱해진다. 정신은 그 예리한 빛을 잃는다. 니체는 이런 현상을 몰락이라고 말한다.

> *"영혼의 힘을 길러주는 불행에 있는 저 영혼의 긴장, 위대한 몰락을 바라볼 때의 영혼의 전율, 불행을 짊어지고 감내하고 해석하고 이용하는 영혼의 독창성과 용기, 그리고 언젠가 깊이, 비밀, 가면, 간계, 위대함에서 영혼에 보내진 것: — 이것은 고통을 통해 엄청난 고통의 훈련을 통해 영혼에 보내진 것이 아닌가."*
>
> – 니체, 같은 책, 225

불행과 고통을 끌어 오는 강자에게는 비범함과 독창성과 깊이와 위대함도 즉각 생성된다. 불행 앞에서, 비로소 뇌가 작동하기 시작한다. 매일 보던 태양과 매일 마주하던 일상이 사라지고, 틈새를 비집고 다른 힘, 어떤 악마성이 나에게 들이닥치는 순간을 직면할 때 나는 비로소 내 삶을 조형할 힘을 갖게 된다. 그 순간을 적극적으로 긍정하며 웃는 자. 웃음과 고통은 동시에 온다. 나의 유일무이한 힘이 기지개를 켜고 일어난다. 나의 창조자는 자기의 역할을 하기 위해 위험을 나에게 요구한다. 그런데 나는 힘들어서 외면하고 싶다. 안락과 순응의 열매는 왜소하고 병든 나를, 빌붙어 살게 한다. 큰 힘은 큰 위험과 고통 앞에서만 작동한다. 모르는 사이에 똬리 틀고 있는, 나의 힘을 약화시키는 폭력들과 그럴듯한 가짜들에게서 빠져나오라고 니체는 말한다.

> *"깊은 고통은 사람을 고귀하게 만든다."*
>
> – 니체, 《선악의 저편》, 270

인간은 평등한가?

스카이 캐슬, 피터 싱어, 도덕적 이념

얼마 전 드라마 《스카이 캐슬》을 재미있게 보았다. 플롯을 어찌 그리 절묘하게 짰을까? 거듭되는 반전과 웃음을 자아내는 상황들. 스카이 캐슬에 살면 나도 저렇게 될까? 3대째 의료인 욕심이야 누구에게나 있을 게다. 3대째 서울대 가고 싶은 욕심도 마찬가지다. 그렇다고 저 정도까지? 문득 생각했다. 저들에게 물어보면 인간은 평등할까?

인간은 평등한가?

누군가 이런 질문을 한다면 나는 질문하는 자를 의심할 것이다. 하나마나한 소리를 왜 하지? 인간 평등이라는 이 단순한 가치를 위해 인류는 수많은 세월 동안 무수한 피를 흘리지 않았는가?

인간은 평등한가? 권력 있고 돈 있는 사람이 더 우월한 존재인가? 사회 지도층은 더 우월한 종인가? 그런데 사람들은 이렇게 말한다. 사회 지도층이 아니라 사회 위화감 조성층이겠지?라고. 노블레스 오블리주(noblesse oblige)? 노블레스 같은 소리 그만하시지요!라고. 종종 우리 사회 상류층의 행태를 보면 보통사람보다 문제 있는 사람들이라는 느낌이다. 그들의 지위가 그들을 천박하게 만드는 것일까? 양진호 회장, 대한항공 일가족, 인분교수, 장군의 부인 등등은 우리 사회 상류계층의 적나라한 얼굴을 보여준다. 앞서 언급한 드라마 《스카이 캐슬》의 주인공들도 그렇다. (우리는 종종 사회 지도층과 지배층, 상류층, 상위층을 유사한 집단으로 인식한다. 이것은 통계적으로 돈 많은 자들이 지배층이 되고, 이들이 지도층이며 상류층이라는 우리들의 인식을 반영한다.)

우리 사회의 경제적 상류층들은 자신들과 그 외의 사람들을 다르게 보는 것 같다. 그들에게 인간은 평등한가? 하고 묻는다면 뭐라고 할까? 형식적으로야 그렇다고 할 것이다. 그러나 현실에서는 여전히 계급이 존재한다. 이들의 행태가 인간은 평등하지 않다고 외치고 있으니 말이다.

원한의 인간-약자-무리동물

이 같은 현상은, 니체의 견해에 따르면 이들이 '천민'이기 때문에 생기는 것이다. 원한의 노예인간이 지배자입네 하고 설치고 있는 것이다. 이들은 실은 니체적 의미의 원한의 인간-약자-무리동물인 것이다. 역사는 이런 정신적 '천민'이 지배계층이 되어서 온갖 추태를 부린 사실의 기록물이다. 이들 천민은 스스로를 교양인, 상류층이라고 생각하면서 보통사람들을 얕잡아 본다. 모든 것을 돈과 권력으로 해결하려는 자들이다. 이들은 니체적 의미의 노예 종족이며 인간 말종이다. 이들 약자들에 의해 세계는 운행되었고 때문에 지금 이 세계가 이토록 엉망진창이 되어버린 것이다. 니체의 생각이다.

그러니까 위의 사례들은 니체적 의미의 약자가 지배계급이 되었을 때의 폐해를 속속들이 보여주고 있다. 이것이 인간 세상의 일반적인 모습일까? 나는 좀 달랐을까? 손가락질하고 비난하지만 자리가 뒤바뀌었을 때 나의 처신은 아무도 모른다.

그러니 '인간평등'이란 언표는 의미 없는 정언명법일 것이다. 인간은 평등하지만, 현실에서는 평등하지 않다. 상류층의 천박한 품성은 인간이 평등하지 않고 평등할 수 없다고 웅변한다.

니체의 논의를 따라가 보자. 니체에게 물어본다면 니체 역시 호기롭게 평등하지 않다고 말할 것이다. 니체는 계산하고 유 · 불리를 따지는 이성을 혐오한다. 니체는 겉치레 허언이나 가식을 보기 좋게 내팽개치고서, 평등 운운하는 인간을 비웃을 것이 분명하다. 니체는 왜 인간은 평등하지 않다고 말했을까?

> *"나는 프랑스 혁명에 내재해 있는 루소도 증오한다: 그 혁명은 이상주의와 천민이라는 루소식 이중성에 대한 세계사적 표현이다. 그 혁명이 수행시켰던 잔인한 광대극, 그것의 '비도덕주의'에 대해서는 나는 관심 없다: 내가 증오하는 것은 그 혁명의 루소적인 도덕이다. — 혁명이 계속 영향을 끼치게 만들고, 모든 천박하고 평균적인 것들을 설득해대는 소위 말하는 혁명의 '진리'라는 것이다. 평등선언이라니! … 이것보다 더 유해한 독은 결코 존재하지*

않는다.: 정의의 종말이었던 그것이 심지어는 정의를 설교하는 것처럼 보이기 때문이다… "동등한 자에게는 동등을, 동등하지 않은 자에게는 동등하지 않음을 — 정의에 대한 진정한 표현은 바로 이것일 것이다: 그리고 그 결과로서, 동등하지 않은 자를 결코 동등하게 만들지 말라" — 평등선언을 둘러싸고 그토록 끔찍하고도 잔인하게 일이 진행되었다는 사실이 그런…."

– 니체, 《우상의 황혼》, 48

이렇게 말할 수 있는 니체의 솔직함이 놀랍다. 니체라는 사람은 세상 눈치 보지 않는다. 스스로 당대의 지성은 물론 사회 전체로부터 고립을 선택했고, 자신의 철학적 사유 때문에 불이익을 당하는 것을 두려하지 않았다. 위험한 사상을 위험한 방식으로 주장하면서 자신에게 올 고통을 즐거이 감당했다. 때문일까? 그는 살아생전 힘든 나날을 보냈다.

"동등한 자에게는 동등을, 동등하지 않은 자에게는 동등하지 않음을." 이 문장이 정의에 대한 진정한 표현이라는 니체의 주장이 무얼 의미하나? 니체의 주인도덕과 노예도덕을 생각해 보자. 니체에게 주인과 노예는 계급으로서 고착된 무엇이 아니다. 그가 주인의 삶을 살고 있는가? 노예의 삶을 자처하고 있는가? 그 여부에 따라서 언제든지 주인과 노예는 바뀔 수 있는 것이다.

주인은 고귀한 존재다. 주인은 당대의 '비인간화되어 가는 주체'로서의 자기를 극복하려는 존재이다.* 그러나 노예는 말하자면 갑질하는 상류

* 이 책 2부의 〈주인도덕, 노예도덕〉 참조.

층들, 《스카이 캐슬》의 주인공들, 즉 하늘의 성에 살고 있는 '최고의' 인간들, 그러나 타인의 눈에 휘둘리는 자들, 빈곤한 내면을 돌보지도 노력하지도 않는 인간들이다. 그들의 노력이란 현실적 성공과 출세를 위해 피라미드의 꼭대기에 오르고자 하는 욕망일 것이다.

그래도 나는 인간은 평등하다고 말하고 싶다. 그러나 니체는 단호하다. 고귀한 자가 되기 위해 노력을 기울이지 않는 자들이 평등을 외쳐대는 꼴이 아주 못마땅한 니체 선생이시다. 니체는 점잖게 인간은 평등하지, 그럼, 그럼, 그렇고말고, 라고 말하는 자들의 위선에 구토를 느낀다. 니체는 인간은 평등하지 않다고 본다.

그러나 위비멘쉬에 속한 자들 사이에서의 평등한 인정한다. 니체는 더 나은 무언가가 되기 위해 노력할 것을 우리에게 '강권'한다. '제발' 인간 말종을 딛고 위버멘쉬로 살라고 말한다. 니체가 루소와 프랑스 혁명에 대해 부정적인 태도를 갖는 것도 같은 맥락이다. 루소는 자연으로 돌아가라는 말을 하면서 무엇보다 인간평등을 주장한 사람으로 니체는 파악하고 있다.

> *"괴테는 강하고, 고도로 도야되고, 모든 육체적인 일에 능숙하며, 자기 자신을 억누르며, 자기 자신에게 경외심을 품는 인간을 구상했다. 자연의 범위와 풍요로움 전체를 자신에게 감히 허용해도 되는 인간, 이런 자유를 누릴 만큼 충분히 강한 인간: (…) 약해서가 아니라 강하기에 관용적인 인간: 악덕이라 불리든 미덕이라 불리든 이런 허약성만을 제외하고는 더 이상은 아무것도 금지되지 않는 인간을… 그런 자유로워진 정신은 즐겁고 신뢰가 가는 숙명론*

을 겸비한 채 우주 한가운데 서 있다.”

– 니체, 같은 책, 49

‘강하기에 관용하는’ 인간은 ‘자유를 누릴 만큼 충분히’ 강하다. 니체는 약자가 약함을 무기로 강자를 끌어내려 ‘평균화 대중화’시키는 현상에 대해 지적하고 있는 것이다. 이 시간에도 벌어지고 있을지 모를 상류층의 갑질 범죄는 이들이 약하기 때문에 생기는 것이다. 강자는 〈스카이 캐슬〉의 주인공들과 같은 마음을 품지 않는다. 양진호 씨나 대한항공 가족처럼 행동하지 않는다. 이들은 니체의 의미에서 전형적인 약자들, 노예정신의 인간들이다. 돈의 힘 위에 올라타서 세상을 매수하고 위세를 부린 것에 불과하다. 강자의 외피를 쓴 약자들이다.

인간은 평등한가? 그럼에도 나는 인간은 평등해야만 한다고 생각한다. 이는 내가 강자가 못될 것이라는 불안감의 반영일까? 아무튼 나는 노력하는 인간이든, 교활한 인간이든, 갑질하는 인간이든, 부자든 가난하든, 그가 인간인 한 법과 삶 앞에서 평등해야 한다고 생각한다. 인간은 누구나 권리와 존엄함에서 평등하게 대접받고 평등한 처우를 받아야 하니까. 그런데 문득, 생각 없이 쓰고 있는 ‘인간인 한’이라는 나의 전제에 대해 생각해 본다. 내가 별 생각 없이 사용하고 있는 ‘인간의 존엄함’이란 또 무엇일까? ‘인간인 한’ 평등하게 대접받아야 할까? 나는 다르게 말하고 싶다고 느낀다. 아니 다르게 말해야 한다고 생각한다. 위 문장을 다시 쓴다. 노력하는 인간이든, 갑질하는 인간이든, 히틀러든, 네로든, 강아지든, 돼지든, 소든, 새든, 염소든 평등해야 하고 평등의 원리에 의해 고려돼야 한다고. 세상 모든 존재가 평등하게 도덕적 고려의 대상이 돼야 한다고.

인간의 존엄함이란?

평등이란 무엇일까? 교과적으로 말하면 신분, 지위 고하, 성별, 재산 등등에 관계없이 인간의 가치는 동등하다는 뜻일 것이다. 그런데 이때 평등이란 인간종(種)에만 해당되는 것처럼 보인다.

《동물 해방》의 저자인 윤리학자 피터 싱어는 평등이 "어떤 존재가 어떤 특징을 가지고 있는가보다, 이익에 대한 동등한 고려라는 도덕적 원리"에 기초해야 한다고 주장한다. 이런 해석이라면 인간이 이성적 존재이기 때문에, 혹은 어떤 능력이 동물보다 우월하기 때문에 동물과 인간은 평등하지 않다는 결론을 도출할 수 없게 된다. 인간적인 어떤 특징의 질과 양, 또는 능력 여부로 평등을 논한다면 인간종 내부에서 인간성원들이 평등하다고 주장할 수 없지 않겠는가? 삼성 이건희 회장과 가난한 내가 평등할 수 없고, 나와 정신지체 장애인이 평등하다고 말할 수 없게 된다.

그렇다면 인간 우월주의나 인간은 만물의 영장이라는 진술에 대한 근거가 무엇인가? '인간의 존엄함'이란 무엇일까? 그 근거가 무엇인가? 없다! 그냥, 그렇게 말하는 것이다. 인간은 본래적으로, 선험적으로 존엄한 존재야! 동물보다 훨씬 존엄한 존재지!라는 논변의 근거를 다시 물어보자! 결국 이런 대답을 할 수밖에 없지 않겠는가? 하느님이 인간과 동물 사이에 위계가 있다고 하지 않았는가? 기독교 신앙, 하느님에 의해 우리는 존엄한 만물의 영장이라는 지위를 부여받을 수밖에 없다. 그래서 인간은 자연을 지배하고 동물을 잡아먹고 약한 동물에게 패악을 부릴 권리가 부여된다고 믿어왔다.

나는 생각해 보았다. 인간종인 내가 개나 돼지보다 우월한 존재일까? 인간의 관점이 아닌 우주적 관점에서 보았을 때 그들보다 내가 나은 존재일까? 알 수 없다. 그저 영리하고 힘 있는 지배자로서 인간은 자신의 특징들이 다른 동물보다 우월하다고 생각하는 것이다. 해서 동물보다 인간이 우선 고려대상이 되어야 하고, 나은 대접을 받아야 하고, 지배하고 잡아먹을 수 있다고 생각하는 것일지 모른다.

그런데 문제가 생긴다. 인간과 동물이 고통과 쾌락 앞에 평등하며 각각의 이익에 대해 동등한 고려를 해야 한다면, 우리가 동물을 마음대로 잡아먹어서는 안 된다는 결론이 나온다. (인간이 인간을 잡아먹을 수 없듯이 말이다. 사실 인간도 동물의 범주에 속한다.) 고통과 쾌락을 인간과 유사하게 느끼는 동물을 잡아먹을 수 있을까? 지능 지수나 자아감 등이 낮은 정신 장애인이나 식물인간, 그들의 이익을, 그들의 고통을 인간 일반과 동등하게 다루어야 하듯이 동물도 마찬가지라는 것이다.

채식을 해야 할까?

문득 내 안에 저항이 생긴다. 자연의 생태계가 그러하지 않는가? 약육강식! 그것이 자연의 질서인데, 무슨 말도 안 되는 소리이신가? 동물을 먹으면 안 된다고? 채식을 해야 한다고? 자연의 구조가 그렇고 동물들도 약한 동물 잡아먹고 살고 있지 않은가? 그러나 싱어는 안 된다고 단호하게 말한다. 동물은 동물을 먹지 않고 사는 다른 방법을 모르기 때문에 어쩔 수 없다. 그러나 인간은 다른 먹거리를 얼마든지 선택할 수 있다는 설명이다. 또 자연 상태의 인간은 서로 죽이고 전쟁하도록 생겨먹었지만 조절하고 살고 있듯, 인간이 동물에게 저지르는 불평등하고 잔인한 온갖 행태를 중단해야 하고 채식주의를 실천해야 한다고 말한다.

이 부분을 여기서 장황하게 논의하지는 않기로 한다. 다만 나는 인간이 자연 안에서 평등의 원리에 따라 살려고 노력해야 한다고 결론 내린다. 또한 원리적으로 인간이든 다른 동물이든 평등해야 하고, 살아 펄쩍펄쩍 뛰며 고통을 느끼는 존재에게 함부로 고통을 주어서는 안 된다고 생각한다. 나는 인간이든 동물이든 자연의 일부로서 우주적으로 볼 때 동등한 지위를 갖는다는 사실을 인정할 수밖에 없다. 그러나 완전한 채식을 내가 실천할 수 있을까? 자신이 없다. 이것은 나의 위선적인 혹은 이중적인 태도를 드러낸다. 머리로는 옳다고 생각하지만 실천하기가 어렵고 복잡하고 번거롭다. 나의 식탁을 바로 바꿀 용기가 없다. 해서 먹거리를 위한 최소한의 고통만을 동물에게 가할 수 있다고 말하고 싶다. (이 부분은 나중에 다른 지점으로 변하기를 내가 나에게 기대해 본다.)

인간 평등에 대해 이야기하다가 너무 멀리 왔다. 어쨌거나 니체에게 물어본다면 니체는 위버멘쉬와 인간 말종이 각각 다른 존재의 위계를 갖는다고 말하지 않을까 싶다. (니체는 인간들 사이의 정신의 위계를 인정한다. 그러나 니체는 인간을 자연의 한 조각이라고 말하고 있다. 다시 말해 인간종(種) 간의 정신적 위계를 인정하지만 인간을 만물의 우두머리라고 말하지 않는다. 자연 안의 모든 생명이 모두 그 자체로 존재의 의미가 있고 완전하다고 본다면 자연 안의 모든 존재가 평등하다고 니체는 말하지 않을까 추측해 본다.)

아무튼 나는 존재하는 무엇에게든 '평등하게 배려하기를 요구'하는 싱어의 도덕적 전제를 인정하며 살아야 한다고 본다. 싱어는 '평등은 도덕적 이념이지 사실에 관한 단언이 아니다'라고 말한다.

위대한 망각의 힘

건망증과 동물의 망각, 어린아이

나는 건망증이 심하다. 방금 하려던 일을 방금 잊어버린다. 내가 뭐 하려고 했더라? 뭐였지? 도무지 알 수가 없다. 한참 후에 생각난다. 심한 경우는 한두 시간 후에 떠오르기도 한다. 외출 시 가스, 보일러 작동 유무, 전등의 상태 등을 점검해놓고도 현관 앞에서 다시 주춤거린다. 가스 잠갔나? 보일러는 껐나? 귀찮지만 이미 신은 신발을 벗고 다시 한번 확인한다. 손에 휴대폰을 들고 휴대폰을 찾은 적도 있다. 어디선가 한 번 본 사람을 다시 보게 되었을 때 못 알아보기도 한다. 이때는 걱정이 된다. 치매 아닐까? 이 건망증은 마흔이 훌쩍 넘어 아이를 출산한 후 심해졌다. 깜빡깜빡하는 횟수가 늘어나다 보니 좋은 습관이 생겼다. 휴대폰에 하루 할 일을 메모한다. 니체는 망각의 힘을 높게 평가한다. 망각을 건강의 한 형식으로 이해한다. 그렇다면 나의 이 망각 증세, 이 건망증도 건강의 지표란 말일까? 급 흥분. 아니지, 흥분할 일이 아니고, '망각력'에 대한 니체의 주장을 파악해 보자. 호기심은 즐거운 독서로 나를 안내한다.

"풀을 뜯어먹으며 네 옆을 지나가는 가축 떼를 한번 보라. 그들은 어제가 무언지, 오늘이 무언지 모르고 그저 이리저리 뛰어다니고, 먹고 쉬고 소화하고 다시 뛴다. 그렇게 아침부터 저녁까지, 매일매일, 자신들의 호불호에, 다시 말해 순간의 말뚝에 묶여 있으며, 그래서 우울함도 권태도 느끼지 않는다. 인간이 이를 보는 것은 힘든 일이다. 왜냐하면 그는 자신이 인간임을 동물 앞에서 자랑하면서도, 동물의 행복을 시기심 어린 눈으로 쳐다보기 때문이다. — 그는 동물처럼 권태도 없이, 고통도 없이 살고 싶기 때문이다. 하지만 동물처럼 되고 싶지 않기 때문에 그의 바람은 헛될 뿐이다. 인간은 동물에게 이렇게 물어본다. 너는 왜 너의 행복에 대해 내게 말하지 않고 그저 나를 쳐다보기만 하는가? 동물은 이렇게 대답할 것이다. 내가 말하려고 했던 것을 금방 잊어버리기 때문이야. — 그러나 동물은 이 대답 역시 곧 잊어버렸고 침묵했다."

– 니체, 《반시대적 고찰 II》

동물의 망각, 동물은 '순간의 말뚝에 묶여 있어서 권태도 우울함도 느끼지 않으며' 고통 없이 산다. 상처와 슬픔의 기억을 가지고 있지 않기 때문이다. 동물의 망각은 어제에 묶여있지 않은 망각이다. 동물의 행복은 '원한의 기억 없음'이다. (어! 건망증의 망각과는 다르네. 건망증은 나중에 생각하자.)

니체는 '망각력'을 추천한다. 망각하며 사는 삶을 긍정한다. 그러고 보니 나도 망각하며 살고 싶다. 어제의 나를 잊고 싶다. 그날의 기억, 세월의 강풍에도 흩어지지 않는 기억들. 나의 기억의 역사 속에서 걸어 나오고 싶다. 기억의 '의지'는 다시 고착되겠지만 그래도 벗어나고 싶다. 하지만 어제의 질긴 '권력'이 나를 감싸고 있다. 빠져나오기가 쉽지 않다.

시대와 대립하며 불화했던 니체의 《반시대적 고찰》은 당대의 속물 교양인들, '북어처럼 말라비틀어진' 채 우쭐하는 독일의 정신이 한 시대를 장악하며 거들먹거리는 꼴을 보고 직격탄을 날린다. 이 시기 니체의 글 곳곳에는 전도유망한 청년의 천재적 아우라와 치기 어린 반항의 냄새가 배어있다. 반시대적 고찰을 읽으며 나는 자주 웃었다. 청년의 욕망과 청년다운, 즉 세련되지 못한 감정 표현들, 그 '어설픔'이 아름답게 다가와서.

인간은 망각하는 존재, 그리고 기억하는 존재

니체는 인간은 망각하는 존재이며 기억하는 존재임을 인정한다. 그래서 비역사적으로, 또 초역사적으로, 결국 역사적으로 살 것을 주문한다. 다시 말해 인간은 기억과 망각의 그물 속에서 살아가는 존재이기 때문에 완전히 비역사적으로 살 수는 없다. 동물만이 가능하다. 다만 망각하는 능력을 니체는 인간의 매우 중요한 능력으로 추천한다.

인간은 어제들에 눌려 살 수밖에 없는 존재가 아닐까? 어제의 기억과 방금 전의 기억과 나를 둘러싸고 있는 개념들과 표상들에 갇혀 살도록 '저주받은' 자. 지금 이 순간의 나는 나의 역사가 되고 과거가 되어 나를 굴러가게 한다. 나는 무수한 역사들로 이루어진 나다. 하여 그 역사 속의 나는 언어 안에서 망각의 기술을 익히지 못하고 허우적거리고 살고 있다. 줄에 매달린 인형처럼.

니체는 인간은 망각하는 동물이지만 인간을 '약속할 수 있는 동물'로 기른 것은 공동체의 필요 때문이라고 말한다. 공동체는 잔인한 방법으로 인간에게 기억하는 능력을 새겼다고.

> *"망각이란 천박한 사람들이 믿고 있듯이 그렇게 단순한 타성력이 아니다. 오히려 이것은 일종의 능동적인, 엄밀한 의미에서의 적극적인 저지 능력이며, (…) 여기에서 바로 알 수 있는 것은 망각이 없다면 행복도 명랑함도 희망도 자부심도 현재도 있을 수 없다는 것이다. 이러한 저지 장치가 파손되거나 기능이 멈춘 인간은 소화불량 환자에 비교될 수 있다. (…) 이러한 망각이 필요한 동물에게 망각이란 하나의 힘, 강건한 건강의 한 형식을 나타내지만, 이 동물은 이제 그 반대 능력, 즉 기억의 도움을 받아 어떤 경우, 말하자면 약속해야 하는 경우에 망각을 제거하는 기억을 길렀던 것이다."*
>
> – 니체, 《도덕의 계보》

인간은 '의식의 문과 창들을 일시적으로 닫고' 새로운 것에 자리를 마련하기 위해 준비한다. '정적과 의식의 백지상태'를 만들 줄 아는 동물이 인간이다. 이것이 망각의 효용이다. 그러나 이 '강건한 건강의 형식'인 망각의 능력은 약속을 위해 '망각을 제거하는 기억을 길렀다.'는 것이다. 그렇다고 기억을 전적으로 부정하는 것은 아니다. 니체가 긍정하는 '기억'

이 있다.

즉 인간은 망각 능력과 함께 '능동적인 의욕 상태'인 '기억'도 지니고 있다. 이 기억은 약속할 수 있는 존재, 책임을 자랑스러워하는 '주권적 인간'의 본래적인 힘'과 연결된다. 주권적 개인이 느끼는 이 '책임의 기억'을 니체는 긍정적인 양심으로 본다.

책임을 특권으로 인식하는 것을 '주권적 개인'의 양심의 기억으로, 니체는 긍정한다. 니체는, 이 양심을 '양심의 가책'과 구별해서 사용한다. 이 '주권적 개인'을 니체는 강자이며 지배자, 주인, 귀족의식의 소유자로 본다. 물론 이 주권적 개인의 '탄생' 역시 '교육'이라는 사회적 강제와 폭력의 결과다. 그러나 이제 주권적 개인은 사회적 관습을 뛰어넘어버린 자, 초윤리적으로 사유하는 자, 도덕에 의문을 제기하는 자, 스스로 입법하고 복종하는 자, 명령하는 자가 된다.

주권적 개인은 약속할 수 있는 자, 책임의 기억을 지닌 자다. 그러나 그는 망각하는 자다. 원한을 알지 못하는 자, 지배하고 명령하는 자, 책임지는 주체다. 그의 양심은 약자의 '양심의 가책'과 구별된다. 약자는 잊지 못하는 자이며, 강자는 망각하는 자다.

강자의 망각이란?

앞서 말했지만 나는 건망증이 몹시 심하다. 잘 망각한다. 드물게는 며칠 전에 처음 본 사람의 얼굴을 잊어버린다. 다시 만났을 때 그는 나를 알아보지만 나는 그를 모른다. 그는 당황한다. 그렇다면 나는 강자인가? 아니다! 건망증의 망각과 강자의 망각은 다르다. 나로 말할 것 같으면 건망증이 심하지만, 정작 잊어야 할, 오래된 기억은 끌어안고 산다. 이 경우 나는 약자다. 이런 원한의 기억에 머무르는 것을 니체는 병으로 본다. 기억하는 '병'은 '저지 장치'가 파손되거나 기능이 멈춘 '소화불량 환자'와 비슷하다고. 그런데 사실 기억과 망각은 서로 상보적이고 동시적이다. 기억은 망각과 동시적인 국면에서 이루어진다. 때문에 '잘 기억하는 자'는 잘 망각하는 자이며, 강자의 특성이다. '잘 기억하는 자'는 자기를 지배하는 자가 아닐까?

그러니까 강자, 망각하는 자는 타인의 지배뿐 아니라 자기를 지배하는 자다. 양과 사자와의 관계에서 양은 자기를 지배하지 못하나 인간은 자기 지배가 가능하다. 그렇다면 인간은 양의 운명에서 탈출할 수 있게 된다. 나는 강자는 지배계급이나 귀족계급이 아니고 자기를 지배하는 자라고 말하고 싶다. 혹 지배계급이나 귀족계급이 존재한다면 그것은 정신의 영역을 일컫는 비유일 것이다. 동물에서는 이것이 불가능하지만 인간은 가능하다.

요즘 읽고 있는 프랑수아 줄리앙의《현자에게는 고정관념이 없다》에서 현자는 '개별적 자아가 없고, 즉 무전제나 다전제의 사고를 하며, 모든 것을 개방되게 유지하는 자'로 정의된다. 이때 현자가 바로 자기를 지배하는 자가 아닐까 싶다. 이런 해석은 니체의 '주권적 개인'(강자)을 왜곡할 수도 있다. 또 인간이 편파적 인식이나 개별적 자아 관념에서 완전히 자유로울 수도 없을 테지만 그런 가능성을 향해 자기를 열어두는 자를 나는 현자이며, 강자라고 말하고 싶다.

한 가지 더. 원한 맺힌 약자가 다만 잊기만 하면 강자가 될까? 양이 원한을 잊고 사자에게 잘 잡아먹히면서 명랑하게 살면 강자가 될까? 위에서 언급했듯이 동물이 아닌 인간은 가능하다고 생각한다. 현대에 와서 인간은 본래부터 강자나 약자로 태어나지 않는다. 본래 귀족이며 본래 지배 종족이 있을 수 없다. 인간은 조절하고 변화할 수 있기에 누구나 강자가 될 수 있다.

어쨌든 건망증은 역시 문제다. 그러나 전전긍긍하지 말자. 메모하면 되는데 무슨 걱정인가? 느슨하고 긍정적으로 생각하자. 단순하게 생각하자. 벌거벗은 동물처럼, 시간을 잊은 어린아이처럼. 니체가 정신의 세 변화 중 최고의 자리에 어린아이를 위치시킨 이유다. 망각할 수 있음으로 새로운 시작이 가능한 존재. 어린아이.

벗과 적

아킬레우스와 프리아모스의 우정

호메로스의 《일리아스》는 마지막 부분이 백미다. 아들 헥토르를 잃은 트로이의 왕 프리아모스가 수레를 타고 혈혈단신 아킬레우스를 찾아간다. 늙은 왕과 적진의 장수 아킬레우스의 조우는 조마조마하다. 성질 급한 아킬레우스가 프리아모스 왕을 단칼에 찔러 죽이면 어쩌지?

아킬레우스의 막사에 몰래 찾아들어온 프리아모스는 아킬레우스의 두 손에 입을 맞춘다. 프리아모스는 "나와 동년배인 그대의 아버지를 생각하라"라고 말하면서 '내 자식을 죽인 사람의 얼굴에 손을 내밀고 있는' 자신을 봐서라도 헥토르의 시신을 돌려달라고 간청한다.

이 말이 아킬레우스의 마음을 움직인다. 두 사람은 서로의 처지를 생각하며 흐느껴 우는데 그 울음소리가 아킬레우스의 막사 안에 가득 찬다. 아킬레우스는 고향의 아버지와, 헥토르에게 죽임 당한 벗 파트로클로스를 생각하며, 프리아모스는 아킬레우스의 발치에 죽어 있는 아들 헥토르를 생각하며 통곡한다.

함께 소리 내어 운 후 아킬레우스는 헥토르의 시신을 가져가도록 허락한다. 그리고 프리아모스에게 함께 저녁을 먹자고 한다. 저녁을 먹은 후 프리아모스는 아킬레우스를 보고 놀란다.

> *"다르다노스의 후예인 프리아모스는 아킬레우스를 보고 감탄한다. 그가 어찌나 크고 아름다운지 보기에 신과 같았다. 한편 아킬레우스도 다르다노스의 후예인 프리아모스의 고상한 용모와 언변을 보고 듣고 감탄해 마지않았다."*
>
> – 호메로스, 《일리아스》

두 사람은 극적으로 화해하고, 프리아모스는 헥토르의 시신을 받아서 돌아온다. 아킬레우스와 프리아모스, 적이었던 두 사람은 존경하는 친구가 된다. 고대 그리스 사회에서 적은 친구가 될 수 있는 존재다. 적이라 해도 존경할 만한 면이 있을 때 그들은 적을 경애했다. 반면 경멸스러운 인간과는 설령 그가 지체 높은 귀족이라도 관계를 단절한다.

인간에게는 친구가 필요하다. 우리는 인맥을 과시하기 위해, 자신의 영향력을 키우기 위해 친구를 선별한다. 상대방에게 '덕 보려는' 무의식적 동기로 친구를 사귀는 경우가 많다. 별 볼일 없는 인간에게는 접근하지 않으며 이용가치에 따라 사람을 사귀고 관계를 유지하는 세태이기도 하다.

해서 인맥관리를 잘하라는 담론은 우리 사회의 상식이 되다시피 했다. 인적 네트워크에 따라 내가 덕을 보는 시스템으로 사회가 굴러가기 때문일 것이다. 친구가 적거나 혼자서도 잘 노는 유형을 '부족한 인간'으로 바라보는 시선도 있다. 친구의 수가 인생의 성공 여부를 가늠하는 잣대가 되기도 한다. 이런 담론에 익숙하다 보니 친구가 적은 사람은 "내게 문제가 있는 것은 아닐까" 하고 걱정한다. 그러나 인간의 가치가 친구의 수로 판단된다는 건 어불성설이다. 물론 친구가 중요하다. 그러나 숫자가 중요한 것은 아니다.

우정을 나누려면 영혼이 구차하며 인색하지 않아야

니체는 사랑보다 우정을 상위의 가치로 보는 듯하다. 우정을 나누려면 그 영혼이 '구차하며 인색'하지 않아야 한다. 니체는 '사랑'은 우정관계에 있는 자들, 그러니까 친구 사이에 있는 사람들만 가능하다고 보는 것 같다.

니체는 벗에게 '너는 위버멘쉬를 향한 화살이 되고 동경'이 되어야 한다'라고 말한다. 벗은 그러니까 인간의 상승적 삶을 위한 동경이며, 그 삶을 향해 날아가는 화살 같은 존재여야 한다는 것이다. 서로를 끌어내리는 존재가 아니라 서로를 '하늘의 높이까지' 끌어올리는 존재가 친구다.

해서 벗이 되려면 벗을 위해서 전쟁을 각오해야 한다고 말한다. 전쟁을 벌이기 위해서는 벗에게 적이 될 줄도 알아야 한다고. 문득 의문이 든다. 왜 그래야 하지? 벗이 되기 위해 적이 될 각오로 그와 전쟁을 벌인다는 것이 선뜻 와닿지 않는다. 내가 그를 '폭력적으로' 변화시켜야만 할까? 내가 그와 전쟁을 벌여야 할까? 내가 그와 적이 되어야 할까? 벗이 되는 방법이 참 폭력적이구나, 생각했다. 있는 그대로 그의 모습을 인정해주면서 친구가 되면 안 되나?

그러나 니체에게 친구란 '나와 나의 대화가 심연으로 가라앉지 않도록 막아주는 코르크' 같은 존재다. 나의 부패를 막아주는 존재, 그것은 역으로 친구의 부패를 막아주는 것이다. 그러니까 친구란 상호 간에 '코르크' 역할을 하는 존재라고 해야 할까?

내가 나의 부패를 막기가 쉽지 않다. 이때 친구가 필요하다. 친구는 내가 상하지 않게 지켜주는 존재다. 나 역시 그에게 그런 존재일 것이다. 그와 전쟁을 벌이면서 내가 뜯어고치고 싶은 것은, 그의 내면의 부패이면서 동시에 나의 내면의 부패일 것이다. 그래서 벗은 나에게 전쟁을 벌이는 적이 되며, 나 또한 그와 일전을 벌이는 적이 된다.

그러니까 친구를 바꾸려는 것은 동시에 나를 바꾸는 실천이며 함께 상승하려는 의지라고 할 수 있다. 우리가 감히 타자에게 우정을 청하려는 것은 대등하고 떳떳한 관계에서의 사랑을 하려는 것이며, 그 사랑의 행위에는 전쟁 같은 격렬한 용기가 필요하다. 그것은 내가 나의 벗에게 '위버멘쉬를 향한 화살'이 되려는 의지이며 실천일 것이다. 그래서 벗은 때로 적이 될 수 있다. 적은 역으로 벗이 될 수 있다. 단 이때 적은 서로에 대한 존경과 경의를 표하는 관계다. 아킬레우스와 프리아모스는 서로에게서 존경과 아름다움과 신의 형상을 본다.

친구, 나의 부패를 막아주는 존재

경멸할 만한 적은 니체에게서는 언급할 가치조차 없다. 니체의 주인 도덕에서의 주인은 자기를 사랑하고 자기에게서 좋음을 발견하고 적에게도 경의를 표하는 인간이다. 노예 도덕의 노예는 자기의 약함을 무기로, 강한 자를 강하다는 이유로 단죄하고, 자신의 약함을 도덕으로 합리화하는 인간군상을 지칭한다.

그래서 내가 벗을 사귀는 행위, 우정을 청하는 행위는 나를 변화시키며, 나를 극복하는 것이며 동시에 벗을 변화시키는 행위이다. 이 행위는 서로에게 고통과 충격을 가져올 수 있다. 인간은 '극복되어야 할 그 무엇'이기 때문이다.

니체에 따르면 인간에게는 너무나 많은 '심연'이 존재한다. 심연으로 가라앉지 않기 위해 벗이 필요하다. '자신의 벗의 내면에서 최상의 적을 찾아내야 한다'고 말하는 것은 '최상의 타자성'을 찾아내야 한다는 것이다.

곰곰 생각해보면 우리는 익숙한 '자아의 환영(幻影)' 속에 갇혀 살고 있는지 모른다. 나는 나의 자아의 환영을 타인, 즉 친구에게서 찾는다. 친구에게 형성된 나의 이미지, 조작된 나, 나이기를 원했던 나의 가면, 즉 나의 익숙한 동일성만을 친구에게 기대하는지도 모른다. 그 기대에 맞춰서 친구는 나의 환영을 되비추어준다. 그것은 익숙한 나다. 그 나를 연기하며 살고 있는 나는 그 연기하는 나를 보여주는 존재로서 친구를 필요로 하는지도 모른다. 그러나 니체는 정확히 이 지점을 깨부순다. 즉 익숙한 나의 가면을 벗어난 지점에서, 친구에게서 나의 적을 만나라고 주문하는 것이다. 친구 역시 나에게 기대하는 것이 그것일 것이다. 니체는 친구란 서로를 변화시키는 관계, 서로에게 '폭력적인' 타자성이 되는 관계, 이것을 '체화'하기, 라고 말하는 것이 아닐까?

이와 함께 벗을 사귐에 있어서 주의해야 할 점은 '연민의 정'이다. 연민의 정이 항상 문제다. 니체는 연민의 정을 인간들이 자기를 기만하는 도구로 사용하고 있음을 경계한다. 모든 인간관계에서 '연민의 정이 뿜어내는 독기'를 경계하는 니체는 우정에서도 특히 '연민의 정'을 감추라고 주문한다.

니체는 말한다.

> *"너는 네 벗에게 맑은 대기이자 고독이며 빵이자 영약인가? 많은 사람들은 자신의 사슬조차 풀지 못한다. 그런데도 벗에게는 구세주가 되지."*
>
> – 니체, 《차라투스트라는 이렇게 말했다》

'자기의 사슬도 풀지 못하는' 자가 '연민의 정'을 앞세워 친구에게 구세주가 되려는 태도는 꼴불견이 아닌가? 내가 노예인 한 나는 벗이 될 수 없으며, 내가 폭군인 한 벗을 사귈 수 없다. 실은 나는 남을 변형시키는 폭군이기보다는 오히려 나를 변화시키는 과정으로서 친구가 필요한지 모르겠다. 해서 우정을 나누려면 '영혼이 구차하지 않고 인색하지 않아야' 한다고 강조하는 것이다. 벗에게 얼마를 내주든, 똑같이 적에게도 내주는 인간, 벗이든 적이든 막론하고 태양 같은 내어줌, 그 행위 속에서 우정이 싹튼다. 그 우정은 사랑보다 상위의 가치가 된다. 이 내어줌의 행위에는 격렬한 전쟁과 자기 극복과 타자의 변화까지도 촉발해 낼 나의 의지까지 포함한다.

니체에게 적은 절치부심(切齒腐心), 제거해야 할 악이 아니다. 벗과 적은 공속한다. 아킬레우스와 프리아모스는 적이면서 벗이 되었으며 또한 적이다. 벗은 적이다. 적은 벗이다.

인식은 슬픔이다*

모를 권리와 알 권리

인식은 슬픔, 가장 많이 아는 자들은
가장 깊이 숙명적 진리를 탓하지 않으면 안 된다.
인식의 나무는 생명의 나무가 아닌 것이다.

– 바이런, 《인간적인 너무나 인간적인 I》, 109

인식은 슬픔이다.

모를 권리도 있지 않을까?라고, 전에 친구가 술좌석에서 농담처럼 내뱉은 말이 깊이 와 박힌다. 몰랐으면 좋았을 텐데… 그런 순간이 있다. '인식의 나무는 생명의 나무가 아니고', 니체 식으로 말하면 무서운 것이며

* 니체 저서 《인간적인 너무나 인간적인 I》 109절의 제목임.

위험한 것일 수도 있다.

원시 시대의 인간은 '자연에 대한 표상'이 결여되어 있었기에 자연을 마술적으로 인식했다. 자연의 법칙과 인과론을 알지 못했고 알려고도 하지 않았다. 때문에 고대 그리스 사회에서는 온갖 것이 다 신(神)이었다. 또 재앙의 원인을 과학적으로 접근하기보다 '재앙에 대한 감각을 바꾸거나 새로운 해석'을 함으로써 재앙을 극복하려고 했다고 니체는 위 책에서 설명하고 있다. 이는 '종교와 예술의 영역'에서 행해졌는데 다시 말해 종교와 예술이 '진통제와 마취제 역할'을 했다는 것이다.

그러니까 니체는 원시인의 삶이란 '종교라는 진통제와 마취제'로 연명하는 삶이라고 말한다. 종교는 이성의 오류로 탄생했고, '종교적인 예배의 토대는 인간과 인간 간에 행해지던 마술의 표상'이라고 말한다. 또한 그리스도교의 성자를 '모든 환상, 공포, 실신, 황홀 등의 병적 상태'로 규정하면서 이 역시 '종교적이고 심리학적인 오류'에서 비롯하는 것이라고 말한다.

인간의 행위는 모두 정당하다

마음이 복잡할 때, 성당에 다녀오면 편안해진다. 복잡한 세상에서 각종 어려움에 부딪칠 때 내 탓이오,라고 해버리면 정돈되는 느낌이 든다. 이와 정반대의 지점에 니체가 있다. 인간은 무죄라고, 인간은 책임이 없다고, 인간의 모든 행위는 정당하다고, 다시 말해 인간의 인식이란 인간에게는 죄가 없다는 통찰을 얻기 위한 것이라고 말한다.

자연의 '법칙'에 묶인 인간의 행위는 모두 정당한 것이니까 겁먹지말고 명랑하게 살라고 추천한다. 기독교의 구원에 대해 니체는 사람들의 마음을 가볍게 하기 위해 생겨 난 것이라고 말한다. 그러나 이 가벼워지기 위해 생긴 종교 때문에 인간은 죄인이라는 무거운 인식에 갇혀서 자신을 중죄인 취급하며 내 탓이오를 읊조리며 살게 된다고 설명한다.

니체는 도덕의 기원이 쾌감에 뿌리를 두고 있듯이 종교 역시 인간이 자기 마음에 드는 것을 참이라고 주장하는 데서 비롯된다고 본다. 이것이 종교의 민낯이며, 종교의 속성이라는 것이다. "신앙이 축복으로 이끄는 것이 아니라면 신앙은 믿어지지도 않을 것이니 신앙이란 얼마나 가치가 없는가?"라고 니체는 묻는다.

> *"잘못된 특정 심리학 및 동기와 체험의 해석 안에 존재하는 특정 종류의 환상, 이런 것들은 한 사람이 그리스도교인이 되거나 구원의 욕구를 느끼는 데 없어서는 안 될 전제다. 이성과 상상력의 이런 과오를 통찰하게 될 때 사람들은 그리스도교인 이기를 그만 둔다."*
>
> – 니체, 《인간적인 너무나 인간적인 I》

무서운 주장이다. 그래서 니체는 나를 슬프게 한다. 나는 니체를 전면적으로 신봉하지 않는다. 물리적 세계 너머의 세계, 신의 세계, 혹은 플라톤의 이데아 세계는 나를 살게 한다. 이게 끝이라면, 이 삶이 전부라면, 삶은 너무 잔인하고 기막힌 코미디다. 이 생성의 세계, 종국에 가서는 너와 나의 경계가 소멸해 버리는 세계에서 어린아이처럼 철없이, 놀다가 가는 삶. 이 삶이 전부라면 삶이란 대체 뭘까?

니체는 지금 이 순간이 전부니 부디 영원한 저 세상, 천국의 세상을 바라며 자기를 죄인 취급하며 원죄에 눌려서 내 탓하지 말고 기쁘게 살라고 한다. 인간은 타자에 의해 변화를 겪는 무구한 자연의 한 조각일 뿐이라고, 당신과 나는 모두 무구하다고. 설령, 당신이 살인을 저질렀어도 자연법칙에 포획된 삶을 사는 당신은 무죄라고 니체는 말한다. 그러니 원한을 갖지 말고 살라고, 당신과 나는 곧 티끌 속으로 먼지가 되어 돌아가리니 부디 경쾌하게 살라고. 네 죄를 내가 사해 주노라! 니체는 우리를 구원해 준다!

그리고 이 삶의 껍질을 벗겨 보면 그곳에는 텅 빈 무(無), 힘의 다발들만이 존재한다고, 종교적 믿음은 가짜라고. 니체를 따라가 보면 남는 것은 허무다. 좀 더 깊이 가보면 두렵기까지 하다. 이 허무를 극복하고 자기를 통치하고 지배하는 주인이 되어 살라는 주문. 저 너머의 구원을 꿈꾸지 말라는 충고. 여기 이 세계에서 주사위 던지기 놀이를 하듯이 살라고 니체는 나를 불러 세우지만 나는 주춤거린다.

이 삶이 무거워서 저 너머를 바라보며, 나는 신(神)을 부른다. 가령 이런 상상을 한다. 이 빈곤한 실존에게 아주 폭력적으로 어느 순간 폭포수처럼 무수한 빛의 무더기가 쏟아져 들어오기를, 그 빛들의 출렁임 속에서 개체의 나약함과 공포를 딛고 구원의 기쁨을 느끼기를, 그것이 꿈이라고 해도 그 안에서 가만가만 몸에 울긋불긋 새겨진 삶의 흔적과 궤적들을 은총의 신께서 위무해주기를. 어떤 절대정신이, 육(肉)의 모습을 한 신이 가만가만 내 이름을 불러 주기를, 그만하면 됐다, 라고 말해주기를. 존재를 얽

어매고 있는 고통의 그물을 마법의 봉으로, 얏, 풀어주기를.

니체는 이런 정신을 노예의 정신이라고 한다. 강자이며 주인의 정신은 스스로 일어나며 스스로 기뻐하며 스스로 긍정하며 자기를 통제할 줄 아는 존재니까.

모든 시대의 최고의 현자들은 전부
미소를 짓고 눈짓하며 동의한다 :
바보가 더 나아지기를 기다리는 것은 어리석도다!
총명한 아이들이여, 바보들은
역시 바보가 되도록 두라, 그들에게 어울리도록!

– 괴테의 시, 《인간적인 너무나 인간적인 I》, 110절

바보로 살고 싶어질 때가 있다. 나태해지고 싶을 때가 있다. 영리한 인식 앞에서 어리둥절하여 무작정 쉬고 싶을 때가 있다. 그럴 땐 가만히 누워 휴식을 취하면 된다. 그리고 일어나자. 고개 들어 보면 다들 저리도 열심히 산다. 이리저리 흔들리며 흔들리며. 내가 너에게 손을 내밀고 네가 나에게 위로가 되는 오늘이 되게, 나여 힘을 내거라! 오 하느님!

2

공부하기 좋은 날

소확행, 크세르크세스와 베수비오 화산

위험하게 살기, 수영 배우기, 무능력

헤로도토스의 《역사》(숲, 천병희 역)를 보면 BC 480년 크세르크세스는 페르시아 본국민과 주변 모든 부족을 동원해 3차 그리스 원정을 떠난다. 전투요원만 264만 명인데 종군하인과 수송요원, 요리사, 노예 등등을 포함하면 약 500만이라는 어마어마한 대군이 그리스로 진군한다.

이미 1, 2차 그리스 원정에서 대제국 페르시아는 큰 수모를 겪은 바 있다. 선왕 다레이오스(다리우스)는 3차 원정을 준비하던 중 세상을 떠난다. 크세르크세스는 이 전쟁이 실익이 없다고 판단하고 피해보려고 한다. 그러나 아무리 신과 같은 대제국의 황제지만 주위 환경과 여론, 미신 등등으로부터 자유로울 수는 없었다. 운명의 이끌림! 그리고 '준비된 패배'를 이보다 드라마틱하게 보여주는 '드라마'가 있을까?

어마어마한 대군이 아뷔도스에 도착하자 그는 아뷔도스인이 만든 단(壇)에 앉아 육군과 해군 함대를 관병한다. 헬레스폰토스가 함선과 사람들로 가득한 것을 보자 크세르크세스는 행복해하다가 눈물을 흘린다. 숙부 아르타바노스가 이유를 묻자 크세르크세스는 "인생이 얼마나 짧은 것인가 생각하다가 비감에 잠겼다"고 말한다. 그러면서 '페르시아가 이토록 발전한 것은 위험을 감수한 용기' 때문이라며 숙부를 다독인다.

큰일은 큰 위험 없이는 이룰 수 없는 법이오

그는 높은 단 위에서 까마득하게 넓은 빈 들판에 까마득하게 많은 사람들이 캠프를 차리고 물을 떠 나르고 그날 먹을 밥을 짓고 사열하는 모습을 본다. 이들 중 누군가는 내일이나 모래 전투가 시작되면 파리 목숨처럼 사라질 것이다. 높은 곳에서 보면 벌레처럼 작게 보이는 사람들, 그들도 살고 싶을 것이다. 그러나 어쩔 수 없이 참여해야 하는 전쟁에 운명을 맡기고 하루의 삶을 성실히 살아내고 있다. 문득 크세르크세스는 그들의 운명이 가여워졌을지도 모른다.

예나 지금이나 인간에게 목숨만큼 소중한 것이 있겠는가? 이들이 자발적으로 전쟁에 참여했을까? 참여하지 않으면 국가의 폭력에 의해, 혹은 굶주려 죽을 것이니 이래 죽으나 저래 죽으나 매 한가지. 내일이 될지, 모래가 될지, 아니면 운 좋게 살아남을지 알 수 없는 상황이다.

천하를 호령하는 대제국의 황제 크세르크세스는 말한다. "큰일은 큰 위험 없이는 이룰 수 없는 법이오." 그러나 황제이며 전투를 지휘하는 최고 지휘관인 젊은 크세르크세스는 이 순간 인간의 짧은 삶에 대해 생각한다.

헤로도토스는 크세르크세스의 온갖 행태를 수집하여 소상하게 3차 페르시아 전쟁사를 기록하고 있다. 그러나 크세르크세스의 잔악한 행태에도 불구하고 그의 인물됨을 폄하하지 않았고 객관적으로 기록하고 있음을 알 수 있다. 재미있는 대목도 눈에 띄었는데 "수백 수십만 명의 페르시아 대군들 가운데 크세르크세스의 용모가 가히 뛰어났다"고 기술하고 있다. 페르시아 왕족의 외모에 대한 칭찬은 플루타르코스의《영웅전》에도 나타난다. 플루타르코스는 4세기초 페르시아에 이어 대제국을 이룩한 마케도니아의 알렉산드로스의 행적을《알렉산드로스 전》으로 기록했는데 여기서 다레이오스 3세와 그 왕비 및 페르시아 여인들의 외모를 극찬한다. (그런 점에서 이 전쟁을 소재로 한 헐리우드 영화《300》의 시선은 눈길을 끈다. 영화에서 크세르크세스의 외모는 괴물처럼 혐오스럽게 표현되고 있다.)

어쨌든 크세르크세스는 생각의 여지를 많이 남기는 인물이다.《역사》에는 크세르크세스에 대한 일화가 매우 많다. 그런데 나에겐 무엇보다 무소불위의 존재인 크세르크세스가 눈물을 흘리는 대목이 눈길을 끈다. 전쟁을 앞둔 거대제국 황제의 눈물! 그는 곧 제국의 체면을 구기며 전쟁에서 패한다. 그리고 페르시아로 돌아가 비극적인 삶을 살다가 생을 마감한다.

여기서 생각해 볼 대목은 '큰일은 큰 위험 없이는 이룰 수 없다'는 문장이다.

그 넓은 영토, 소아시아 전역과 발칸 반도 북쪽을 거의 다 평정한 대제국의 황제가 손바닥만한 도시국가 아테네를 상대로 전쟁을 벌일 필요가 있었을까?

여기서 니체의 이야기를 들어보자.

니체도 크세로크세스와 비슷한 말을 한다. '실존의 가장 커다란 결실과 향락을 수확하기 위한 비결'은 '위험하게 사는 것'이라고. 그러니 '베수비오 화산가에 도시를 세우고 미지의 바다'로 출항할 준비를 하라고.

폼페이를 삼킨 베수비오 화산 옆에 도시를 건설하는 정신은 대체 어떤 정신일까? 니체에게 삶은 '영웅적인 감정이 춤추고 뛰어노는 위험과 승리의 세계'다. 그렇다면 니체의 '위험하게 살아라'를 어떻게 해석해야 할까? 페르시아 원정 같은 전쟁에 나가거나 목숨을 버릴 각오로 살라는 것일까?

우리는 원시시대나 고 · 중세인들의 삶과 비교하면 위험하게 사는 것 자체가 쉽지 않다. 사고사나 질병에 의한 죽음 외에 삶에 크나큰 위험이 항존했던 옛날과 다른 환경에서 살고 있기 때문이다.

요즘 소확행이 유행어가 되었다. 대단히 영웅적인 삶도 바라지 않고 위험을 감수하고 싶지도 않다. 그저 소소하고 확실한 행복이나 꿰차면서 큰 고통 없이 사는 삶, 그것 말고 무엇이 있겠는가? 그러나 니체는 아니라고 말한다. 이런 겁쟁이들. 곰에게 사탕을 물려주면서 쓸개 떼어 가는 인간의 간지(奸智)를 느끼지 못하는 마비상태의 삶을 너희는 바라는가?라고 되물어볼지도 모른다.

그러니까 니체의 '위험하게 살라'는 소확행은 아닐 것 같다. 앞서 말했듯 현대인은 사실 위험하게 사는 것이 쉽지 않다. 위험한 삶은 어떤 삶일까? 어떻게 살아야 할까? 나는 니체의 '위험하게 살아라'를 창조하며 살아라! 싸우며 살아라!라고 이해하고 싶다. 일상생활에서는 조금만 자기 삶의 방향을 바꿔보는 실천이라고 말하고 싶다.

위험하게 살기, 익숙한 나의 힘에 구멍을 내는 자발적인 이탈

직진 길에서 옆길로 새기, 정해진 등산로의 코스 이탈하기. 샛길로 접어들어 자발적으로 헤매기. 안 보였던 풍경 보기 등. 이런 것이 현재 우리가 시도할 수 있는 '위험하게 사는 방법'이 아닐까 싶다. 말하자면 습관화된 신체의 리듬 바꾸기. 그것은 달리는 차가 급 브레이크를 밟았을 때 기우뚱하는 불편과 놀람을 경험하는 감각이기도 하다. 새로운 모든 것은 니체가 보기에는 '악한 것'이고 이 악한 것이 병리적인 익숙함의 자리에 새것을 생성시키는 힘으로 작용한다.

이것은 나를 당황하게 한다. 나의 고유한 정체성이라 믿던 힘 관계의 다른 배치와 마주침에서 느끼는 생소함. 이 생소함을 견디고 다른 만남을 기대하며 익숙한 나의 힘을 빼는, 그 힘에 구멍을 내고 기우뚱하는 자발적인 이탈. 그것을 위험하게 사는 것이라고 말하고 싶다. 소소하고 작은 행복 안에서 웃고 있을 때 나는 변하지 않으려고 나를 붙들고 있으며 나의 신체는 낯선 오솔길과 낯선 힘들이 낯선 노래를 만들어 내는 위험하고 창조적인 세계는 만나지 못한다.

수영을 배우려면 물에 들어가야 한다. 수영장이든 바다든. 물에 들어가는 '위험'을 감당하고 싶지 않은 사람은 수영을 배울 수 없다. 물에 들어

가서 예기치 않게 물을 마실 각오를 해야 한다. 그리고 물의 흐름과 물결의 운동 방향을 익혀야 한다. 몸이 지상에서 균형을 이루던 힘을 비틀고 파괴해야 한다. 위험하게 살아라! 그것은 말하자면 습관화된 몸의 내적 감각지형을 변화시키는 것이다. 자신의 신체가 주변 낯선 사물과 서로 작용하는 방식을 익히는 무수한 시도, 그것이 위험하게 살기라고 나는 정의 내린다.

스케이트를 배우려면 엉덩방아 찧고 다리가 부러질 위험을 감수해야 한다. 자전거를 배우려면 넘어져 타박상을 입을 위험을, 춤추기를 배우려면 춤추기 전의 뻣뻣한 신체를 다르게 움직이도록 해야 한다. 굳어버린 근육을 다르게 사용하는 모험을 시도해야 한다.

삶의 대가 되기

니체는 우리에게 삶의 대가가 되라고 말한다. 삶의 대가는 타자들과 만남에 열려 있다. 낯익은 안락함을 걷어차버릴 용기와 불편한 감각을 체화시키는 능력, 그것은 니체가 말하는 자유정신의 소유자만의 영역일 것이다. 자유정신의 소유자는 삶의 대지에서 춤추는 자다. 니체에게서는 잘 알다시피 정신과 육체가 분리된 무엇이 아니다. 육체가 자유로운 것과 정신이 자유로운 것은 단 한마디 몸이 자유로운 것이라는 말로 통합된다. 이것은 마치 스피노자가 《에티카》에서 사유 속성과 연장 속성이 실은 동일한 것의 다른 표현이라고 주장한 것과 비슷하다. 정신과 육체의 구별이 니체에게는 무용하다. 해서 자유로운 몸, 자유정신의 소유자는 힘관계의 배치를 유연하게 하면서 새로운 아(我)와 타(他)의 힘 상승을 창조하는 능력이다. 니체의 위험하게 살기는 힘 상승의 삶 살기의 다른 이름이다.

해서 들뢰즈의 다음 문장은 니체의 위험하게 살라와 같은 맥락이라고 나는 이해한다.

> *"각 층위에서 한 법칙에 예속된 주체는 자연 안에 있는 더 크고 항구적인 대상들과 관계함에 따라 반복하지 못하는 자신의 고유한 무능력을 경험한다. 또 이 무능력이 항구적인 대상 안에 이미 포함되어 있고 반영되어 있음을 발견한다."*
>
> – 질 들뢰즈, 《차이와 반복》

'반복하지 못하는 무능력'이란 다시 말해 차이를 생성하지 못하는 무능력이다. 이것은 위험하게 살지 못하는 무능력, 게으르게 자기 정체성 속에 박혀 있기에 자연의 변화하는 대상들과 새로운 힘의 배치 속으로 들어가지 못하는 무능력이다. 자연의 '항구적인 대상들'은 매 순간 '항구적으로' 변화한다. 이 대상들과 계속적으로 반복을 수행하는 능력이란 계속적으로, 자발적으로 이 대상들과의 흐름에 따라 내 자신을 흐르게 해야 한다. 내가 유동하는 존재로, 나를 고착화하지 않을 때 대상들과 나는 매순간 다른 배치 속으로 들어간다. 그것은 반복의 양상을 띄지만 사실 반복이 가능한 것은 차이들을 생성하는 능력에 다름 아니다. 차이를 생성하지 못하는 관계는 흐름으로서의 반복이 아니다. 반복은 차이를 생성하지 못할 때 종료된다. 그것은 동일성 속에 소멸되는 것 일뿐 더 이상 반복으로 변주되지 못한다.

말하자면 반복은 생성의 다른 표현이다. 반복은 운동이며 차이의 생성이며 따라서 반복은 흐름으로서 나의 진동하는 힘 관계의 차이들의 생성을 나타내는 표현이라고 본다.

크세르크세스는 패배하고 본국으로 달아난다. 그러나 시도하지 않고 포기하기보다 니체는 몰락을 향해 걸어가는 용감함에 박수를 보낸다. (전쟁 찬양하자는 것은 아니다.) 몰락도 도전과 공격도 없는 소학행의 삶을 니체는 죽음이나 약자의 어리석은 탐욕이라고 비난할지 모른다. 실패는 어떤 창조의 다른 이름이다.

네 몸에 힘을 빼라! 너라고 믿는 너를 허물어라. 너에게서 도망쳐 나올 준비를 해라. 그리고 새로운 힘과 접속하라. 네가 너라고 믿는 것들은 너와 무관한 것이다.

나와 싸우고 나의 동료들과 싸우고 세계와 싸우는 싸움꾼 니체는 이 싸움 속에서 위험과 승리의 세계를 만난다. 이 싸움의 세계는 고통을 줄 수 있으나 이 고통은 바로 행복의 다른 이름이다. 사실 말이 싸움이지 이 싸움이란 자기의 내적 힘 강화와 타자의 힘 강화가 동시에 이루어지는 상호 상승운동이라고 할 수 있다. 그러나 어떤 강화도, 어떤 운동도 고통이 따른다. 니체는 이 고통을 통과해서 위대한 것에 도달하려고 한다. 그러나 이 고통은 달리 말하면 행복이며 행복을 통해 위대한 것, 즉 행복들을 계속 통과해 간다.

"더욱 섬세한 감관들과 더욱 섬세한 취향을 가지는 것, 정선된 것과 최상의 것, 그리고 적당하고 자연스러운 음식에 익숙해 있는

것, 경호원과 책임자로, 그리고 특히 더욱 강인하고 대담하고 무모하며 위험을 즐기는 정신의 도구로 정해져 있는 강인하고 대담한 육체를 즐기는 것: 이 모든 것이 바로 자신의 소유, 자신의 상태이기를 원하지 않는 사람이 어디 있겠는가! 그러나 그는 숨지 않는다: 이것을 소유하고 있는 상태라면 인간은 태양 아래에서 행복을 가장 잘 견디는 피조물이라는 훈장을 구입한다!… 그는 항상 모든 방면에서 그리고 가장 깊숙하게 고통에 노출되어 있을 수 있다는 조건하에서만, 가장 섬세하고 지고한 행복에도 노출되어 있을 수 있다."

– 니체, 《유고: 1881년 봄~1882년 여름》, 674

니체에게 행복이란 힘에의 의지를 강화하기 위해, 즉 고양된 존재를 향해 시련과 대결하는 순간에 실현되는 감정이 아닐까? 그것은 위험을 두려워하지 않는 정신의 강인함 속에서 맛보는 삶에 대한 긍정의 감정이다.

철학, 나의 건강을 위한 공부

니체와 노자

“나는 여전히 단어의 예외적인 의미에서 철학적인 의사(醫師)를 고대하고 있다. 민족, 시대, 인종, 인류의 총체적인 건강의 문제를 진단하고, 내가 제기한 의혹을 끝까지 추구하여 모든 철학이 지금까지 다루어온 것은 “진리”가 아니라 다른 어떤 것, 즉 건강, 미래, 성장, 권력, 삶 등이라는 명제에 과감하게 천착하는 그런 의사를 고대하고 있는 것이다.”

– 니체, 《즐거운 학문》, “서문”

나는 마른 체격이다. 어떻게 하면 몸에 살이 붙을지 궁리하지만 뾰족한 수가 없다. 몸피가 넉넉한 동년배를 보면 부럽다. 심한 비만은 반갑지 않으나 통통했으면 좋겠다고 생각한다. 그러나 몸은 나의 희망사항을 들어주지 않는다. 어디가 크게 아픈 것은 아니지만 저혈압과 빈혈기도 신경이 쓰인다.

니체는 56세라는 길지 않은 생애 동안 질병과 회복과 질병 사이를 통과하면서 '철학'을 해왔다. 심한 병고 중에도《인간적인 너무나 인간적인 I · II》를 집필했다. 니체는 평생을 병 속에서 사유했고 병마와 사이좋게 살았다. 질병을 긍정했다.

질병을 통과하면서《아침놀》을 썼고 회복기에《즐거운 학문》을 완성했다.《즐거운 학문》에서는 니체의 고양된 정신을 만나게 된다. 이 시기에 니체는 '철학은 단지 육체에 대한 해석, 혹은 육체에 대한 오해에 불과한 것이 아닐까라는 질문'을 스스로에게 자주 했다고 말한다.

철학은 '단지 육체에 대한 해석, 혹은 육체에 대한 오해'일까? 니체는 '모든 철학은 개인적인 충동의 지성적인 우회로에 불과한 것'이며 개인적인 충동이란 '취미에 적합하고 도움이 되는 것들에 대한 충동'이라고 설명한다.(《아침놀》 553). 그래서 철학이란 근본적으로 '개인이 건강해지는 법에 대한 본능'이 아닐까? 라고 말한다. 각각의 '건강을 두뇌라는 우회로를 통해 추구하려는 본능', 그것이 철학이라고.

한마디로 철학은 건강을 추구하는 본능, 혹은 건강을 발명하는 인식행위라는 설명이다. 철학을 하면서 아프고 왜소해지고 고뇌에 찌들고 삶이 침체된다면 그것은 철학하는 삶이 아니다.

철학이란 개인이 건강해지는 본능

철학하기란 건강한 삶의 방법을 알고 실행하는 것이다. 니체가 말하는 건강이란 질병이 없는 상태가 아니다. 건강과 질병은 한 쌍의 짝패요, 쌍둥이다. 건강이란 질병과 사이좋게 노는 삶, 질병과 건강의 동시적인 장(場)으로서의 삶에 대한 긍정이며 능동성이다. 건강은 질병을 포괄한다. 그러므로 언급했듯이 니체에게 개인의 건강이란 자신의 충동을 두뇌로 번역한 것이다. 그것이 철학 행위이며, 철학이란 근본적으로는 '개인이 건강해지는 본능'이라고 말한다. 이 본능을 긍정하는 삶이다.

> *"또한 나는 나의 변덕스러운 건강 덕분에 저 모든 거칠고 모난 정신보다 앞서 있다는 것을 잘 알고 있다. 수많은 종류의 건강 상태를 거듭해서 통과하고 또 통과해야 하는 철학자는 그만큼 많은 종류의 철학을 뚫고 지나가게 된다: 그는 그의 상태를 가장 정신적인 형식과 원거리로 옮겨 놓을 수밖에 없는 것이다 — 이러한 변형의 기술이 바로 철학이다."*
>
> – 니체, 《즐거운 학문》, "서문"

나의 '수많은 종류의 건강상태'를 거듭해서 통과한 철학자는 '수많은 종류의 철학'을 통과할 수밖에 없다. 수많은 철학을 — 건강상태를 — 뚫고 지나간 사람은 그의 '건강 상태'를 '가장 정신적인 형식과 원거리'로 옮겨 놓을 수밖에 없다. 즉 펄펄 김나는 따뜻한 나의 내장과 나의 몸, 나의 본능의 '수많은 건강상태'들은 이것을 '두뇌라는 우회로를 통해 번역'하는 나에게 가장 정신적인 형식으로 그것을 옮겨 놓게 한다. 이러한 '변형의 기술'이 철학이라고.

이는 철학자는 '차가운 내장을 지니고서 객관화하고 기록하는 기계가 아니라 항상 산고를 겪으며 자신의 사상을 탄생시킬 수밖에 없다'는 말과 통한다. 그것은 '어머니로서 피, 심장, 불, 기쁨, 정열, 고통, 양심, 운명, 숙명 등 자신이 지닌 모든 것을 그 사상에 주어야만 한다.'고(같은 책). 그리고 니체는 덧붙인다. '삶이 모든 것'이라고, 삶이 '우리가 만나는 모든 것'이라고.

노자의 도덕경을 생각한다.

"(…) 是以聖人之治, 虛其心, 實其腹; 弱其志, 强其骨. 常使民無知無欲, 使夫智者不敢爲也. 爲無爲, 則無不治." (그러하므로 성인의 다스림은 그 마음을 비워 그 배를 채우게 하고 그 뜻을 부드럽게 하여 그 뼈를 강하게 한다….)

-《도덕경》, 3장

이 구절이 있는 도덕경 3장은 백성을 우민화한다는 이유로 유가(儒家) 사상가들로부터 격렬하게 공격받는다고 한다. 그러나 이는 논외로 하고 3장 중 '그 마음을 비워 그 배를 채우고 그 뜻을 부드럽게 하여 그 뼈를 강하게 한다(虛其心, 實其腹; 弱其志, 强其骨)'를 생각해 보자.

니체 철학이 어떤 맥락에서 노자와 유사하다는 것은 알려진 사실이다. '노자는 배부른 돼지가 되기보다 배고픈 소크라테스가 되기를 바라는 한국인의 관념에 의문을 던진다'고 도올 김용옥은 말한다. 이 부분을 도올은《노자와 21세기》에서 이렇게 설명한다.

> *"인간의 뜻이란 쓸데없는 일을 벌이기 좋아한다. 욕망의 지향성에 따라 많은 유위(有爲)의 세계를 지어낸다. 그러나 그것은 나의 뼈를 갉아먹기만 하는 피곤일 수도 있다. 우리가 살아 "뜻 있는 일을 했다"고 하는 많은 자위감은, 때로는 하잘것없는 유위적 문명의 장난의 한 굴레일 수 도 있다. 네 뜻을 약하게 하고 네 뼈를 강하게 해라! 왜 그렇게 바보스럽게 마음을 가득 채울 생각만 하느뇨? 마음일랑 비우고 배나 채우려무나! 불행한 소크라테스가 행복한 돼지보다 낫다는 것은 우리의 도덕적인 상념이다. 그러나 노자는 그러한 상념에 브레이크를 건다. (…) 인간은 마음으로 사는 것이 아니라, 배로 산다! 이것은 우리의 통념을 깨는 노자의 지혜다. 그리고 이것은 뇌 중심의 서양 인체해부학에 대하여 오장육부 복부 중심의 한의학적 인간학의 지혜로운 가치에 대한 새로운 인식을 요청하는 것이다."*
>
> – 도올 김용옥,《노자와 21세기》

이 지점, 마음을 가득 채우고 조작적인 유위의 세계를 지향하는 대신 네 배를 채우고 네 뼈를 튼튼히 하는 건강의 철학, 이것은 니체와 노자가 만나는 지점이 아닐까?

물론 니체는 서구의 전통 형이상학적 관점을 비판하지만 '네 배나 채우라'고 말하지는 않았다. 그러나 니체는 인간을 부정하고 왜소하게 하는 전통적인 형이상학적 관점과 도덕관념을 맹비난하면서 '삶'을 이야기한다. 뼈와 살과 피가 도는 이 삶, 이 현존재의 힘 의지와 이 '현실'에 엄지손가락을 척 펴고 미소를 짓는다. 고매한 사유를 읊조리며 도덕과 윤리를 강조하는 자들을 비웃는다. 물론 노자도 불쑥 '네 배나 채우라'고 말하는 것은 아니다.

인간을 괴롭히고 우울하게 하고 바짝 마르게 하는 철학이라면 그것은 철학이라 할 수 없다는 것이다. 인간의 건강을 위한 철학, 건강의 기예를 찾는 본능을 니체가 자신의 철학이라 했다면 노자는 언어와 개념에 갇히지 않는 도(道), 무위(無爲, 하지 않음을 함, 사심 없이 함)를 강조한다.

그러므로 내 배를 채우고 네 뼈를 강하게 하라!

개인이 건강해지기 위한 본능이 철학이라면 철학은 이제 '민족과 인종' 등 인류의 총체적인 건강 문제를 진단 치료하는 의사의 역할을 생각하게 된다. 해서 인류의 건강을 치료하는 철학적인 의사의 출현을 니체는 고대한다.

즉 철학은 개체와 인류의 건강을 발명해내는 무엇이다. 서양철학은 그동안 인간을 병리적인 상태로 유도하는 형이상학의 늪에서 허우적거렸다. 그 결과 병든 인간을 산출했다고 보는 것이다. 때문에 니체의 계보학은 인간 삶에 부정적인 영향을 미치는 전통적인 관념들의 발생과 기원을 추적한다.

문학과 철학

대학시절, 나는 문학은 좋았으나 철학에는 거부감이 컸다. 거부감 정도가 아니라 철학 책을 보면 화가 났다. "뭐야? 말장난하는 건가?" 《철학에로의 초대》, 《철학 입문》 등등은 표지만 봐도 머리가 아파왔다. 제대로 읽지도, 고민해보지도 않고, 현실과 동떨어진 말장난이라고, 인간의 삶과는 거리가 먼 앙상한 관념들의 집합소라고 철학을 치부했던 것이다.

반면 문학은 재미있었다. 나와 너무도 닮은 인간이 울고 웃고 사랑하고 증오하고 파멸하고 몰락해가는 서사. 이 드라마 안에서 주인공도 되고 관객도 되어 가상의 세계를 만났다. 지금도 그렇지만 젊은 시절, 인간은 나의 관심사였으며 바로 나였으며 삶을 이루는 중심이었다. 인간 이야기를 풀어내는 소설과 시와 수필은 힘이 세다.

그러나 철학에는 인간이 없었다. 머리를 어지럽게 하는 개념들이 싸우고 있었다. 알아들을 수 없는 기호들이 서로 몰아붙이고 삿대질을 한다. 인간은 부재하고 난해한 빈 말들의 성찬이 진행될 뿐이었다.

그런데 이제 철학이 재미있다고 생각한다. 니체 덕분이다. 니체의 문장은 문학적 감수성을 자극하고 영감을 준다. 인간의 육성이 어른거린다. 죽비소리처럼, 독재자처럼, 초인처럼, 치기 어린 소년처럼 변주되어 반복된다. 철학적인 글쓰기와 문학적인 글쓰기가 만나는 지점을 니체에게서 본다. 니체의 문장은 문학을 극도로 밀고 나갔을 때 철학이 되는 것이 아닐까, 라는 생각을 하게 한다.

나를 건강하게 하는 공부, 철학

철학이 이렇게 재미있어도 될까? 철학이 재미없고 삶과 유리된 관념놀이처럼 느껴졌던 이유를 이제 알 것 같다.

니체의 철학에는 인간이 살아 있다. 니체는 자신의 철학을 건강을 위한 철학이라고 말한다. 더 나가 모든 철학을 개인의 '충동을 이성으로 번역하는' 행위로 본다. 건강을 추구하는 본능을 철학이라고 말한다. 철학적 의사가 되고자 한다. 그래서 인간을 평가절하하는 전통 형이상학적 관점을 병적인 것으로 간주한다. 니체에게 내가 호기심과 기쁨을 느끼는 것은 인간과 문학과 철학이 혼융되어 나타나는 때문이 아닐까, 생각해 본다.

앞서 말했듯이 나는 마른 체격이다. 그렇게 생겨먹은 것일 텐데 간혹 내가 철학을 제대로 하지 못한 탓 아닐까? 하고 생각해 본다. 그러다가 웃는다. 성장기부터 한결같은 몸이었건만 이제 와서 마른 체격을 탓하며 내가 철학 공부를 제대로 못하는 것 아닐까, 의심하는 것이 생트집 같아서. 다만 마음이 너무 복닥거려서 살이 안 찌는 거라면 그 마음을 잘 어루만져 주어야지, 생각한다.

건강을 위해 공부해야 하리라. 지금 이 삶을 풍요롭게 하고 나를 건강하게 하는 공부를 해야 하리.

"우리는 우리의 충동을 정원사처럼 처리할 수 있다. 그리고 소수만이 알고 있는 사실이지만 분노, 동정, 심사숙고, 허영심의 싹을 격자 울타리에 달린 아름다운 과일처럼 생산적이고 유용한 것으

로 키울 수 있다 (…) 이 모든 것을 우리는 자유롭게 할 수 있다. 그러나 우리가 이와 같은 것을 자유롭게 할 수 있다는 사실을 얼마나 많은 사람들이 알고 있는가? (…)

– 니체, 《아침놀》, 560

왕처럼 식사하기

신체와 영혼, 소화불량

"나는 전적으로 신체일 뿐, 그 밖의 아무것도 아니며, 영혼이란 것도 신체에 깃들어 있는 그 어떤 것에 불과하다."

– 니체, 《차라투스트라는 이렇게 말했다》

당신에게는 죽이고 싶을 만큼 미운 사람이 있는가? 용서 안 되는 사람이 있는가? 통제 안 되는 감정으로 흔들린 적이 있는가? 밑도 끝도 없이 열기가 느껴지는가?

공자는 나이 오십을 지천명(知天命)이라 했다. 나는 지천명은 고사하고, 사소한 일상에서조차 화가 날 때가 있다. 이 감정은 예기치 못한 순간에 불쑥 튀어 올라온다. 아주 미운 인간의 얼굴이 떠오른다. 물론 젊은 시절에 비하면 살 만하지만.

나로 말할 것 같으면 '짐승과 위버멘쉬(overman, '초인') 사이를 잇는 밧줄, 심연 위에 걸쳐 있는 하나의 밧줄'이다. 틀림없다. 사람은 생애 동안, 아니 하루에도 여러 번 짐승과 위버멘쉬 사이를 오르락내리락하는 존재일지 모른다. 계속 무너져 내리는 바닥, 끝을 알 수 없는 텅 빈 심연 위에 걸쳐진 밧줄 위를 곡예하는 자. 되돌아가기도, 곧장 직진하기도 힘들다. 짐승에게로 하강하다가, 어느 순간, 위버멘쉬를 향해 나를 초월하여 나에게로 간다. 그러나 극복의 순간 하강하는 존재. 상승과 하강의 곡예로 지쳐 파멸하는 자.

인간, 짐승과 위버멘쉬 사이를 잇는 밧줄

감정조절도 잘 되고, 마음의 일렁임이 얼굴에 그림자를 남기지 않는, 나를 지배하는 자가 되고 싶다. 그러나 느닷없이 휘몰아오는 정동. 우리의 일상은 사실 우리의 무의식의 측면의 현현이라고 보아도 좋을 것이다. 통제되지 않는 그 무엇, 그것을 제어(制御)하려고 의식적으로 노력한다. 그러나 그것은 어느 순간 밖으로 나와 있다. 당혹스럽기도 하고 불쾌하기도 한.

니체는 이렇게 말한다. 당신이 고통스럽다면, 당신이 삶에 피로와 불쾌감을 느낀다면 이 삶에 자꾸 한숨이 새어 나온다면 그것은 당신의 '영혼 탓이 아니고 배 탓'이라고. 생리적인 장애 때문이라고. 그런데 당신은 그것을 심리적으로 도덕적으로 해석해서, 그런 심리상태에 죄를 뒤집어씌우고, 죄책감을 느낀다. 그것은 지금까지 2,000년 이상 서양인의 삶의 모든 부문을 틀어쥐고 있는 그리스도교적 '금욕주의적 도덕' 때문이라고.

그리스도교의 성직자들은 인간이 고통스러운 것은 인간의 죄 때문이며 인간이 괴로운 것의 책임은 오로지 인간 자신에게 원인이 있다고 설명한다고 니체는 이해한다. 죄를 뉘우치고 그리스도교의 사랑 안에서 구원받고 영생하는 천국의 삶을, 괴로움과 고통의 처방전으로 제시한다. 니체가 보기에 이것은 고통 자체에 대한 마취 효과만 있을 뿐 근본적인 원인 치료가 못된다. 오히려 인간의 고통의 원인은 정신적 측면보다는 그의 배, 즉 생리적인 문제에 기인한다고.

현대의학의 측면으로 보자면 당신이 우울하다면 그것은 당신의 코티졸 호르몬 수치가 높고 세로토닌이 모자란 탓이다. 그러므로 그것은 당신의 뇌의 문제, 당신 신체의 문제이다. 그래서 우울증 약을 복용한다. 약을 먹으면 기분이 좋아지고 삶에 의욕이 생긴다고 한다. 불안이나 우울이나 슬픔이나 고통의 감정은 생각으로 다스려지는 것이 아니고 당신의 몸의 문제라고. 니체의 이런 해석 방식은 현대 뇌과학에서도 정설로 인정되는 추세다. 인간의 마음은 뇌의 작동방식에 따라 움직인다는 것 말이다. 심리적 문제도 뇌를 떠나서는 논할 수 없다는 것이다.

니체의 이야기를 들어보자.

"내가 불쾌한 것은 그 누군가에게 틀림없이 책임이 있다." — 이러한 방식으로 추론하는 것은 모든 병자들의 특징이며, 실상 그들이 느끼는 불쾌함의 참된 원인, 즉 생리학적인 원인은 더욱 그들에게 감추어진 채 있다(— 이 원인은 교감신경의 병에 있거나, 담즙의 지나친 분비나,

혈액 중의 유황산 칼리나 인산칼리의 결핍이나, 혈액순환을 방해하는 하복부의 압박 상태에 있거나, 아니면 난소나 그와 같은 기관의 퇴화에 있을 수도 있다). 고통스러운 자는 모두 고통스러운 감정에 대한 구실을 꾸미는 데 놀라울 정도로 열중하며 독창적이다.

– 니체, 《도덕의 계보》

즉 생리적 문제를 전적으로 정신의 문제로 보는 것은 옳지 않다는 것이다. 종종 궁금하다. 내가 슬픈 것은 나의 정신이 아니고 나의 몸의 문제라고? 그럴 리가! 나는 성장기 동안 슬픔의 감정 속에 갇혀서 살았다. 슬픔의 무지개들이 찬란한 무늬를 그리던 시절의 그림들, 그것은 꿈이었을까? 그것은 그러니까 정신만의 문제가 아니고 몸의 문제였다고? 가만, 내 몸이 아팠나? 그렇구나. 나는 어린 시절 병약했고 병치레가 잦았다. 신장염을 비롯해 유행하던 온갖 병에 걸렸다고 한다. 곧 죽는다는 것을 살려냈다고 어머니는 사춘기 이후 두고두고 '유세'를 부리셨다. 몸이 아픈 것이 먼저였구나! 해서 정신이 아프고 정신이 다시 몸으로, 몸이 다시 반란을 일으키는. 정신과 육체가 상호 작용하는 문제였구나. 육체성과 정신성은 분리되어 있는 것이 아니고 서로 작용하며 피차 영향을 미친다.

"정신적 고통" 자체도 나에게는 전혀 사실이 아니라, 지금까지 정확히 형식화할 수 없었던 사실들에 대한 하나의 해석(인과적 해석)에 불과하다고 생각된다.: 이는 아직은 완전히 불확정 상태이며 과학적으로 연관 지을 수 없는 어떤 것, (…) 누구든지 '정신적 고통'을 해결하지 못하게 되면, 거칠게 말해서, 그것은 그의 '영혼'의

탓이 아니라, 아마 아직은 그의 배[腹部] 탓일 것이다. 강인하고 잘 난 인간은 딱딱한 음식물을 삼켜야만 했을 때라도 음식물을 소화시키듯이, 자신의 체험들을(행위나 비행들을 포함하여) 소화시킨다. 만일 그가 이러한 체험을 '처리하지 못한다고' 한다면, 이러한 종류의 소화불량은 저 음식물의 소화불량과 마찬가지로 생리적인 것이며, — 오히려 사실은 저 음식물의 소화불량에 따른 한 결과일 뿐이다.

– 니체, 같은 책

몸이 건강하면 정신도 건강해진다. 그러니까 정신과 육체를 분리해서 접근하는 해석 방식은 옳지 않다는 것이다. 마음의 문제가 생길 때, 심리적으로만 접근하거나, 그것을 죄의 문제로 보고 구원과 기도와 죄책감에 시달리지 말고 내 몸의 코티졸 수치를 점검해보는 것도 괜찮은 접근법일 수 있겠다. 그래서 대중 서적들은 우울증을 완화하기 위해, 즉 정신의 건강을 위해, 꾸준히 운동하기, 밥 잘 먹기, 마음의 휴식 등을 제안하는 것이다.

로버트 루트번스타인(미셸 루트번스타인 공저)의 《생각의 탄생》에 따르면 《데카르트의 오류》의 저자인 뇌과학자 안토니오 디마지오(아이오와 대학)는 "양전자 방사 단층촬영을 이용해 감정에 따른 뇌의 변화를 추적해 행복의 경로를 추적"한 결과 "행복의 감정은 무의식적으로 육체적 느낌을 인지한 뒤 의식적으로 발생한다"고 한다. 그는 마음(생각)과 몸(존재 혹은 감각)의 분리를 주장하는 데카르트의 주장을 반박한다. 그에 따르면 "갑작스러운 사고나 뇌졸중, 종양으로 정서적 감응구조가 총체적으로 바뀐 신경질환자들은 합리적으로 계획을 세우는 능력이 부족하다"는 것이다. 즉 "의사결정 과정에서 정서적으로 몰입할 수 없기 때문인데 느낌과 직관은 '합리적 사고'의 방해물이 아니라 오히려 합리적 사고의 원천이자 기반"이라는 것이다. 그에게 있어서 "몸과 마음, 감정과 지력은 불가분의 것"이다. 그러니까 "과학자들은 '느낌'으로 논리적 개념에 이르며" "모든 학문에서 창조적 사고와 표현은 직관과 감정에서 비롯"된다는 것이다.

몸을 돌보아야 한다!

누군가가 미운가? 사는 게 재미가 없는가? 만사에 짜증이 나는가? 퇴근 시간만 기다려지는가? 세상이 왜 이 모양일까 싶은가? 어떤 인간을 상상하면 분노가 치밀어 오르는가?

그렇다면 잘 차려진 밥상 앞에 앉으시라. 맛있는 식사를 하시라. 나를 위한 밥상을. 당기는 음식을 찾아 드시라. 육식보다는 되도록 야채와 나물 반찬 위주로 즐기시라. 운동하시라. 몸이 좋아할 만한 과하지 않은 운동을. 오로지 다이어트를 목적으로 탐욕스럽게 강행하는 운동은 독이 될 수도 있다. 적당한 운동은 마음 건강과 신체 건강과 아름다움을 선사한다.(한 지인은 너무 빡세게 운동한 탓에 다리를 절룩거리며 약속 장소에 나타난 적이 있다. 그는 요즘도 하루 종일 미친 듯이 운동한다.) 그리고 한동안 나를 내버려두는 시간을 가지시라.

나는 요즘 입맛이 없다. 인간에게 먹는 낙이 얼마나 큰데 밥맛이 없으니 사는 일이 재미가 없다. 위를 채우기 위해 대충 음식물을 구겨 넣고 커피로 마무리한다. 그러지 말 일이다. 오늘 나는 나를 위해, 함께 밥을 먹을 편한 친구에게 전화를 했다. 그와 함께 푸른 잎사귀들이 많이 보이는 공기가 맑은 곳에 가서 맛있는 밥을 먹었다. 갑자기 세상이 환해졌다. 푸른 이파리 하나가 나에게 손을 흔들며 웃는다. 새하얀 치아가 이쁘다! 처음으로 나무에게 웃었다.

영원회귀와 죽음 체험

새로운 윤리적 실천, 이 순간의 긍정

만약 어떤 악마가 당신에게 와서 이렇게 속삭인다면 어떨까?

"지금 삶에 만족하는가? 만족하든 안 하든 당신은 지금과 꼭 같은 삶을 영원히 무한히 반복해서 살 것이다. 그다음 생에도 그다음 생에도, 당신은 지금과 동일한 삶을 영겁처럼 거푸 살아야 한다."

어떠신가? 《즐거운 학문》 341절에서 니체는 질문한다. 너는 이 삶을 영영토록 반복해서 다시 살기를 원하는가. 이 질문에 대해 기뻐하려면 어떻게 살아야 할까?

나는 어떠냐고? 나는 악마 놈의 머리통을 날려주고 싶을 것이다. 그러나 어떤 사람은 좋아!라고 말할 수도 있다. 이 사람이 위버멘쉬가 아닐까? 영원회귀 사유를 긍정하고 동일한 것이 반복되는 이 삶을 긍정하는 자가 위버멘쉬다. 그러나 나는 싫다. 죽음조차도 해결할 수 없는, 동일한 것의 영원한 회귀를 생각해 보라! 우리는 흔히 감당할 수 없는 절망 앞에서 '죽고 싶다'고 말한다. 그러면 해결된다고 믿는다. 최악의 순간 꺼낼 선택지가 있는 것이다. 그런데 아뿔싸! 죽은 후에도 다시, 영원히, 이 삶을, 지금과 똑같이, 반복해서 살아야 한다면? 이런 말을 하는 악마부터 요절내야 하지 않을까?

니체의 영원회귀 사유는 이 물음에서 시작된다.

> *"보라. 여기 순간이라는 것을! 나는 말을 이어갔다. 여기 순간이라는 성문을 가로질러 나 있는 길로부터 길고 영원한 골목길 하나가 뒤로 내달리고 있다. 우리 뒤에 하나의 영원이 놓여 있는 것이다. 만물 가운데 달릴 줄 아는 것이라면 필히, 이미 언젠가 이 골목길을 달렸을 것이 아닌가? 만물 가운데서 일어날 수 있는 일이라면 필히, 이미 언젠가 일어났고, 행해졌고, 지나가버렸을 것이 아닌가?*
>
> (…)
>
> *그리고 달빛 속에서 기어가고 있는 이 더딘 거미와 이 달빛 자체, 함께 속삭이며, 영원한 사물들에 대해 속삭이며 성문을 가로질러 나 있는 길에 앉아 있는 나와 너, 우리 모두는 이미 존재했음에 틀림없지 않은가? 그리고 되돌아와 우리 앞에 있는 또 다른 저 골목길, 그 길고도 소름 끼치는 골목길을 달려 나가야 하지 않는가. 우*

리는 영원히 되돌아올 수밖에 없지 않은가?"

– 니체, 《차라투스트라는 이렇게 말했다》, 3부 2장

니체는 영원회귀를 긍정하게 될 때, 그는 '변화한 자' '빛으로 감싸인 자'가 되어 웃는다고 말한다. 이 웃음은 이전에는 웃어본 적이 없는 웃음이다. 이 웃음은 '사람의 웃음소리'가 아닌 위버멘쉬의 웃음일 것이다. 차라투스트라는 '이 웃음에 대한 동경이 자신을 갉아먹고 있다'고 말한다.

니체의 영원회귀 사유는 매 순간은 그 자체로 의미가 있다고 본다. 이 순간이 영원이며 이 순간이 전부이다. 우리는 이 순간을 긍정하면서 살면 된다. 이 순간은 영원으로 이어지는 영원이다. 그런데 이 순간을 긍정하며 살기! 그것은 무엇일까? 무조건 긍정하는 것일까? 세상의 급류와 파도에 휩쓸리면서 무력하게 쪼그라들기? 세상의 흐름에 순응해서 열심히 살기? 혹은 감사하며 살기? 이 순간의 긍정, 혹은 운명의 긍정이란 부정을 함축한 긍정이며 파괴하고 구축하는 긍정이다. 부정을 통과해 온 자유정신이다.

가볍고 명랑하게 살기

그러나 이 순간을 긍정하기란 부드럽고 유머가 있고 가볍고 명랑하다. 비눗방울처럼 나비처럼 새처럼. 니체가 말하는 긍정이란 두 손 두 발 다 들고 항복하는 무기력과는 거리가 멀다. 그것은 스스로의 주인인 내가

이 순간과 어떻게 만날 것인가, 와 관련된다. 반응적인 긍정이 아니라 적극적인 긍정. 나의 변화를 통해 도달하는 긍정이다. 더 풍요로운 나에게로 가는 방식, 넘치는 나의 힘의 흐름과의 만남. 변화된 나와의 만남은 타자와의 만남도 변화시킨다. 이렇게 주도적으로, 살아가는 이 순간은 축복이다. 필연이다.

이 순간이 축복이 아니라면 삶은 두렵고 황폐한 사막이 될 것이다. 우리가 이 순간 최선의 삶을 살아야 하는 이유다. 이 순간이 영원이 회귀한다!

그런데 가만! 동일한 이 순간이 영원히 되돌아온다니? 동일한 것이 어떻게 되돌아온단 말인가? 동일한 것이 도대체 어디에 있는가? 세상 만물은 한순간도 동일하지 않다. 모든 것은 변화한다. 그런데 동일한 것이 되돌아온다니? 들뢰즈라면 차이만이 영원히 반복된다고 말할 것이다. 니체에게서 동일한 것이란 힘에의 의지의 되돌아옴, 힘들의 되돌아옴을 의미한다. 그러니까 지금 이 순간이 똑같이 동일하게 반복된다는 것은 사실이 아니다. 다만 지금 글을 쓰는 나, 지금 밥을 먹는 너, 웃고 있는 저 아기, 즉 세상과 인간 모두가 힘에의 의지의 현현일 뿐이라고 한다면 지금의 나의 힘의지들, 지금 너의 힘의지들은 매번 되돌아올 수밖에 없다. 요는 이 힘을 어떻게 사용하는가, 일 것이다.

니체는 말한다. 세상 모든 만물이 힘에의 의지라고. 우주는 그 자체로 목적이 없으며 혼돈의 반복이다. 즉 힘들의 힘들이 운동하는 반복이다. 니체는 세계의 총체적 본질을 영원한 혼돈으로 본다. 해서 인류에게 위버멘쉬라는 목표를 가질 것을 주문하는 것이다. 지금처럼 살 경우 영원한 혼돈의 반복 속에 머무를 것이기 때문이다. 영원회귀의 사유는 혼돈에서 도약을 우리에게 요구하는 것이 아닐까? 차이를 생성하는 삶을 살라고 하는 것이 아닐까?

지인에게 들은 이야기다. 그의 남편이 임종체험 프로그램에 참가했는데 그 후 완전히 다른 사람이 되었다고 한다. 남편은 사는 것이 재미없다며 술 마시는 낙으로 살다가 이 체험을 했다. 영정사진 찍고, 수의 입고 관 속에서 10여 분 누워있는 가상 죽음의 체험은 그를 다른 사람으로 변화시켰다. 그는 관 속에서 나와 대성통곡을 했고 그 후 가족에게 매우 잘한다고 했다. 이 프로그램에 참석한 사람들은 대부분 눈물을 흘린다고 한다. 살아온 날에 대한 후회와 회한으로. 지금까지 잘못 살았다는 사실을 깨닫게 된 것이다.

죽음이 두렵고 께름칙해서 저 아래로 밀어버린 채 존재하지 않는 것처럼 살아가는 것이 우리들의 삶일 것이다. 그런데 마주하고 싶지 않은 사실을 마주했을 때 내가 지금 잘못 살고 있다는 자각을 하게 된다. 그때부터 변한다. 지금과 다른 삶을 살려고 노력하게 된다. 해서 이 체험은 사람들을 놀랍게 변화시킨다고 한다. 죽음에 직면했을 때, 잘 살았고, 행복했고, 다시 동일한 삶이 주어져도 지금처럼 살 것이라는 마음으로 이 순간을 맞는다면 그는 성공한 사람이다.

영원회귀 사유와 임종체험의 충격

니체의 영원회귀 사유는 임종체험과 비슷한 충격을 준다. 지금 나의 삶이 앞으로도 영원히 동일하게 회귀한다고 하면 지금 이 순간을 어떻게 살 것인가? 영원회귀 사유를 받아들이는 순간 지난 삶을 돌아보게 된다. 나를 돌아보게 된다. 그리고 묻게 된다. 이것이 내가 영원히 계속되기를 원하는 삶인가? 이제 결단하게 된다.

나는 오늘 얼굴을 찌푸리며 화가 났는가? 사는 것이 왜 이 모양일까? 온 세상에 대고 고래고래 소리를 지르고 싶었는가? 착한 고양이에게 화를 내고 말하지 못하는 유리창에게, 냉장고에게, 벽들에게, 오후의 나른한 공기에게, 나쁜 태양에게 화를 냈는가? 영원회귀? 지랄. 잠자는 곰인형에게 화를 냈는가? 뭐 이런 개 같은 세상이 다 있나? 분노가 불끈불끈 솟구쳤는가? 그런 자신이 가엾어 보였는가?

세상 사람들에게는 함부로 화를 낼 수 없다. 그들은 착하지 않다. 이유 없는 나의 화를 받아줄 리 없다. 해서 가만히 있는 의자를 발로 차고 벽에 이마를 찧었는가? 집 안의 물건들에게 화를 냈는가? 그러지 말 일이다. TV를 보면 연일 사건사고가 끊이지 않는다.

니체는 도덕주의자들을 혐오한다. 니체는 자신을 비도덕 주의자라고 말한다. 니체는 지금과 다른 윤리적 실천을 요구하는 위버멘쉬의 삶을 제시한다. 그것은 질적으로 다른 인간 유형을 요구하는 것이며, 새로운 윤리의 지평을 여는 사유다. 그것은 새로운 무엇이며 비도덕이며 선악의 저편의 사유다. 현재의 도덕은 '인간 말종'의 도덕이며 자기기만에 불과하다는 것이 니체의 일갈이다.

나의 시 한 편을 소개하며 글을 맺는다.

나는 노래하는 까치에게 화를 낸다
착한 강아지에게 화를 내고 고양이에게 소리 지른다
되는 일도 없고 우울이 깊어 가는 날
나는 나무에게 화를 낸다
나무보다 멍청한 하늘에게 하늘보다 멍청한
키 작은 회양목에게 화를 낸다
회양목보다 더 작은 민들레에게
민들레보다 더 못생긴 잡풀들에게 화가 나서
소리친다
이 못난 것들아 이 바보 천지들아
집에 돌아보면 먼지를 싸안고 온 외출복에게,
지저분한 신발에게
백치 거울에게 눈 치뜨고 화를 낸다
그리고 나에게 화가 난다
화가 난 나를 보면 슬퍼지고 나는 착한 것들에게만
화를 낸다
추운 것들, 힘없는 것들에게만 화가 난다

– 천경, 〈화를 낸다〉 전문, 시집 《고독 혹은 빨강색에 대하여》 중에서

소크라테스와 알키비아데스의 사랑

아름다운 옆길

알려져 있다시피 알키비아데스와 소크라테스는 연인 관계였다. 이는 고대 그리스 사회의 특수성을 나타내 준다. 플라톤의 초기 대화편 《향연》(숲, 천병희)에는 이들의 '연애담'이 잘 기록돼 있다.

아름다운 청년 알키비아데스는 소크라테스를 유혹하기 위해 온갖 계략을 쓴다. 단둘이서 대화도 나누고, 레슬링 같은 운동도 하고, 만찬에 초대도 했으나 모두 허사였다. 알키비아데스는 소크라테스와 밤을 보내기 위해 음모를 꾸민 후 소크라테스를 껴안고 밤새 누워있었지만 아무 일도 일어나지 않았다고 말한다. 그러면서 소크라테스가 자신의 매력을 조롱하고 모욕했다고 흥분한다. 소크라테스와 자고 일어났을 때 아버지나 형과 잤을 때와 다를 것이 없었다고. 문득 황진이가 서화담을 유혹하던 수법이 떠오른다.

예전에 《향연》을 읽었을 때 나는 들떴다. 그러한 정동의 근원은 낯선 곳에 초대되어 '오래된 새로움'을 추체험한 자(者)의 흥분쯤으로 정리될 듯하다. 내 안에 없는 매우 이질적인 감정의 생성. 생성하는 감정 다발들의 입자가 부유한다. 이번에 두 번째 읽은 느낌 역시 비슷하다. 책은 일상의 인간을 고조시킨다.

미소년 알키비아데스가 사랑한 소크라테스

무엇보다 이 책의 뒷부분, 알키비아데스가 등장해서 소크라테스에게 술주정하는 부분이 인상적이다. 미소년 알키비아데스가 귀엽다. 알키비아데스는 투키디데스의 《펠로폰네소스 전쟁사》(숲, 천병희)에서 배신자로 나온다.

알키비아데스가 주도한 시라쿠사이 전쟁에서 아테네가 패하자, 알키비아데스는 재빨리 적진인 스파르타 측으로 가서 조국 아테네의 상황을 밀고한다. 그러나 어찌어찌해서 거기서 다시 버림받자 페르시아 쪽으로 망명해서 페르시아를 위해 일하다가 비극적인 죽음을 맞는 실존의 인물이다. 그때 나에게 알키비아데스는 그 흔한 배신자 중 한 사람이었다. 그런데 그 알키비아데스가 이 알키비아데스다! 그 카멜레온 같은 인물이 젊은 시절 이처럼 지혜를 사랑하고, 소크라테스를 따라다니며 사랑받기를 원했다는 사실이 흥미롭다. 해서 어떤 사람에 대해 호불호(好不好)를 말할 때 그것은 자기 경험 내에서의 판단이라는 사실을 기억해야 할 것 같다.

연인의 사랑을 받고 싶은 간절함이 2,500년을 뛰어넘어 내게로 전해진다. 바람을 타고 왔는가? 물론 이 글 《향연》은 플라톤이라는 우회로를 거쳐서 우리에게 다가오는 소크라테스이며 알키비아데스이긴 하다. 그러나 나는 자주 글 속에 물든다. 어떤 불가해한 파토스에 전염되는 행복감. 분석적이거나 이성적이지 않은 맹목의 그 힘듦 안에 오랫동안 들어가 있고 싶은 태초의 정념. 그곳에 흐르는 '힘듦'의 파동에 내가 감염된 때문일까? 알키비아데스의 소크라테스를 향한 마음은 무조건 무죄다! 이국적이며 이상한 아름다움의 마력 같은.

이 책 향연에서 에로스는 '사랑받는 이가 아니라 사랑하는 이'라고 소크라테스의 입을 빌려 디오티마는 말한다. 사랑하는 이는 자기의 결여를 채우기를 원한다. 알키비아데스는 말하자면 자기에게 결여되어 있는 지혜에 대한 사랑(철학)을 소크라테스에게서 얻으려고 그를 사랑한다. 사랑하는 이가 실제로 바라는 것은 그것을 소유하려는 것이다. 즉 알키비아데스는 좋은 것을 사랑함으로써 좋은 것이 자기 것이 되기를 바라는 것이다. 그것이 에로스의 성질이다. 그러나 소크라테스는 알키비아데스의 유혹을 거부한다. 소크라테스가 틀린 것일까?

《향연》은 비극작가 아가톤의 경연 우승을 축하하기 위해 아가톤의 집에서 잔치를 하면서, 소크라테스를 비롯해 모인 사람들이 에로스(사랑)에 대해 말한 내용을 기록한 것이다.

먼저 파이드로스는 "에로스는 인간에게 가장 큰 은혜를 베푼다."라고 말한다. 소년에게는 자기를 사랑해줄 고결한 연인을 갖는 것보다, 연인에게는 고결한 연동(소년)을 갖는 것보다 더 큰 축복은 없다고. 또 에로스 자신이 용기를 불어주어 타고난 영웅인 양 연인과 연동을 용감무쌍하게 만들어 준다고 한다. 파이드로스는 "에로스는 신들 가운데 가장 오래되고 가장 존경스러우며, 인간들이 생전에나 사후에 미덕과 행복을 얻는 데 가장 도움이 된다."라고 말한다.

파우사니아스는 에로스는 천상의 에로스와 범속의 에로스 둘이라고 말하며 천상의 에로스에 가치를 부여한다. 재미있는 것은 천상의 에로스는 동성애, 즉 소년과의 사랑을 말하며, 범속의 에로스는 여자를 좋아하는 남자들을 일컫는다는 점이다. 즉 여자를 좋아하는 남자들은 낮게 평가된다. 에뤽시마코스는 '에로스는 인간의 혼뿐 아니라 우주만물에 속하는 광범위한 현상'이라고 말한다.

아름다운 것 자체란 무엇인가?

소크라테스는 '에로스는 어떤 것들에 대한 사랑'이고 어떤 것들이란 그에게 '결여되어 있는 것들'이라고 말한다. 디오티마의 입을 빌려 소크라테스는 에로스는 필멸과 불멸의 중간에 있는 위대한 정령(다이몬)이라고 말한다. 그러나 한 몸에 집착하는 것은 경멸스럽고 보잘것없는 일이니 집착을 버리고 세상의 모든 아름다운 몸을 사랑하는 사람이 되어야 한다고 말한다. 다음 단계는 육체의 아름다움보다 정신적인 아름다움을 더 높게 평가하는 것이다. 디오티마는 다음과 같이 말한다.

"사랑의 신비를 향해 올바르게 나아가거나 또는 다른 사람에 의해 인도된다는 것은 다름 아니라, 이 세상의 아름다운 것들에서 출발하여 그것들을 계단으로 이용하면서, 아름다움을 위해 꾸준히 올라가되 한 아름다운 몸에서 두 아름다운 몸으로, 두 아름다운 몸에서 모든 아름다운 몸으로, 아름다운 몸들에서 아름다운 활동들로, 아름다운 활동들에서 아름다운 지식들로, 끝으로 아름다운 지식들에서 아름다운 것 자체만을 대상으로 하는 저 특별한 지식으로 나감으로써, 드디어 아름다운 것 자체가 무엇인가 알게 되는 것이라오"

이어 디오티마는 "인간에게 살 만한 곳이 있다면 아름다운 것 자체를 관조하는 이러한 경지야말로 살 만한 곳"이라고 말한다.

한창 에로스에 대해 이야기꽃을 피우고 있을 때 알키비아데스가 등장한다. 술 취한 알키비아데스는 소크라테스에 대한 집착을 드러내면서 소크라테스를 탓한다.(실은 소크라테스를 찬양하는 내용이다.) 여기서 소크라테스의 재미있는 일화들이 소개된다.

플라톤은 이 재미있는 이야기 속에서 소위 플라토닉 러브의 핵심에 도달한다. 소크라테스가 알키비아데스를 사랑하는 방식은 플라토닉 러브의 전형이 아닐까? 소크라테스는 알키비아데스와 함께 전쟁에 나가서 그의 생명을 구해주었고, 알키비아데스가 상을 타도록 도와준다. 또 알키비아데스가 초대하는 만찬에도 나가고, 운동을 하자면 운동을 하고, 계략을 써서 함께 잠잘 수밖에 없는 상황을 만들면 함께 잔다.

그러나 알키비아데스의 몸에 손을 대지는 않는다. 소크라테스의 방식으로 알키비아데스를 사랑해 준다. 어떤 사람이 나와 대화하고, 나의 초대에 응해주고, 함께 머물러준다는 것은 적어도 나에 대한 애정을 전제한다고 할 수밖에 없다. 그런 행위 자체가 그리스 사회에서는 교육이었다. 연인이 연동에게 해줄 수 있는 교육. 싫은 연동(소년)과의 만남을 지속하는 것은 불가능할 것이다. 다만 소크라테스는 그의 몸을 갖지는 않는다. 그 시대에는 남성 간의 성관계가 아름다운 행위로 인정받는 사회였다. 이것은 플라톤이 말하는 절제이며, 용기가 아닐까? 그 시대의 관점에서 보자면 굉장한 인내가 필요한 행위다.

그러니까 소크라테스가 알키비아데스의 몸을 갖지 않도록 설정한 것은, 동성애의 거부도 아니고, 소크라테스가 알키비아데스를 사랑하지 않아서도 아니고, 더구나 성 불구 같은 가설은 어불성설일 것이다. 그것은 오로지 소크라테스의 인격의 고결함을 우회적으로 표현하는 방식일 것이며, 플라톤의 사랑법인 플라토닉 러브를 가장 잘 구현하는 사랑의 방식일 뿐이다. 사랑의 사다리를 올라오면 이제 아름다운 것 자체만을 보고 아름다움 자체만을 추구하게 되는 것이다. 소크라테스는 이미 그런 경지에 올라온 인물로, 굳이 아름다운 몸을 취하지 않고도, 연동들에게 자신이 '임신한' 정신적인 지식을 나누는 자가 된 것이다.

연인, 자신이 임신한 정신적인 지식을 나누는 자

《향연》이 존재 자체로 지금 우리에게 가치 있는 것은, '사랑'(에로스)에 대한 현대인의 상식이 '비상식'이었던 시대가 존재했다는 점 때문일 것이다. 그것은 지금 우리가 당연시하는 규범이나 관습이나 삶의 내용들도 언제든지 정반대의 지점에 놓일 가능성을 시사한다. 2,500년 전에는 에로스가 동성 간의 몸에 대한 사랑을 기본 전제로 해서 출발했다는 점, 흥미진진하지 않은가?

여담이지만 가치 전도된 그런 기묘한 문화적 지반으로부터 니체라는 도발적인 철학자는 탄생했는지 모른다. 생식의 측면에서 볼 때, 인간의 본성을 거슬러도 한참 거스르는(?) 그리스 문화에 비하면 니체 철학의 '도발적인' 면모는 순박하다. 이런 고대 문화의 유산이 니체라는 '이단아'를 탄생시킨 토양이 아니었을까? 니체는《선악의 저편》에서 도덕을 "방임과는 반대의 것이며 '자연'에 대한 폭압이고 '이성'에 대해서도 폭압"이라고 이해한다. 또한 '도덕은 풍습의 도덕'이며, 풍습에 대한 복종으로, 풍습(관습)을 전통적으로 내려오는 공동체의 어떤 명령 정도로 이해하는 듯하다. 이 풍습의 도덕은 종족 보존의 필요에 따라, 또는 초기에는 악이었던 것이 도덕이라는 옷을 입은 부도덕한 기원을 갖는다고 본다.

나는 문득 생각한다. 그리스의 동성애의 풍습은 니체의 관점에서 보자면 어떤 전통 관습과 시대적 필요에 의해 자연발생적으로 발생했을 것이라고. 나의 가설은 이렇다. 작은 도시국가에서 노예와 여성을 제외한 남성만이 인간이었던 그 시대에는 교육제도란 것이 따로 없다. 교육은 소년 남성이 성인 남성에게 받는 것이다. 성인 남성은 젊은 청소년을 거저 교육시키지 않았을 것이다. 그 젊은이를 진정으로 사랑할 때 제대로 된 가르침을 줄 것이다. 그러므로 제대로 된 가르침은 진정한 사랑에서 나온다. 그래서 그들은 연인과 연동(孌童) 관계를 맺고, 스승이 요구하면 잠자리를 함께하고 몸을 주면서 사랑의 정점을 경험한다. 그리고 스승의 지식과, 삶에 요구되는 일상적인 교육을 전수받았을 것이다.

아름다운 것에 대한 사랑(에로스)은 아름다운 몸에 대한 사랑에서 아름다운 지식에 대한 사랑으로 확장된다. 그리고 아름다운 것 자체에 대한 사랑으로 나간다. 플라톤은 이런 현실을 반영하여, 아름다운 몸에서 아름다움 자체에 대한 사랑으로, 즉 플라토닉 러브(platonic love)로 논지를 확장해 간 것이 아닐까?

니체는 이런 그리스 문화를 남성의 문화라고 본다.

"소년에 대한 남성들의 연애 관계는 우리가 이해할 수 없을 정도로 모든 남성 교육에 없어서는 안 될 유일한 전제였다. (…) 그리스적 본성이 지닌 힘의 모든 이상주의는 그 연애 관계에 몰두했다. 그리고 기원전 5~6세기에서만큼 젊은이들이 그렇게 주의 깊고 친절하게 단지 그들의 그 최고의 것(남성다움)의 관점에서 논의된 적은 아마 결코 없었을 것이다. (…) 이 관계가 높이 해석되면 될수록 여성과의 교제는 어린아이의 출산과 관능적 쾌락이라는 관점에서 그만큼 더 낮게 보여졌다. — 여성과의 교제에서는 어린아이의 출산과 쾌락 이상의 것은 아무것도 고려되지 않았다. 정신적인

교제는 없었고, 진정한 연애조차 없었다.”

– 니체, 《인간적인 너무나 인간적인 I》

그리스 문화는 남성의 문화이기에 여성이 설 자리가 없다. 여성이 사랑의 주체로 등장할 수 없는 것이다. 여성은 번식의 관점에서만 고려됐으며 이 사회에서 여성과 '사랑'을 나누는 남성은 없다. 즉 '고귀한' 사랑은 남성끼리만 나누는 것이다. 남성이 아름다운 남성의 몸을 갖는 사랑이 최고의 사랑, 천상의 에로스였다!

오늘 이곳의 상식에 너무 단단히 착근해 있다고 느껴지는 어느 시점에, 나는 향연을 다시 읽을 것이다. 재미있다.

(…)

내가 좋아하는 것은, 산과 바다의 동물들처럼
나를 잠시나마 잊고,
아름다운 옆길로 빠져 생각에 잠기는 것,
이윽고 나를 먼 곳에서 집으로 불러들이는 것,
나 자신을 자기 자신에게로 유혹하는 것.

– 니체, 《즐거운 학문》, 33, “고독한 자”

글을 쓴다는 것

카프카, 도끼, 상처, 소화

니체는 글은 자기를 이긴 기록이어야 한다고 말한다. 글을 쓴다는 것은 항상 승리의 표시여야 한다는 것이다. 그런데 타인이 아닌 자신을 승리한 기록이어야 한다고. 즉 "다른 사람에게 도움이 되도록 전달되어야만 할 자기 자신에 대한 극복을 표시하는 것"(인간적인 너무나 인간적인 II, 152)이라고 말한다.

어떤 글이 자기를 이긴 글일까? 니체는 "그 무엇을 소화할 수 없을 경우에만 글을 쓰는 소화불량증을 앓는 작가들도 있다"라고 지적한다. 그들은 '독자에게조차 무의식중에 노여움을 품은 채 불쾌한 기분을 털어놓고 폭력을 쓰려한다'고 말한다. '그들도 승리를 원하는데, 자기가 아닌 다른 사람에 대한 승리를 원한다.'고 꼬집는다.

글쓰기뿐이야. 살면서 우리는 자기 자신을 이기는 것이 가장 어려운 과제임을 알게 된다. 자기를 이겼다면 게임 끝이다. 삶의 벽 앞에 서더라도 문제될 것 없다. 벽은 기댈 언덕이며 새로운 세계를 향한 문, 혹은 캔버스 화폭이라는 사실을 알게 될 테니까. 우리가 부딪치는 많은 문제는 자기와의 싸움에서 승리하지 못한 때문에 생긴다. 인간관계에서도, 한계 상황에서도 자기에게 승리하는 것이 과제다.

글쓰기, 자기를 이긴 기록

글쓰기도 이와 다르지 않다. 어설픈 사설을 섣부르게 뱉어내고 싶은 조바심이 우리에게 완숙하지 않은 글을 쓰게 한다. 체화되지 않은 글을 니체는 경계하는 것이다. 자기를 극복한 글은 다른 사람에게 도움이 될 수 있다고.

요컨대 행위와 사고의 통일성의 주문이 아닐까. 니체는 도덕주의자가 아니다. 따라서 우리에게 고착된 윤리적 세목을 강요하지는 않는다. 그러나 글을 쓰는 것은 적어도 자기를 이긴, 정직한 무엇이어야 한다고 보는 것이다.

어떻게 나를 승리할까? '적'을 알아야 하지 않을까? 내 밖으로 나와야 한다. 관찰자가 되어야 한다. 그런데 이 '관찰'에 대해 니체는 기막힌 말을 한다. "관찰한다는 것은 비밀에 찬 적대관계, 즉 서로 마주 바라보는 적대관계"라고.

관찰한다는 것은 사랑하는 사람 사이에서는 일어날 수 없는 행위라고. 그렇다. 내가 그 사람을 사랑할 때 나는 그 사람을 관찰할 수 없다. 콩깍지가 씌어서 아무것도 안 보인다. 사랑하는 사람의 일거수일투족이 잘 보이기 시작하면 이제 그 사람을 사랑하지 않는 것으로 봐도 된다. 즉 관찰한다는 것은 비밀리에 적대관계로 들어가는 것이다. 그렇게 나를 바라보아야 한다.

나를 적대적으로 바라보는 나, 나를 떠난 나는 내 안의 나를 관찰한다. 그리고 승리의 힘을 비축하게 된다. 자기를 사랑한다는 것은, 자기의 다원성을 인식하는 행위일 수 있다.

나를 떠났던 나는 나에게로 돌아온다. 돌아온 나는, 나를 이길 힘을 지닌 나다. 그 나가 쓴 글이 진짜다. 그런 글이 타인에게 도움이 된다고 보는 것이다. 즉 글을 쓴다는 것은 나를 객관화시켜 나를 이긴, 내가 소화한 정직한 기록이어야 하는 것이다. 삶과 몸으로 익히고 터득한 나만이 쓸 수 있는 무엇.

> *"A: (…) 쓴다는 것은 내게 용변을 보는 것처럼 피치 못할 일이다. 비유적으로 그것에 대해 말하는 것조차 내게는 역겹다. B: 그렇다면 도대체 그대는 왜 쓰는가? A: 친애하는 이여, 그대를 믿고 말하건대 지금까지 내 생각을 털어버릴 다른 방법을 아직 발견하지 못했기 때문이다. B: 그렇다면 왜 생각을 털어버리고 싶어 하는가? A: 왜 그러고 싶어 하느냐고? 내가 그러고 싶어 한다고? 나는 그렇게 해야 할 뿐이다. B: 알겠네! 알았어!"*
>
> – 니체, 《즐거운 학문》, 93

그렇다. 써야 하기 때문에 쓸 뿐이다. 다른 방법을 알지 못해서 쓸 뿐이다. 안 쓰면 죽을 것 같아서 쓰는 글. 내 안에서 익어 터져 버리기 직전의 글. 카프카가 쓴《아버지에게 드리는 편지》처럼. 안 쓸 수 없어서 쓰는 글. 상처의 글.

어떤 의미에서 우리는 상처받을 때만 쓸 수 있다. 나를 '내리치는 도끼', 그것이 현실의 것이든, 상상의 것이든 그 찍힘으로 피 흘렸을 때, 상처 난 나를 들여다보며, 내 안의 풍경에 대해 쓸 수 있다. 말하자면 사유가 침략과 상처로 발생하듯이, 그 발생한 사유를 나의 관점으로 구성해 내는 행위, 그것이 글쓰기일 것이다.

상처, 사유의 선행행위

사실 우리는 매일 상처받고 있으나 예민한 촉수로 상처를 나의 이야기로 사유해내지 못하는지도 모른다. 상처를 돌파해 승리할 자신이 없는지도 모른다. 용기가 없어서 외면하는 것이다.

상처는 사유의 선행행위라고 봐도 무방하다. 흔히 상처를 잘 받는다고 하면 나약한 인간으로 비칠 것이 두렵다. 이런 선입견이 우리의 사유를 막는다. 시선과 지배적인 견해에 대한 공포. 글쓰기는 이런 덩치 큰 것들에 대한 두려움을 극복하는 용기이기도 하다. 자잘하고 볼품없는 것들의 느낌과 안부를 묻는 시선이기도 하다.

내 문 앞에서 내게 말을 거는 작은 목소리들, 나를 응시하고 있다!

그런 글, 사소한 나의 이야기는 나의 상처의 이야기일 수밖에 없다. 나를 충격에 빠트리지 않는 사건에 대해 나는 사유하지 않으며 따라서 글을 쓸 수 없다. 삶이 나를 몰아가는 이 순간이 사유 거리들로 넘쳐난다. 상처들로 넘친다. 가장 좋은 텍스트는 나 자신이다.

상처는 나의 '정체성'에 지진을 일으킨다. 나의 평온한 일상을 뒤집어엎는 해일 같은 것이다. 하지만 쓰려하지 않는다. 그 사건을 적극적으로 만날 힘을 만들려 하지 않는다. 평온한 나를 이기고 싶지 않아서 내면 깊숙이 밀쳐둔다. 일상에서 행복해 죽겠다는 사람들은 자기의 빈자리를 숨겨둔 사람일 가능성이 높다. 기억을 재구성하고 감정을 조작하며 사는 것이 인생일지도 모른다. 어쩌면 행복한 사람은 글 쓸 필요가 없다. 일상을 뒤집어엎어, 일상을 이긴 의지가 글 쓰는 행위가 될 것이다.

나를 이긴 상처의 이야기. 그것은 너에게로 스며든다. 너에게로 스며든 나의 글은 너에게 머물면서 너를 위로하거나 상처를 준다. 너는 거기서 또 다른 자신을 만나고 다른 네가 된다. 상처는 찌질한 감정이 아니다. 승리한 이야기, 승리한 삶의 산모다.

나의 글은 은밀한 나의 흉터다. 낙서 같은 열패감. 나의 글은 내가 나를 이긴 기록이다. 내 안에서 익은 과실. 제 상처를 삭혀 꽃이 된 다른 얼굴. 그 꽃이 다른 이에게 가 새로운 꽃이 된다. 세상에 승리의 꽃들이 가득하다. 상처들이 보석처럼 빛난다. 상처를 쓰는 순간이 바로 상처를 이긴 순간이며 나를 이긴 순간일지 모른다. 어찌 보면 모든 문학작품, 모든 철학책, 모든 과학, 모든 정치학, 모든 경제학, 모든 사회학, 모든 음악, 모든 미술, 모든 예술 작품이 상처를 이긴 기록일지 모른다. 포로이트 식으로 말하면 승화의 기록이다.

지금 얼어 터진 당신의 상처 자루 안에서는 꽃이 피어나려고 고치의 시간을, 캄캄한 밤을 견디고 있다. 방금 꽃이 된 누군가의 흉터가 누군가의 언덕이 된다. 누군가의 일상을 흔들어 상처를 내는 '잔혹한' 도끼가 된다.

고치의 시간, 캄캄한 밤을 견디는 당신

해서 글을 쓰고 싶다는 것은 무서운 욕망이다. 타인에게 침범하고 간섭하고 타인의 안으로 들어가려는 떨리는 쾌락이며 나를 적대적으로 관찰하는 냉담한 시선이며 익숙하고 정든 나와 결별하는 행위이다. 나를 이기는 행위다.

나는 바란다. 글이 다리가 되기를, 작고 하찮은 이야기들이 서로를 위무하기를.

나는 누군가와 감응하는 글을 쓰고 싶다.

이것이 나의 욕망이다.

사람은 왜 사는가

이기심과 이타심 그리고 붓다와 장자

왜 사는가? 내 어머니는 이렇게 말했다. 죽지 못해 산다. 사는 게 재미난다는 말은 다 거짓말이다. 어린 시절 어머니는 자주 대성통곡하셨다. 어머니의 대성통곡은 어린 나와 아버지에 대한 원망으로 이어졌다. 통곡 후에는 긴 일장연설을 하셨다. 어찌나 구구절절 옳은 말인지 듣다 보면, 눈시울이 뜨거워졌다. 저 절망의 통곡과 울부짖음이 나와 아버지에게서 비롯됐다는 사실.

누군가의 이야기에 너무 감명받는 일, 그런데 감명받은 자(者)가 감명을 촉발한 자(者)의 고통의 원인 제공자라는 사실. 그럼에도 그의 말이 속속들이 옳다고 느낄 때, 죄의식이 생긴다. 나는 왜 이 모양일까? 나는 왜 존재하는 걸까?

설득력은 설득 권력이다. 말을 너무 잘하는 자를 경계하라! 그가 어머니든 아버지든 혈육이든! 피붙이가 감동적으로 말을 잘할 때 특히 조심하라! 모르는 사이 나를 피 흘리게 한다. “부모님을 기쁘게 해드리고 싶은데 왜 안 되지? 나는 왜 이것뿐이 안 되는 인간일까?” 오히려 막말로 열 받게 하는 꼰대 같은 부모가 낫다. 그러면 돌아서서 욕이라도 할 수 있다. 나의 죄의식을 확대 재생산하는 일 따위는 없을 테니까. 그러니까 말을 매우 잘해서 나를 울게 하는 자의 말을 믿지 마시라! 그 자는 그럴듯하게 포장된 ‘폭력’을 행사하는 중이다. 내가 요즘 내 딸에게 이렇게 하고 있다(이런 담론을 퍼트리는 나는 불온하다! 철들지 않은 사람일지도 모르니 여러분은 내 말을 한 귀로 흘리셔도 좋다. 혹 나의 말에 설득된다면, 나를 의심하시라. 철학은 의심에서 출발한다).

어머니, 설득 권력

죽지 못해 산다. 이제 그 의미를 조금은 알게 되었다. 인간은 죽지 못해 사는 것이라고 어머니와 어머니와 할머니와 할머니들이 말씀하셨다. 어느 날 나도 그렇게 말하고 있었다. 이제 나는 다르게 말하려고 한다. 인간은 왜 사는가? 고양(高揚)되려고 산다. 인간은 고양되려는 의지와 나빠지려는 의지에 동시적으로 노출되어 있다. 그러나 나는 인간은 고양되려고 산다고 말하기로 선택한다.

사실 고양되려는 의지와 동물이 되고자 하는 의지는 동전의 앞뒤 면처럼 붙어 공생하고 있다. (동물에 대한 이 표상! 동물에게 미안하다!) 왜 사는가? 나는 고양되려고 산다. 나는 고양되고 싶다! 이것을 니체 식으로 말하면 복된 이기심일 수 있다.

인간의 이기적 성향은 자주 비난받는다. 그러나 따지고 보면 이기적이지 않은 인간이 있을까? 그것이 살아있는 생명인 개체의 특성이며 자연스러운 태도가 아닐까? 니체는 이상적인 이기심 등등의 언술로 인간의 이기심을 추켜세우며 화려한 인식의 장(場)을 펼친다. 하여 니체의 금언은 죄의식에 빠진 인간을 구원해주는 해방의 목소리처럼 다가온다.

니체는 특히 그리스도교 사제들의 동정과 이타주의의 복음을 경멸한다. 그렇다면 니체는 인간의 이기심을 무조건 긍정했을까? 아니다. 《차라투스트라는 이렇게 말했다》의 '인간 말종' 부분을 보면 잘 드러난다. 인간 말종들은 자기만 아는 인간들이다. 자기의 보존과 안위를 위해 눈을 껌뻑거리면서 최상의 안락과 편안을 좇는다.

복된 이기심, 나쁜 이기심

니체는 이기심을 두 가지로 분류해서 본다. 복된 이기심과 나쁜 이기심으로. 나쁜 이기심은 오로지 자신만을 생각한다. 확장하면 내 가족만을 생각하는 유형이다. 나쁜 이기심을 니체는 어떻게 표현했을까? 병들고 나쁜 이기심을 '사이비 지혜, 하인과 늙은이, 지쳐있는 자들이 부려대는 온갖 익살'이라고 부른다. 또 '두렵고 겁먹은 얼굴을 하고 입을 맞추는 저 굴복하는 듯한 태도'를 나쁜 이기심이라고 말한다. 한편 '사이비 현자들, 모든 사제들'은 이기심을 무조건 비난했다.

니체는 "힘찬 영혼에서 솟아오르는 건강한 이기심"을 찬양한다. '아름답고 강력하며 생기 있는 신체'와 영혼이 누리는 자기 향락을 '덕'이라고 말한다. 이 자기 향락이란 덕이며 이 덕이란 힘의지일 것이며 이것은 복된 이기심이다. 근심에 싸여 '사소한 이익이나 챙기는 자'를 니체는 경멸한다. 또 눈치 보고 비굴하게 영합하는 자, '곧장 땅바닥에 드러눕는 개와 다름없는 자'를 하찮은 자라고 말한다.

해서 복된 이기심은 강건한 신체와 영혼에서 나오며 주인에게서 나오는 이기심이다. 이 건강한 이기심은 주변을 밝게 하고 주변의 약함을 끌어올리는 이기심이다. 이때 건강한 자, 자기 자신의 주인인 자의 이기심은 이타심과 구별하기 힘들어진다.

말하자면 이 이기심은 삶을 상승시키는 힘으로서의 이기심이며, 개체의 삶 전체에 좋은 영향을 미치는 이기심이다. 이 이기심은 나를 끌어올리는 힘이며, 함께 관계하고 있는 주변 모두를 상승시키는 이기심이다. 네가 상승해야 나도 함께 상승하는 세계다.

위버멘쉬의 이기심, 무아, 도

이것은 붓다의 무아(無我)나 장자의 도(道)와 통하지 않을까? 붓다가 마음을 우주의 전 존재에게로 열고 니르바나의 경지로 나가는 것은 아(我)와 타(他)의 경계가 허물어지는 지점일 것이다. 니체 식으로 말하면 위버멘쉬의 경지가 아닐까 싶다. 니체의 위버맨쉬는 매 순간 완성되는 존재이며, 매 순간 이기적이며 동시에 이타적인 존재이며 상승하는 존재다. 해서 깊은 수준에서 붓다의 니르바나는 위버멘쉬와 만나지 않을까? 물론 이런 식으로 니체와 붓다의 유사성을 끌어내는 것은 무리일 수 있다.

그러나 나는 붓다가 자비와 공감 속에서 자아를 넘어선 지점, 무아를 이야기할 때 위버멘쉬의 자기를 넘어섬과의 접점을 발견하게 된다. 니체는 물론 자비나 공감, 동정의 감정을 혐오했다. 그것들을 매우 저열한 기만이라고 생각했다. 그러나 '인간 말종'의 공감이 아니라 위버멘쉬 수준의 자기를 극복한 자의 공감이나 자비(사랑)까지 부정하는 것은 아니다. 니체는 베풀되 태양처럼 베풀라고 했으며, 공치사 듣는 걸 원하지 말라고 말한다. 꿀벌이 모은 꿀을 인간에게 주는 것이, 태양이 빛을 세상에 주는 것이, 공기가 인간을 호흡하게 하는 것이 감사받기 위한 행위가 아니듯, 그렇게 타인에게 주라고 한다. 이것이 위버멘쉬가 베푸는 방식이다. 태양처럼 베풀어라!* 해서 깨달은 자 붓다가 매 순간 평화롭게 깨어있듯이, 니체의 위버맨쉬는 매 순간 명랑하고 가볍다.

> *"말들을 해보아라. 어떻게 하여 금이 최고의 가치에 오르게 되었는가? 그것은 금이 흔하지 않기 때문이고, 씀씀이를 따로 갖고 있지 않은 데다, 빛을 내는가 하면 광채 속에서도 은은하기 때문이다. 금은 언제나 몸을 바쳐 베풀기만 하는 것이다. 금은 최고의 덕의 모상으로서만 최고의 가치에 오른 것이다. 베푸는 자의 눈길은 금과 같이 반짝인다. 금의 광채가 달과 해 사이에 평화를 가져다*

* 이 책 3부의 〈인간 말종과 위버멘쉬〉 참조.

준다. (…) 베푸는 덕이야말로 최고의 덕이다."

– 니체, 《차라투스트라는 이렇게 말했다》

한편 장자는 도(道)와 하나 됨으로써 무아의 경지에 도달한다. 안동림의 장자 번역본을 읽으면 장자의 사유를 유려한 문장으로 만나게 된다. 장자의 도(道) 역시 분별하는 자아를 넘어선 지점에 있다. 장자가 말하는 자의식 없는 상태, 이 역시 아와 타가 사라지는 순간이다. 물론 붓다와 달리 장자가 개체의 자아를 완전히 부정한 것은 아니다. 그러나 에고를 넘어서서 도(道)와 하나가 되는 장자의 사유는 무아와 위버멘쉬와 통하지 않을까?

그러니까 붓다나 장자의 경지는 완전한 공감이 가능한 세계다. 위버멘쉬 역시 자유로운 존재이며 공감하는 존재다. 붓다도 장자도 니체도 에고에 갇힌 인간의 해방을 이야기하고 있는 것만은 분명해 보인다. 니체가 말하는 인간 말종들은 장자와 붓다의 중생일 것이다.

니체는 주인 도덕의 주권적 개인이 될 것을, 베푸는 덕을 소유한 상승적 존재가 될 것을 주문한다. 그리고 이 존재의 건강한 이기심을 병든 자들의 이기심과 구별한다. 니체의 표현을 빌리면 위버멘쉬는 "고독의 저 높은 경지가 영원한 고독을 마다하고 자족하지 않는 것, 산이 골짜기로 내려오고 높은 곳에 있는 바람이 낮은 곳으로 불어 내리는 것"(《차라투스트라는 이렇게 말했다》, 313쪽)을 원한다. 자기 고독 속에서 자족하지 않고, 낮은 곳으로 내려오는 존재. 차라투스트라는 10년간 산에서 고독한 시간을 보내고 도시로 내려온다. 이는 붓다가 6년간의 수행 후 장터로 내려와 일반 대중을 교화한 것과 유사하다. 니체에게 고독의 시간은 깨달음의 시간이다.

나는 고양되고 싶다

곰곰 생각해보면 철학도 종교도 고양되려는 의지에서 출발한 것이 아닐까? 고양되려는 의지란 더 나은 존재가 되려는 의지, 인간의 한계 너머로 나가려는 힘, 무아의 정신을 이루려는 노력이다. 완전한 공감의 세계다. 고양된다는 것은 혼자 득도하는 순간 너머로 확장되는 힘이다. 니체의 위버멘쉬는 고양되려는 의지가 핵심이다. 고양되려는 의지는 타자를 고양시킨다. 그리고 다시 나를 상승시킨다. 그것은 수없는 상승하는 힘들의 장(場)이며 무수한 창조로 향한다. 그것은 힘들의 춤사위다.

어머니는 이태 전 작고하셨다. 어머니의 울부짖음과 통곡을 생각한다. 나는 고양되고 싶다. 그것은 사랑을 무화(無化)하는 사랑일 것이다. 자기를 초월하려는 의지. 지금 이곳, 낙타의 반응적인 삶을 넘어 싱싱한 대지로 귀환하는 힘의지다. 그것은 내면의 죽음을 밀어내고 생명을 불러오는 방식이다. 나는 고양되고 싶다. 그것이 내가 사는 이유다.

주인도덕, 노예도덕

루 살로메와 파울 레, 양과 사자

사실 호메로스의 《일리아스》는 참 재미가 없다. 도대체 무슨 말을 하려는 건지. 그나마 《일리아스》보다는 《오뒷세이아》가 잘 읽힌다.

〈일리아스〉는 전쟁 영웅의 이야기다. 여기에는 인간적 고뇌나, 내면의 슬픔, 생명의 외경 같은 건 애당초 없다. 결말부분은 좀 낫다. 전우 파트로클로스를 잃고 통곡하는 아킬레우스, 아킬레우스를 찾아가 아들 헥토르의 시신 인도를 애원하는 프리아모스. 이 지점에서 책장은 조금 빨리 넘어간다. 비로소 '인간'이 보이는 것이다. 그러나 전체적으로 봤을 때 인간 내면의 풍경(묘사) 같은 건 없다.

사실 《일리아스》로 대변되는 그리스 정신에서 '인간성'이나 '인간적인' 무언가를 찾으려고 하면 낭패하기 십상이다. 《일리아스》에는 잔인하고 폭력적인 영웅들만이 출현한다. '찌질하게' 변명하고, 하소연하고, 공감하는 '병든' 인간은 출현하지 않는다.

가령 이런 식이다.

"한편 남들보다 월등히 용맹스러운 두 전사,
아레스 못지않은 아이네이아스와 이도메네우스는
무자비한 청동으로 서로 상대방의 살을 베기를 열망했다.
아이네이아스가 먼저 이도메네우스를 향해 창을 던졌으나
똑바로 보고 있던 이도메네우스는 청동 창을 피했고,
아이네이아스의 창끝이 부르르 떨며 땅에 꽂혔다.
창이 그의 억센 손에서 헛되이 난 것이다.
그러나 이도메네우스는 오이노마오스의 배 한복판을 맞혀
그의 불룩한 가슴받이를 찢었다. 청동이 그의 내장을 쏟자
그는 먼지 속에 쓰러지며 손바닥으로 땅을 움켜쥐었다.
그래서 이도메네우스는 시신에서 그림자도 긴 창을 뽑았으나,
그 밖의 다른 아름다운 무구들은 어깨에서 벗길 수 없었다.
날아다니는 무기들이 사방에서 그를 압박해왔기 때문이다."

– 호메로스, 《일리아스》, 390쪽

이 외에도 눈알이 튀어나오고, 돌덩이로 머리를 둘로 쪼개고, 사지가 꺾이고, 피가 솟구치는 등 문장이 무시무시하다. 일련의 이런 내용의 건조한 반복이 현대인의 감흥을 얻기가 쉽지 않다. 적어도 나에게는 그렇다. 현대를 사는 우리는 그들로부터 너무 멀리 와버렸기 때문이 아닐까?

목숨을 겁 없이 던져버리는 영웅의 삶을 우리 중 누구도 선망하지 않는다. 우리는 왜소하고 허약한 인간의 삶을 살고 있으며 그 삶에 붙들려 있다. 한마디로 그들과 다른 신체, 다른 감각, 다른 사유, 다른 인식 속에 사는 것이다.

니체는 그리스 정신을 긍정한다. 니체가 긍정하는 그리스정신은 일리아스에 나타나는 아킬레우스 같은 영웅 종족일 것이다. 니체의 '주인도덕' 역시 이들 '귀족의 정신'에서 연원했을 것이다.

지배하는 종족과 계급, 무력한 자의 영혼

니체에 따르면 오늘 날의 선악 개념에 이르는 데는 두 가지 경로가 있었다. 하나는 '지배하는 종족과 계급의 영혼'에서 진행된 것이고 다른 하나는 '압박당하는 자, 무력한 자의 영혼에서 진행된 것'이다.

지배하는 종족에서 나온 선과 악의 개념은 '선에는 선으로, 악에는 악으로 보복할 수 있는 힘을 가지고 있고, 보복하고, 감사할 줄 알고, 복수심이 강한 사람을 선하다'고 규정한다. 이들은 스스로를 선한 사람들이라고 보고 집단을 형성했지만, 보복할 수 없는 무기력한 사람들은 '아무런 공통된 감정이 없는 종속적이고 무력한 무리'에 속해 결국 몰락했다. 현재 우리의 도덕은 전자에게서, 즉 '지배종족과 계급의 토양'에서 나온 것이라고 니체는 말한다. 그러나 이 도덕은 그리스도교의 출현으로 가치 전도가 일어난다. (니체에 따르면 그리스도교는 노예들이 일으킨 반란이라는 것이다. 이 부분은 나중에 이야기할 기회를 갖도록 하자.)

"선한 사람들은 하나의 배타적인 사회 계층이고, 악한 사람들은 먼지 같은 대중이다. 선함과 나쁨은 한동안 고귀함과 비천함, 주인과 노예 같은 관계다. 그와 반대로 사람들은 적을 악하게 보지 않는다. : 그는 보복할 수 있기 때문이다. 트로이 사람과 그리스 사람이 호메로스에게는 모두 선한 사람이었다. 우리에게 해를 가하는 자가 아니라 경멸스러운 자가 나쁜 것으로 간주된다. 선은 선한 사람들의 공동체에서 유전된다.: 나쁜 사람이 아주 좋은 토양에서 성장한다는 것은 불가능하다."

– 니체, 《인간적인 너무나 인간적인 I》, 45

이 같은 인식기반을 근거로 후기작 《도덕의 계보》에서 니체는, 파울레의 《도덕 감정의 기원》을 맹비난한다(도덕의 계보 서문과 제1논문). 니체는 '좋음이라는 판단은 좋은 것을 받은 사람들의 입장에서 나오는 것이 아니고 좋은 인간들 자신에게 있었던 것'이라고 말한다. 즉 '저급한 사람들과 비교해서, 자신과 자신의 행위를 좋다고 느끼는 고귀한 사람들에게 있었던 것'이라고 추론한다. 고귀한 사람은 강한 사람, 높은 사람들, 지배종족이고 '좋음'은 이들에게 있는 특성이다. 이들 '선한 사람들'인 귀족들은 자신들의 정신을 '좋음'으로 평가한다. 이제 좋음은 고귀함으로, 강함으로, 높음으로, 최고의 것으로 나간다. '지배종족이 '하층민'에게 가지고 있는 전체 감정과 근본 감정'은 '나쁨'이고, 이것이 좋음과 나쁨의 기원이라는 설명이다.

니체가 사랑한 여인 루 살로메, 그리고 연적 파울 레

재미있는 사실은 니체가 사랑했던 여인 루 살로메를, 이《도덕 감정의 기원》의 저자 파울 레도 동시에 사랑했고, 이들 세 사람의 삼각관계는 잘 알려져 있다. 사랑에 참으로 미숙했던 우리의 니체는 루 살로메에게 첫눈에 반한다. 마음을 빼앗긴 이 시기의 니체 나이는 서른여덟, 살로메는 스물한 살이었다. 아름답고 지적인 이 여인에게 숫기 없는 니체는 '굴욕'만을 맛본다. 그러나 그녀를 향한 사랑은 불꽃처럼 타오른다. 일설에 따르면 연서를 써서 친구 파울 레에게 전해달라고 부탁하지만 친구는 니체를 배신한다. 파울 레 역시 그녀를 사랑했으므로. 니체와 파울 레는 연적 관계였으나, 어리숙한 니체는 알아채지 못한 것이다. 실제로 세 사람은 한동안 집을 얻어 공부하고 토론하며 함께 지냈다. 그러나 어느 날 파울 레와 살로메는 니체가 잠시 고향에 간 사이 '야반도주'한다. 도망쳐온 파울 레와 살로메는 베를린에 정착하지만 살로메는 평생 파울 레에게도 마음을 열지 않았고 단 한 번도 잠자리를 하지 않은 것으로 전해진다. 결국 파울 레는 자살로 생을 마감한다.(사고사라고 하는 측도 있다.) 이 '치명적인 여인' 살로메는 그 후 프로이트, 릴케 등과도 염문을 낳았다. 지성과 미모를 두루 갖춘 그녀의 아름다움에, 서양 지성사에 획을 그은 내놓으라 하는 서구 남성들이 정신없이 허우적거렸다.

살로메에게 청혼한 니체

니체는 살로메에게 직접 청혼도 했다. 그러나 일언지하에 거절당했다. 아무튼 사람 관계에 어눌하고 사랑에도 서투른 니체가 오매불망 사랑한 여인을 '가로챈' 장본인이 제자이며 친구인 파울 레였으니, 그 충격이 어떠했을까? 그런 연적이 쓴《도덕 감정의 기원》은 니체의《도덕의 계보》에서 보기 좋게 난파된다. 국내의 니체 관련 평전들에 따르면 파울 레는 영국신사로 인품도 괜찮은 사람으로 전해진다. 그런 일을 겪은 한참 후 니체는, 파울 레의 마음도 이해가 된다고 말한다. 즉 파울 레가 한 행동(살로메와 달아난 사건)은 니체 자신이 하고 싶었던 행동이었다고.

아무튼 니체는《도덕의 계보》에서 '좋음'과 관련해 어원학적 관점에서, 어느 언어에서나 '신분을 나타내는 '고귀한' '귀족적인'이라는 이 기본 개념이 필연적으로 정신적으로 고귀한 귀족적인 기질의, 정신적으로 특권을 지닌 이라는 의미를 지닌 좋음으로 발전해 온 것'이라고 설명한다. 반면 "'비속한', '천민의', '저급한'이라는 개념은 '나쁨'이라는 개념으로 이행한다."고 설명한다. 결국 '정치적 우위를 나타내는 개념'이 언제나 '정신적 우위'를 나타내는 개념으로 옮아간다는 것이다. 그래서 귀족적 가치의 등식은 '좋은=고귀한=강력한=아름다운=행복한=신의 사랑을 받는'으로 나타난다. 이것이 니체가 말하는 귀족도덕, 즉 주인도덕이다.

반면 '노예도덕'은 '주인도덕'이 자기 자신을 긍정하는 것에서 생겨난 것과 반대로 '자기가 아닌 것을 부정'하는 것에서 출발한다. 주인도덕은 자발적으로 행위하며 '자기 자신에게 더 감사하고 더 환호하고 긍정을 말하기 위해 자신의 대립물'을 찾을 뿐, 노예도덕에서처럼 원한에 의해 자기가 아닌 것을 부정하는 자기긍정이 아니다.

> "출신이 좋은 사람들은 스스로 '행복한 사람'이라고 느꼈다. 그들은 먼저 적을 고려함으로써 자신의 행복을 인위적으로 꾸미거나 경우에 따라서 스스로 행복하다고 설득하거나 기만할(원한을 지닌 모든 사람이 습관적으로 그렇게 하듯이) 필요가 없었다. 그와 같이 그들은 힘이 가득 넘쳐나는, 따라서 필연적으로 능동적인 인간으로, 행복과 행위가 분리될 수 없음을 알고 있었다. (─ 그들에게 활동한다는 것은 필연적으로 행복을 염두에 둔 것이다. ─) 이 모든 것은 무력한 자, 억압받는 자, 독이 되는 증오의 감정으로 곪아터져 고통을 느끼는 자의 수준에서 나타나는 행복과는 아주 대조를 이룬다."
>
> – 니체, 《도덕의 계보》, 10

해서 세상에서 '적에 대한 사랑'이 있다면 그것은 '고귀한 인간'에게서만 가능하다. 고귀한 인간은 저급한 하층민은 경멸하지만 자기와 동등한 적에게는 경외심을 갖는데 이 경외심을 니체는 '사랑에 이르는 다리'라고 말한다. 자기에 대한 사랑과 동등한 자(적)에 대한 사랑은 양쪽 모두에 대한 존중과 존경을 전제로 한다. 고귀한 인간이 적을 필요로 하는 것은 증오가 아닌 자기 분발을 위한 것이라 할 수 있다. 언급했듯이 이때 적은 경멸스럽지 않고 '존경할 만한 적'이어야 한다. 그러나 원한의, 노예도덕의 인간은 적을 '악한 사람'으로 생각해내고, 온갖 악행을 일삼는 사악한 것의 대립물로 자신을 선한 인간이라고 평가한다. 말하자면 사자에게 잡아먹히는 양의 입장은 양이 선해서가 아니고 힘이 약해서인데, '약함'을 선함으로, 양을 잡아먹는 맹금을 악한 것으로 파악한다. 사자가 양을 안 잡아먹을 수 있을까? 양이 힘이 강해져서 사자에게 안 잡아먹힐 수 있을까?라고 니체는 묻는다. 사자의 입장에서는 자기와 동등한 위치인 호랑이 정도를 적으로 생각하고 존중하고 존경하지 않을까 싶다. 반면 양은 경멸한다. 이때 사자는 양을 '나쁘다'고 말한다.

해서 고귀한 인간의 '좋음'은 '야수성', '사려 없음', '야만성' 등등의 개념을 포괄한다. '나쁨'은 고귀한 인간이 경멸할 만한 것에 붙여주는 이름이다. 이때 '나쁨'에 대해 어떤 원한도 증오도 없다. 그러나 노예도덕에서 만들어 내는 '악함'은 원한과 증오의 도가니에서 나온 것이라는 입장이다. 사실 양의 입장에서 증오와 원한을 갖는 것은 당연할 듯하다. 바로 이런 감정이 '노예도덕'의 특성이라는 설명이다.

영웅, 자기를 긍정하고 좋아하는 힘이 넘치는 자

그렇다면 주인도덕을 지닌 자로 살까? 원한과 증오와 약함과 두려움에 사무친 노예도덕을 견지할까? 하는 물음이 나온다. 고민할 지점이다. (강자와 약자를 동물의 비유로 파악하면 그야말로 무기력해진다.) 맹금들이야 좋겠지만 양들은 자연의 법칙에 따라 먹히면서 살아야 할까? 양이 힘을 길러서 사자나 호랑이가 될 수는 없는 노릇이니.

그러나 요는 주인의 도덕은 자기를 긍정하고 자기를 좋아하고 힘이 넘치는, 말하자면 그리스의 영웅과 흡사한 특성을 지니고 있다. 니체의 이런 '주인의 도덕과 노예의 도덕'은 우리에게 어떤 시사점을 줄까? 동물의 비유에서는 답답한 측면이 있지만 사실 니체는 인간의 분발을 촉구하며, 누구나 주인도덕의 주인으로 살 수 있다고 말한다. 그것이 위버멘쉬의 삶이다. 니체의 위버맨쉬는 힘과 폭력으로 상대를 제압하는 자가 아니다. 자기 발전을 위해 노력하는 자다.

자기를 긍정하고 자기를 좋아하는 능동형의 인간, 자기를 통치하는 인간. 심지어 적을 존경하고 사랑하는 인간. 그러나 경멸스러운 인간에게는 구토를 느끼는 인간의 역동하는 에너지를 생각해볼 수 있다. 이는 그리스 문화에서 잘 나타나고 있다. 트로이전쟁에서 양측은 서로에 대한 증오의 감정이 없다. 승패만이 있고 죽음과 삶만이 있고, 운명에 대한 순종만이 있다. 지금 우리와는 너무 멀리 있는 그리스의 정신을 니체가 모범으로 종종 제시하는 이유다.

문득 지금 이 곳의 삶에서 잠시 떠나 멀고 먼 옛날 영웅의 시대, 그 오래된 새로움에게로 여행을 다녀오고 싶다. 그곳에는 운명에 용감히 직면했고, 삶의 매 순간을 '힘에의 의지'로 살아낸 정직한 영웅들이 있다. 자신의 가장 소중한 것을 내놓는 '무모한' 용기와, 명예를 위해 목숨까지 기꺼이 버리는 사람들. 그 옛날 영웅들은 목숨 걸고 겨루어서 왕이 되고 지배자가 되었다. 그러나 이제 전쟁에서 목숨을 내놓고 싸우는 사람들은 누구인가?

내 생각에 니체가 그리스인들을 긍정하는 좋은 특성은 이런 것이다. 용기와 잔머리 굴리지 않는 정직함, 가장 소중한 내 것(목숨도 포함)을 내놓는 결단, 단순하고 소박한 삶, 그런 자신에게 기뻐하고, 적에게도 자신에게도 영웅이라는 칭호를 주며 존경하는 것, 필멸의 삶을 긍정하는 것.

그런데, 트로이 목마는 그리스 측의 명백한 간계니 정당하지 못한 것 아닐까요 니체님!

그리스의 신들과 그리스도교의 신

제우스와 헤라, 고대 그리스인

호메로스의 《일리아스》는 '아킬레우스의 분노'에서 시작된다. 이유인즉 전리품으로 얻은 '볼이 예쁜 브리세이스'를 아가멤논이 빼앗아 간 때문이다. 분노한 아킬레우스는 철수한다. 전세는 금세 불리해진다. 헬라스연합군(그리스군)은 트로이군에게 밀리기 시작한다. 결국 아가멤논은 아킬레우스에게 사과하고 브리세이스를 돌려준다. 그런데 이때 아가멤논이 하는 말이 재미있다. 브리세이스를 빼앗아간 것은 자신이 아니고 신(神)들이 한 짓이라는 것이다. 누군가가 내 소유의 뭔가를 훔친 후, "그건 신이 한 짓이야. 나를 탓하지 말고 신을 탓해야 돼."라고 한다면 어이가 없을 것이다. 뭐? 신이 한 짓이라고? 당장 언성을 높일 것이다. 그러나 당시 그리스인들은 그 말에 수긍한다. 왜? 본인들도 그렇게 말하니까. 브리세이스를 돌려받은 아킬레우스는 다시 용맹을 떨치고 헬라스연합군은 승리한다('볼이 예쁜 브리세이스!' 여성의 운명이란 가혹하다!).

그러니까 고대 그리스인들은 신들에게 인간의 특성을 투사해놓고, 신 핑계를 되며 신과 함께 재미있고 신비롭게 살았다. (재미있고 신비하다는 것은 지금 나의 관점에서 그렇다는 것이다.)

우리도 그럴 때가 있지 않은가? '와! 이건 내 힘으로 한 게 아니야! 누군가, 어떤 신이 도와 준 게 분명해!' 혹은 어떤 어려움에 처했을 때 '그래 이건 하늘의 뜻일 거야'라고 말하며 자기를 추스른 경험. 이때 그리스인들은 신들이 나에게 다녀갔다고 말하는 것이다!

'닥치는 대로' 사랑 행각을 벌이는 제우스

잘 알다시피 그리스 신들은 사랑 충만, 절대 선, 근엄, 자비, 성령 충만 같은 말로 표현되는 기독교 신과는 딴판이다. 제우스는 바람둥이다. 아내 헤라를 따돌리고 온갖 스캔들의 주인공이 된다. 추문도 그런 추문이 없다. 여신이든, 인간의 여자든 '닥치는 대로' 사랑 행각을 벌인다. 그런가 하면 불행의 신, 전쟁의 신, 질투의 신, 운명의 신, 정의의 신, 사랑의 신… 온갖 것이 신이었다. 이 신들은 선은커녕 악행을 꺼리지 않으며, 인간의 불운을 재미있게 관람한다. 니체는 '트로이 전쟁이 신이라는 관람객의 재미를 위해 벌어진 전쟁'이라고 말한다. 신들이 장난기 심한 악동이거나, 욕망에 눈이 먼 인간의 전형, 혹은 잔인하기도 하고, 재미있는 캐릭터를 소화하는 배우들처럼 느껴진다. 이들은 종종 인간의 모습으로 변장해서 인간의 집에 들러 하룻밤 묵어가기도 한다. 이때 신들은 인간과 대화도 나누고, 충고도 해준다. 그렇게 잠시 머물다가 홀연히 사라진다.

《일리아스》와 《오뒷세이아》를 읽다 보면 그리스인들이 나그네를 환대하는 풍습을 접하게 된다. 낯모르는 나그네가 찾아오면 기꺼이 집에 들어오게 하고 잘 대접한다. 이 나그네가 신이 아닐까? 하는 생각 때문이었을 것이다. 아무튼 그리스 신들에게서는 그리스도교나 여타 종교의 신에게서 느껴지는 위엄이나 자비 같은 관념의 표상을 발견하기가 어렵다. 하물며 인간들은 자신이 실수를 하거나, 죄를 저질렀을 때 신이 부추긴 때문이라고 말한다. 재밌는 것은, 이 말을 듣고 나서 고개를 끄덕끄덕, 수긍했다는 점이다. 그건 내가 아니고 신이 한 짓이야!라고 하면 "그래 그래, 알았어 알았어!"라고 그 말을 서로 믿어준다.

이렇게 명랑 쾌활하고, 욕망과 복수와 악행을 서슴지 않는 신들이 인간과 더불어 살던 시대, 고대 그리스 사회. 특히 앞서 언급했듯이 제우스는 황금비가 되어, 지하방에 갇힌 여인에게 스며들기도 하고, 황소로, 백조로 변신하면서 자신의 '연애사업'을 위해서라면 물불 가리지 않는다. 아내 헤라는 질투의 화신이 되어 온갖 해코지를 한다(아폴로도로스, 《원전으로 읽는 그리스 신화》). 막장 드라마의 경계를 한참 넘어서는 수준이다. 이것이 그리스 신들 중 최고 신(神) 제우스와 그 부인 헤라의 모습이다.

인간의 양심의 가책의 기원

니체는 이런 그리스 신과 대비되는 곳에서 그리스도교의 신을 본다. 그리스도교신은 그리스인들의 신과는 판이하다. 니체는 신에 대한 부채 이론에서 인간의 양심의 가책의 기원을 찾는다.

양심의 가책을 병으로 보는 니체는《도덕의 계보》에서 양심의 가책에 대한 기원을 다음과 같이 설명한다. 인간은 조상에 대해 부채감을 지닌다고 한다. 조상이나 부족신이 종족을 보호해주며, 조상의 희생과 공헌으로 자기 종족이 번성한다고 믿는 것이다. 이 부채감은 훗날 조상이 신으로 변형되어 마침내 신에 대한 부채감으로 발전한다. 이 부채감은 '우리를 보호해주는' 조상에 대한 두려움으로 발전하는데 공동체가 해체된 후에도 조상(神)에 대한 부채감과 외경심은 남게 된다. 신에 대한 이 채무감은, 인간이 신에 대해 부채를 상환할 수 없다는 사실의 깨달음으로 나간다. 결국 인간은 부채를 해결하지 못했음으로 죄인이며, 죄인은 벌 받아야 하며, 이것은 양심의 가책이 된다. 신에게 부채를 갚지 못한 죄인의 관념, 이 양심의 가책은 그리스도교에 와서 영원히 부채 상환이 불가능하게 된다. 왜냐하면 예수가 인간의 죄를 대신해서, 희생의 제물이 됨으로써, 즉 신이 인간을 위해 부채를 상환함으로써 인간은 부채를 갚을 길이 막혀버린 때문이다.

자신의 죄를 신의 탓으로 돌리며 쾌활하게 살던 그리스인과는 달리 기독교에서 인간은 심각한 중죄인이다. 요즘도 성당에서는 나는 '죄인이로소이다' 라고 자기 고백을 한다. 인간은 죄인이다!

"— 마침내 우리는 고통받는 인간이 일시적으로 위안을 찾은 역설적이고 무시무시한 방책인 저 그리스도교의 천재적 장난 앞에 갑자기 서게 된 것이다: 즉 신 스스로가 인간의 죄 때문에 자기를 희생한다. 신 스스로가 자신을 자기 자신에게 지불한다. 신이란 인간이 상환할 수 없게 된 것을 인간에게서 벗어나 상환할 수 있는 유일한 존재이다. — 사랑에서 (이것을 믿어야 할까?), 자신의 채무자에 대한 사랑에서, 채권자가 자신의 채무자를 위해 자신을 희생한다! …"

– 니체, 《도덕의 계보》

예수의 대속(代贖)으로 인간은 '영원한' 죄인이 된 것이다. 죗값의 상환은 불가능하다. 영원한 죄인인 인간은 전지전능하신 신의 처분을 기다릴 수밖에 없다. 그리스도교의 신 앞에서 빚진 자이며 죄인인 인간. 반면 그리스 신들은 그리스인들의 죄의 책임을 떠맡는다. "우리 신들이 너를 꾀어서 잠시 나쁜 짓을 하게 했네!" 니체는 인간의 죄를 떠맡는 그리스 신을 고귀한 신이라고 말한다.

"네 빚을 내가 대신 갚아줬으니 이제 너는 나한테 빚을 진 채무자다!" "너는 영원한 죄인이다"라는 것과 "네가 죄 지은 것은 네 탓이 아니고 내가 너를 부추긴 때문이야. 오! 미안!"의 뉘앙스의 차이를 생각해보시라!

나의 잘못을 신(神) 자신의 책임이라고 말하는 것과 나의 잘못에 대해 심판을 위협하며 평생 자기 종노릇하라고 하는 것의 차이. 그리스도교신이 인간의 죄를 신 자신의 권능으로 사함 받도록 해주었다고 큰소리치는 것을 니체는 비판하는 것이다.

물론 그리스인들은 히브릭스, 즉 오만을 경계했다. 필멸의 인간으로서 운명에 순응하는 삶을 중요하게 생각한다. 그러나 엄숙하고 공포스럽고 무시무시한 '사랑의 신'인 그리스도교 신과는 한참 다른 유쾌한 신들이었던 것은 확실해 보인다.

그렇다고 그리스인들이 비겁한 인간이거나 책임을 전가하는 인간들은 아니었다. 오히려 고귀한 인간들이었다고 니체는 말한다. 호메로스의 표현을 따르면 이들은 '신과 같은' 종족들이다. 이 그리스인의 자유민들, 아킬레우스, 아이아스, 오뒷세우스, 아가멤논… 이들은 니체가 말하는 주인도덕의 주인종족들이다.

주인종족은 이 생성의 삶을 긍정하는 자들

주인도덕의 주인과 노예도덕의 노예의 결정적인 다른 점이 있다면 주인종족은 이 생성의 삶을 긍정하는 자들이다. 영원한 저 세계를 기웃거리지 않는다. 단 한 번뿐인 필멸의 삶을 용감하게 주인으로 산다. 노예도덕의 종족이 저 세계를 바라보며, 양심의 가책과 부채감에 휘둘려 병든 삶을 산다면 주인종족은 삶과 세계와 자신을 긍정하며, 비굴하지 않게 산다.

이들은 자기의 가장 소중한 것을 내놓는 것을 두려워하지 않았다. 필요하다면 목숨도 내놓는다. 그리스군의 총사령관 아가멤논은 트로이 전쟁에 나가면서 딸 이피게네이아를 아르테미스 여신에게 제물로 바친다. 이 때문에 나중에 그의 아내 클뤼타임네스트라는 정부(情夫)와 함께, 트로이 전쟁에서 승리하고 돌아온 아가멤논을 죽인다. 아들 오레스테스는 아버지를 죽인 어머니를 살해한다. 그리스 비극 작품은 이렇게 읽히고 설켜 있다.

아무튼 니체는 인간에게 죄를 뒤집어씌우고 저 세상을 위해, 이 세상의 삶을 가치 없다고 폄하하는, 그리스도교 사제들에 의해 만들어진 그리스도교의 교리를 매우 못마땅하게 생각한다.

한 번뿐인 이 생성의 삶을 긍정하는가? 니체에게는 단지 이 '덧없는' 삶만이 중요하다! 부질없고 덧없는 것들에 대한 긍정, 그리고 사랑.

예술을 위한 예술?

브레히트, 라스코 동굴벽화, 삶과 예술

내가 대학에 다니던 80년대는 예술을 위한 예술, 즉 순수 예술이라는 말에 거부감이 컸던 시대다. 순수 예술이란 '원숭이의 재주에 불과하다'는 어떤 시인의 말을 놓고 우리는 토론했다. 우리들 대부분은 이 말에 동의했다. 예술의 사회적 역할을 통감했던 시절, 브레히트의 시 〈서정시를 쓰기 힘든 시대〉를 읽으며 소명감을 느꼈다. 한 친구가 이의를 제기했다. 왜 예술이 정치성을 배제하지 않으면 안 되지? 누군가 말했다. 너의 그런 태도가 이미 정치적이라고. 너는 고통스러운 현실을 외면하기로 정치적으로 결정하고 예술을 위한 예술 운운하는 것이라고. 네가 순수 예술을 주장하는 것 자체가 정치적이기 때문에, 예술의 역할을 주장하는 우리와 다를 바 없다고. 너는 비겁한 선택을 한 것이라고. 당사자는 한참 조용히 듣고 있더니 반론했다. 너희들의 그런 편협한 생각이 예술의 본래의 힘을 고사시키고 예술을 선전선동의 도구로 전락시킨다고 되받았다.

친구들은 다시 말했다. 예술의 본래의 힘을 고사시키지 않기 위해 지금 이곳의 통곡과 죽음을 외면하고 네가 얻는 것이 무엇일까? 네가 지키려고 한 것이 무엇일까? 그때에는 '예술을 위한 예술'마저 사라지는 것은 아닐까? 학살과 독재를 모른 체하고 한가하게 순수예술 주장하면서 소일할 때 세상에는 무수한 죽음이 진행된다. 그런데 너는 순수예술 하고 있을 거냐고. 네가 주장하는 그 예술도 결국 인간을 위해 있는 거라고. 이에 대해 친구는 예술이 도구나 수단이 되면 안 된다고 했고, 왜 예술이 수단이나 도구가 되면 안 되냐? 예술이 절대 신인가? 절대 진리인가? 도대체 예술이 뭐냐? 고 했다. 공격자들 중에는 나도 끼어 있었다.

많은 시간이 흐른 지금은 예술을 위한 예술을 주장한다고 비난할 사람도 없고, 순수예술 논쟁이 필요한 시대도 아니다. 베르톨트 브레히트도 골동품이 된듯하다.

니체는 '예술을 위한 예술' 운위하는 자들에 대해 격렬하게 반응한다. 니체를 통해 나는 청춘의 한 시절로 잠시 돌아갈 수 있었다. 절박하기만 하던 당시의 논쟁을 떠올리면, 미소를 짓게 된다. 그 시절은 누구나 그랬다. 대의에 대한 시대적 사명감으로 펄펄 끓던 젊음이 나에게도 있었다. 해서 예술을 위한 예술이라는 말을 발설하기가 쉽지 않았다. 어찌되었든 삶을 열심히 살아내려고 노력했고, 타인을 지적하는 것 이상으로 엄격한 실천을 자기에게 부과했다. 니체는 그 시절 우리의 담론과는 다른 맥락이지만 '예술을 위한 예술'에 반대 입장을 분명히 한다.

"예술 안의 목적에 맞서는 싸움은 항상 예술 안에 있는 도덕화하

는 경향에 맞서는 싸움이며, 예술이 도덕의 하위에 놓이는 것에 맞서는 싸움이다. 예술을 위한 예술이 의미하는 것: 그것은 "도덕 같은 것은 꺼져버려라!"이다. — 하지만 이런 적대감마저도 여전히 편견의 우세한 힘을 누설하고 있다. 도덕을 설교하고 인간을 개선하려는 목적이 예술에서 배제되어도, 이것으로부터 예술이 도대체가 목적이 없다는, 목표가 없다는, 의미가 없다는, 간략히 말해 예술을 위한 예술이라는 — 자기의 꼬리를 물고 있는 어떤 벌레라는 — 결론은 여전히 나오지 않는다. "도덕적인 목적을 갖느니 차라리 어떤 목적도 갖지 않으련다! — 단순한 격정은 이렇게 말한다."

– 니체, 《우상의 황혼》, 24

니체는 도덕과 예술을 분리한다 해도 예술이 목적을 갖지 않는다는 것은 어불성설이라고 말한다. 예술도 결국 삶을 위해 있는 것이 아닌가? 삶이 없다면 예술이란 도대체 무엇이란 말인가? 니체는 예술이란 것은 삶을 위한 '자극제'라고 말한다.

이는 예술의 기원을 더듬어 보면 선명해질지도 모르겠다. 지난해 11월쯤 인도네시아 섬 동굴에서 인간 손바닥 그림을 벽에 남긴 '구석기 동굴벽화'가 발견돼 관심을 모았다. 이 동굴벽화는 최고 5만 2천 년 전에 그려진 것으로 추정됐다. 이는 1만 5천 년 전의 것으로 추정되는 프랑스의 라스코 동굴벽화보다 훨씬 앞선 것이며, 가장 오래된 인류 예술작품으로 추정되는 스페인 알타미라 동굴벽화보다 앞선 시기의 작품이라 고고학자들을 흥분시켰다.

이들 벽화를 통해서 예술의 기원을 더듬어 본다면 대체로 노동 후의 유희로서, 또는 주술적 효과로서다. 힘든 사냥을 한 후 남는 시간 동안 벽화를 그리거나 악기를 만들어 불면서 예술이 기원했다는 설과 많은 먹잇감을 사냥하기 위한 주술적 의례에서 기원했다는 설이다. 즉 동물을 포획하는 예행연습을 위한 제의의 도구로 그림을 그려 사용했다는 이야기다. 어떤 경우든 예술이라는 것의 시작은 인간의 삶을 위한 것이었다. 삶을 위해 예술이 존재하는 것이지 예술을 위해 삶이 존재하는 것은 아니다.

예술이란 삶을 위한 자극제

니체의 입장에서 보자면 예술도 하나의 해석이다. 그러니까 우리가 예술에 부여한 미적 판단이라는 것은 인간이, 인간중심적으로 해석해서 씌워놓은 표상이다. 거기 절대적인 가치가 있을 수 없고 아름다움 자체라는 말도 있을 수 없다. 그것은 인간의 의지가 펼친 해석이고, 객관적인 아름다움 따위는 없고 주관적인 해석만이 있다는 것이다. 해석은 해석 대상의 '본질'이거나 그 속성과는 무관한 '오류'에 가까운, 인간이 부여한 이미지일 뿐이라는 설명이다. 예술, 종교, 도덕, 국가 등을 삶의 관점으로 볼 때 니체가 비교적 선명하게 다가온다.

니체는 미와 추의 판단의 기준을 인간의 삶을 추동하는 힘 의지의 고양여부로 판단한다. 그러니까 힘에의 의지를 상승시키는 쾌감의 상태를 아름답다고 판단하고, 힘의 고양을 퇴화시키는 것을 추하다고 본다는 것이다.

> *“퇴락한 인간보다 더 추한 것은 없다 — 이렇게 해서 미적 판단 영역의 경계가 지어진다. — 생리적으로 고찰해보면 추한 모든 것은 인간을 약화시키고 슬프게 한다. 그것은 인간에게 쇠퇴, 위험, 무력을 상기시킨다.: 이러면서 인간은 실제로 힘을 상실한다. 추한 것의 효력은 동력계를 가지고 측정해 볼 수 있다. 대체로 인간이 풀 죽고 우울해질 때, 그는 ‘추한 것’이 근접해 있다는 사실을 눈치챈다. 힘에 대한 그의 느낌, 그의 힘에의 의지, 그의 용기, 그의 긍지 — 이런 것이 추한 것과 함께 사라지며 아름다움과 함께 상승한다.”*
>
> – 니체, 같은 책, 20

니체에게 미적 체험은 신체와 연동되어 있다. 미적 판단은, 즉 ‘어떤 미적 행위와 미적 인식’은 몸의 차원에서 시작된다고 본다. 도취 상태에서 예술이 발생하는 것이라고 본다. 그렇게 탄생한 예술은 다시 인간을 상승시킨다. 예술은 인간에게 삶을 긍정하게 하고 힘 의지를 증가시킨다. 예술은 삶의 자극제이기 때문이다.

예술에 대한 니체의 사유는 초기작《비극의 탄생》시기와 후기작《우상의 황혼》시기에 조금 달라진다. 초기에는 아폴론적인 조형 충동과 디오니소스적인 파괴 충동이 공존했다면 후기에는 개체화하는 아폴론적인 충동은 슬그머니 사라진다. 후기로 갈수록 예술에 대한 생리학적 중요성이 부각되는데 결국 예술이란 것도 사람의 힘 의지가 생산해낸 힘의 구현이고, 삶을 위한 유용한 도구일 수밖에 없다는 결론에 이른 듯하다.

결론적으로 니체에게 예술이란 삶을 추동하고 삶을 창조하는 모든 활동이다. 예술가는 임산부이면서 임산부 스스로가 작품이기도 하다. 스피노자 식으로 말하면 '신 즉 자연', 즉 자연 스스로가 예술가이며 그 스스로가 예술작품이며, 그의 양태들 하나하나가 모두 작품이다. 니체에게는 개체의 삶도 예술 작품이 된다. 예술이란 삶과 유리된 고원한 무엇이 아니니까. 그것은 삶에 내재된 방식으로 자기를 구현한다. 구현된 낱낱의 작품들은 모두 힘 의지들의 산출물, 바로 예술작품이다.

예술가는 임산부

말하자면 나는 나의 힘 의지의 산출물들을 매일매일 생산하는 예술가다. 그러니까 잘 만들어야 한다. 나의 삶이 바로 작품이니 말이다. 나의 작품들에는 내가 있다. 또한 나의 작품은 타인에게 작든 크든 영향을 주리라. 나의 삶은 이렇게 저렇게 수많은 타인에게 가 닿는다.

세상에 파렴치가 판을 치고 갑질하는 누구누구가 언론에 오르내릴 때 나는 생각한다. 나 한 사람 청정하게, '잘 살면' 세상에 좋은 작품을 생산해 낸 것이라고. 그것이 보시라고. "나는 무기력해!"가 아니고 "나는 지금 작품을 만드는 중이야"라고 생각하면 힘이 난다. 내 삶만큼은 조금 수고하고 애쓰면 괜찮은 작품으로 만들 수 있다고 보는 거다.

나는 매일 예술작품을 창조한다. 웃고 울고 비틀거리면서. 정신의 비상을 꿈꾸며 수많은 나와 접속한다. 고통, 그것은 창조성의 다른 이름이라는 사실을 기억한다. 솜씨 좋은 장인처럼 땀과 시간을 들여 삶이란 작품을 빚어내고 싶다.

나 한 사람 제대로 산다고 세상이 달라지겠어? 가 아니고, 나 한 사람이 제대로 살면 세상이 많이 달라질 거야. 나 한 사람이 지금 제대로 살고 있지 않아서 세상도 비틀거리고 있어, 라고 나에게 속삭인다.

러시아 월드컵, 일본-폴란드전 보다가 성난 사람들

인식의 벌통, 보물, 다시 생각하기

러시아 월드컵에서 H조의 일본이 16강에 진출했다. 그러나 조별 리그 최종전에서 보여준 일본-폴란드 선수들의 경기 태도가 도마에 올랐다. 언론과 축구팬들의 비난이 거세다. 일본의 16강 진출 과정은 순탄치 않았다. 최종전에서 일본은 비기기만 해도 16강에 진출한다. 그런데 후반 15분 일본이 실점하면서 조 3위로 밀려나자 공세를 폈다. 그러나 같은 시각 열린 H조 콜롬비아-세네갈전에서 후반 29분 콜롬비아가 득점하자 일본은 다시 2위에 올랐다. 콜롬비아의 득점 소식을 알게 된 일본은 수비에 집중하면서 시간을 끌었다. 장난하듯 공을 이리저리 굴리면서 지연작전을 폈다. 폴란드도 1:0으로 승리하고는 있지만, 탈락이 확정된 터라 힘을 낭비하지 않았다. 비싼 돈 들여 입장권을 구입한 관중들의 야유가 터져 나왔다. 재미없는 경기는 그렇게 끝났고 일본은 16강에 진출했다.

이에 비한다면 우리 선수들이 보여준 투혼은 눈물겹다. 하늘은 스스로 돕는 자를 돕는다고 했던가? 1%의 가능성을 현실로 만들었으니 말이다. 맥시코와의 2차전 패배 후 손흥민 선수가 눈물을 흘릴 때는 나도 눈물이 났다. 경기 후 대통령 일행이 락커룸에 방문했을 때 손흥민은 다시 울음을 터트렸다. 축구에 대해 잘 모르니 뭐라 말할 입장은 아니지만 안타깝다.

우리나라 축구대표팀에 관한 이야기를 하려는 것이 아니다. 일본-폴란드전 관람 관중들의 반응에 대해 생각해보려는 것이다. 나는 일본 선수들을 옹호할 의도가 없다. 다만 이런 생각을 해본다. 경기에서는 경기의 규칙이 적용되는 것이 아닐까? 일본 선수 입장에서는 조금만 버티면 16강이 확정되기에 적극적으로 뛸 필요를 못 느꼈을 것이다. 관중을 의식해서 펄펄 뛰면서 경기를 하는 것이 오히려 가식적이지 않은가? 또 망둥어처럼 날뛰다가 한 골 더 먹기라도 하면 낭패다. 수비나 잘하고 적당히 시간이나 끌자. 체력도 고갈됐을 것이다. 관객을 의식해서 뛰는 척이라도 하려 해도 몸이 말을 듣지 않는다. 그러니 다음 경기를 위해 힘을 비축하자. 이것이 그들의 경기 규칙이지 않았을까?

경기의 규칙과 당위의 규칙

그러나 관객은 경기의 규칙이 아니라 당위의 규칙을 요구한다. 아무리 너희가 16강 진출 확정됐다고 경기를 그 따구로 하면 안 되지. 힘이 나지 않더라도 힘이 나는 척이라도 하고, 최선을 다하는 척이라도 해야지, 어이없네. 그건 스포츠 정신도 뭣도 아니야. 관중은 자신의 도덕적 요구를 정언명법이라도 되는 양 내세운다. 이럴 때 니체는 뭐라고 할까? 니체는 관중에게 쓴소리를 할 것 같다. 일본 선수들의 몸이 그렇게 움직이는 걸 어쩌겠나? 몸과 정신은 연결되어 있는 걸. 니체는 몸을 커다란 이성이라고 한다. 몸은 정신보다 '더 큰 이성'으로서 우리를 움직여 간다. 물론 그런 경기를 보면 화가 난다. 재미도 없다. 월드컵이라는 장에서 그게 한 나라의 대표 선수들의 태도인가?라고 묻고 싶다.

하지만 역지사지(易地思之) 해보면 내 몸도 일본 선수들처럼 소극적으로 움직이지 않았을까? 이것은 우리들, 지구인 대부분이 도덕의 명법에 구속된 삶을 살고 있고, 그것을 요구하는 정신에 익숙해 있다는 이야기가 된다. 어떤 상황에서도 도덕의 명법을 따르기를 타인에게 요구한다는 것이다. 그 명법을 자신에게도 요구할까? 강도의 차이가 있겠으나 그럴 것이다. 부응하지 못했을 때 양심의 가책을 느낄지도 모른다. 말하자면 타인에게도, 자신에게도 어떤 당위의 규칙을 들이대면서 사는 것이다. 그것이 나쁘다는 것은 아니다. 그러나 그 규칙이 유용한가? 선수들이 굳이 악전고투할 필요 없으니 이색적인 진풍경쯤으로 즐기면 되는 것이 아닐까?

퍼뜩 우리들 모두 거대한 강제적 당위의 힘에 짓눌려 사는 것이 아닌가 하는 의구심이 든 것이다. 이것은 지구인이 함께 갇혀있는 도그마 같은 것이 아닐까? 그렇다고 도덕이고 뭐고 팽개치고 살자는 것은 아니다. 공리주의자들의 입장에서 일본 선수들의 공리만을 따지자는 것도 아니다(공리주의를 요즘은 평가절하 하지만 당시에는 혁명적인 사유였다!).

우리를 억압하고 있는 규범이나 룰들이 정당한 것인지, 조금 수선을 해서 다시 입어야 할 옷은 아닌지 묻고 싶은 것이다. 문명 탄생 이래 인간이 종족을 보존하고 삶을 유지하기 위해 만든 도덕적, 윤리적 잣대에 인간이 종속되어 헉헉거리며 사는 것은 아닌지 말이다. 나에게도 타인에게도 조금은 헐거운, 색다른 옷을 입어보는 것을 제안하고 싶어진다.

도덕은 인간 생존의 도구에서 출발

니체에 의하면 도덕은 처음에는 관습과 유용성에서 시작된 인간 생존의 도구였으나 어느 순간 기원은 망각되고 그 자체로 신성한 것이 되어서 삶을 옥죈다. 그것이 신성불가침의 '신'이 되어버린 것이다. 해서 본말이 전도된 삶을 살아간다. '도덕'이 인간에게 주인노릇을 한다. 인간은 정체를 알지도 못하는 '신성한 것'에 끌려 다니는 신세가 되었다는 것이다. 인간이 만든 도구가 인간을 강제하는 수단이 되었다는 진단이다.

> *"우리에게는 도덕적 가치들을 비판하는 것이 필요한데, 이러한 가치들의 가치는 우선 그 자체로 문제시되어야만 한다. — 이를 위해서는 이러한 가치들이 성장하고 발전하고 변화해온 조건과 상황에 대한 지식이 필요하다. (결과와 증후로서의, 가면과 위선으로서의, 질병과 오해로서의 도덕, 그러나 또한 원인과 치료제로서의, 자극제와 억제제로서의, 독으로서의 도덕)"*
>
> – 니체, 《도덕의 계보》, "서문"

즉 우리가 도덕이라고 믿고 찬양하는 것들의 '가치'에 대해 가치평가를 해보자고 주문한다. 그것을 우리는 주어진 것으로, 절대적인 보편성을 지닌 '신앙'으로 믿으며 살고 있는 것이 아닌가 묻는다.

우리가 '선한 사람'이라고 믿는 사람이 '악한 사람'보다 가치가 있다고 평가하는 것은 정당한가? 중요한 것은 우리가 믿는 '선한 사람'은 가식적인 사람, 또는 그렇게 살 수밖에 없어서 그렇게 사는 사람이며 오히려, 자기 행동과는 다르게 마음속으로는 원한과 증오가 넘칠 수도 있다는 얘기다.

나는 당신을 향해 웃는다. 나는 실은 당신을 한 대 때려주고 싶다. 머리통을 박살내고 싶을 때도 있다. 그러나 나는 웃는다. 당신을 때릴 힘도 없고 뒷감당이 무섭다. 당신이 나의 자녀거나, 나의 동생이거나 좀 호락호락한 상대라면 쥐어박고 소리칠 수 있다. 모욕적인 말을 내뱉고 화를 내며 스트레스를 풀 수도 있다. 그러나 당신이 힘이 센 자라면, 나의 생사여탈권을 쥐고 있는 자라면 웃을 수밖에. 아니다! 반성하는 척하고 고개를 조아릴 수밖에. 분발하려고 노력할 수밖에. 자신을 돌아보고 부족한 점을 반성하고, 나은 실적을 내려고, 나은 인간이 되려고 스스로 채찍질할 수도 있다. 다른 한편 나는 돌아서서 '이웃사랑'을 말하고 불우이웃 돕기도 하고, 약한 자를 보면 손을 내민다. 그런 행위가 쾌감을 주기 때문이다. 나는 세상의 규범과 법과 관습에 적응하면서, 사랑과 이해와 관용을 외치며 산다. 이런 사람을 니체는 현대인이며 '선한 사람'이라고 본다. 니체가 문제 삼는 것은, 이 가식적인 인간들이 자신을 '선한 사람'이라고 규정한다는 점이다. '악한 사람'은 뒤집어엎는 사람일지도 모른다. 악의 화신이다. '선한 사람'의 입장에서 보면 악한 사람은 악한이며 동시에 불쌍한 사람일지도 모른다. 왜 저렇게 어리석게 살지?

자기의 편의에 따라 사는 것이면서 그런 자신을 '선한 인간', '윤리적 인 인간'이라고 주장하는 사람들이 현대인들이라고. 니체는, 삶을 잘 살기 위해 인류가 발명해낸 도덕규범을 고정불변의 진리로 숭배하지 말하자고 말한다. 그건 진리도 뭣도 아니야!라고 일갈한다. 우리가 떠받들고 있는 가치들을 의심하고 검토하여 다른 도덕의 가능성을 탐구해 보자고 한다.

> *"그러나 우리의 마음은 거기에 없었다. — 거기에는 우리의 귀마저 단 한 번도 있지 않았다! 오히려 신적인 경지로 마음을 풀어놓고 자기 자신에 깊이 몰두해 있는 사람의 귀에 마침 온 힘을 다해 정오를 알리는 열두 번의 종소리가 울려 퍼졌을 때, 그 사람이 갑자기 깨어나 "지금 친 것이 도대체 몇 시인가?"라고 묻는 것처럼, 우리도 때때로 훨씬 후에야 귀를 비비면서 아주 놀라고 당황해서 "도대체 우리는 지금 무엇을 체험한 것인가"라고 물으면서, 더 나아가 "우리는 도대체 누구인가"라고 물으면서, 앞에서 말한 것처럼 나중에 이르러서야 우리의 체험, 우리의 생활, 우리 존재의 열두 번의 종소리의 진동을 모두 세어보게 된다. — 아, 우리는 그것을 잘못 세는 것이다."*
>
> – 니체, 《도덕의 계보》

그러니까 우리는 자신을 '선한 사람'이라고 굳뚝같이 믿고 있으나 니체는 그건 사실이 아니라고 말한다. 진짜 사실은 우리가 자신에 대해 전혀 모른다는 것이라고. 우리는 자신에게 가장 먼 존재이며 자기를 이해하지도, 인식하지도 않는 채, 자기 자신을 혼동하며 산다고. 자신을 탐구한 적이 없다고. 그러나 내가 알지 못하는 나, 내가 나에게 이방인인 그곳에 나의 '벌통'이 있다고. 그것이 보물이니 제대로 인식하자고 주의를 환기시킨다.

인식의 벌통을 향해 위험한 걸음 옮기기

나는 나에 대해 얼마나 알고 있을까? '인식의 벌통'을 향해 가려는 위험한 걸음을 옮긴 적이 있는가? 나는 어려움에 처했을 때, 관계가 비틀어졌을 때, 행복하고 풍파 없는 삶에 위기가 닥쳤을 때만 인식한다. 난관을 헤칠 방법에 대해. 그것을 살짝 치우는 것에 성공했을 때 다시 '선한 인간'으로 산다. 이 선한 인간의 마음에는 사악함이 깃들어 있을지도 모른다. 사회와 손잡고 악수하면서 그래그래 그것이 삶이지, 그것이 진리지, 그것이 인간적인 삶이지. 저 '악한 인간'들 좀 치워버리자. 성가신 말썽쟁이들, 이라고 말하는 삶을.

니체는 도덕도 진리도 법도 신앙도 다시 검토해보라고 한다. 그것들의 위계질서를 전도시키고, 혼란에 빠트리고, 길 잃게 하고 해체하려고 한다. 생각이 행동이다.

마음학교를 만들자

범죄자와 정신병자

세간의 이목을 집중시켰던 인천 초등학생 살인사건의 주범 측은 가해자의 정신 병력을 부각해 형량을 낮추려 했다가 여론의 뭇매를 맞았다. '병이 나를 그리로 몰았다'고 하면 정상 참작이 되는 사회 분위기를 반영한 의도였을 것이다.

그렇다면 범죄자와 정신병자는 얼마나 다른 사람들일까? 니체는 범죄자와 정신병자 사이에 차이가 없다고 인식한다. 이는 말하자면 범죄자의 정신을 '병든 것'으로 보는 것이다. 이렇게 되면 형벌이 아니라 치료에 무게중심이 옮겨간다.

근대 이전에는 광인이나 나병 환자는 물론 일반 병자들도 죄인으로 취급해서 공동체에서 격리시켰다. 그들을 '악마의 서식처'(미셸 푸코, 《광기의 역사》)로 보는 시각 때문이다. 그러나 이제 광인이나 여타 병자는 사회의 악이나 저주의 대상이 아니라 치료 대상이 되었다.

죄와 벌의 개념을 치워버리자

니체는 '죄와 벌이라는 개념을 이 세계에서 치워버리자'고 매우 위험한 주장을 한다. 죄인을 병자로 생각한다면 '병자들에게 복수를 원하는 사람은 거의 없을 것'이라고. 다시 말해 모든 죄인은 '병자'라는 주장이다. 그리고 이들을 사회가 치료해 주어야 한다고 말한다(니체, 《아침놀》, 202).

굳이 니체가 아니더라도 범죄는 사회의 산물이다. 범죄자들이 정신이 아픈 사람이라는 사실 또한 인정할 수밖에 없다.

이제 국가가 나서야 한다. 사회 시스템의 희생자로서 범죄자라는 시각으로 이들을 비호할 생각은 없다. 이 시스템을 어디서 어떻게 고쳐야 할지도 막막하다. 다만 지금 우리가 할 일은 '범죄자=아픈 사람'이라는 등식으로 스스로를 바라보자는 거다.

우리 더 아프기 전에 예방하자! 마음이든 몸이든 어디가 아픈 사람은 자기 삶을 능동적으로 일구어 낼 수가 없다. 그래서 사회적인 치유 시스템이 필요하다. 물론 주위에 심리상담소도 있고 정신과의원도 있지만 가격이 비싸서 접근이 용이하지 않다. 또 '문제 있는 사람'이 방문하는 곳이라는 생각이 여전하다.

국가적으로 '마음학교(가칭)' 프로그램을 운영하기를 제안한다. 스무살 이상의 성인 모두를 대상으로 각 지자체별로 평생교육원 등에 마음학교 프로그램을 마련해서 무료 혹은 실비로 공부도 하고 상담도 받도록 하자. 마음학교는 최소한 개인당 2~3년간 이용하도록 허용하자. 잘 시행될 경우 일선 고교와 대학에도 마음학교를 운영하자. 현재처럼 각 학교에 심리상담사를 두고 '문제성 학생'들이 상담받는 것이 아니라 모든 학생을 대상으로 하자.

우리는 다들 아프다. 다들 간당간당하게 삶의 벼랑에 매달려 살아가는 존재들이다. 우리가 우리를 돌보지 않으면 누가 돌보겠는가?

마음학교에서는 다양한 집단 심리치료와 개인 심리상담 및 마음 치유 프로그램 등을 통해 '모르는 나'와 만나는 시간을 갖는다. 성인이 마음학교 프로그램을 이수했을 때는 취업 시 일정한 가산점수를 주자. 그는 자기 안을 깊이 응시하는 절대 시간을 가졌으므로 '경쟁력' 있는 개인이 되었기 때문이다. 초중등학교를 의무 교육으로 하듯 고교 졸업 후 마음학교 교육을 필수 코스로 정하자. 물론 생업이나 학업을 병행하면서 주 · 야간 언제든 편한 시간을 선택해 참가하면 된다.

마음학교에서의 공부, 나의 유일무이성을 발견하는 시간

마음학교에서 우리는 상처만 치유하는 것이 아니다. 상처가 있다면 상처를 치유할 것이며 자신의 유일무이성을 발견하는 시간이 될 것이다. 우리는 자신에 대해 잘 모른다. 그래서 삶을 함부로 낭비하며 힘들게 산다. 나의 소중함을 모르기에 타인에 대한 존중도 잊고 산다. 이 프로그램은 나를 알아가는 과정이 될 것이며 타인과 연결되는 깊은 깨달음에 도달하는 순례가 될 것이다. 자신의 유일무이성과 천재성을 만나는 시간, 자신을 구원하는 시간!

굳이 니체의 목소리를 빌려오지 않아도 인간은 자연의 일부분이다. 우리는 태어나는 순간부터 자신의 충동을 억압하고 부모라는, 학교라는 규율과 권력의 눈치를 보며 살아왔다. 그래서 우리는 누구나 피 흘리며 아프다. '나는 절대 그렇지 않다'고 말하지 마시라.

마음학교는 스무 살 이후 남녀노소 누구나 이용할 수 있다. 최소한 2~3년간 자기를 만나는 공부를 한 후 각자는 새로운 도전에 나설 것이다. 마음학교의 인력은 대학 안팎의 교수진, 정신과 개원의, 경험 많은 심리상담가 중 자질과 양식이 있는 인력을 선발해 봉사하게 하자. (무료 봉사가 이들 삶에 큰 명예가 되도록 인센티브를 주고 국가적으로 배려하자.) 물론 최소한의 상근 인력이 필요하다.

마음학교를 만들자. 이 프로그램을 통해 우리 모두는 어느 날 불현듯 성장해 있을 것이다. 또한 이 프로그램에 참여하는 동안 행복할 것이다. 이것은 사회에 순응하는 개인의 생산이 목표가 아니고, 자신의 통치자, 자신의 주인이 되는 공부가 목표다. 더불어 사회 시스템을 좀 더 유연하고 따뜻하게 변화시키는 노력도 병행하자.

마음학교, 그곳에 가서 나를 알자. 존재의 깊은 안으로 들어가는 경험을 하자. 낯선 나를 직면하는 시간, 나를 넘어선 나를 만나자. 다시는 이전의 존재로 되돌아 갈 수 없는 존재를 경험하자. 더 가볍고 경쾌하게 살자.

"자기 자신에게마저 혐오의 대상이 된 치유 불가능한 범죄자에게

는 자살의 기회가 제공되어야 한다. 이것을 최종적인 진정제로 남겨두고, 무엇보다도 범죄자가 용기와 자유로운 기분을 다시 가질 수 있도록 무엇 하나 등한시해서는 안 된다. 양심의 가책을 불결한 것처럼 그의 영혼에서 닦아 내야 하며, 그가 아마도 어떤 한 사람에게 끼쳤을 해를 타인에 대한, 아니 어쩌면 사회 전체에 대한 선행을 통해 어떻게 보상하고 어떻게 자신이 끼친 해 이상으로 보상할 수 있는지 알려주어야 한다. 모든 것을 극히 조심스럽게 돌봐야만 한다! 그리고 특히 익명이나 새로운 이름을 사용하고 자주 거주지를 바꿈으로써 그의 평판과 장래의 삶이 가능한 한 적게 위험에 노출되도록 해야 한다."

– 니체, 《아침놀》, 202

부모가 된다는 것

청춘, 결혼, 자녀, 부모 공부

최근 이혼소송 중 신변을 비관해서 생후 21개월 된 아들을 살해한 여성 이야기가 한 매체에 보도됐다. 연일 터져 나오는 굵직한 뉴스들 뒤에 가려진 '작은 사건'이다. 얼마 전에는 부모가 어린 아들을 체벌하다 숨지게 하거나, 살해한 뒤 거짓 실종신고를 한 경우도 있었다. 이제 나는 이런 일이 발생하면 가족을 의심하게 된다. 가족이 범인으로 종결되는 사례를 자주 보아온 때문일 것이다.

종종 생각한다. 부모가 된다는 것은 보통 사건이 아니다. 우리는 너무 함부로 부모가 되는 것은 아닐까? 자식 많이 낳으라고, 저출산 고령화가 문제라고 하지만 부모가 된다는 것은 두렵고 준엄하며 성스러운 무엇임에 틀림없다. 부모가 된다는 것은 다른 차원의 삶으로의 진입이다. 한 생명을 떠맡는 자가 되는 것이다. 그런데 그의 해결되지 않은 개인적 심리적 문제는 자식에게 대물림된다.

> *"부모의 성격과 성향에 관련된 해결되지 않는 불협화음은 어린아이의 본질 속에서 계속 울리게 되고 그의 내면적인 고뇌의 역사를 형성한다."*
>
> – 니체, 《인간적인 너무나 인간적인 I》, 379

니체는 철학자 이전에 탁월한 심리학자로 자주 언급된다. 그만큼 니체의 저작들에서는 프로이트 못지않게 심리적 통찰이 뛰어나다. 일설에 의하면 프로이트는 니체의 어떤 문장을 읽다가 자신의 생각과 흡사한 것에 놀라서, 얼른 책장을 덮어버렸다고 한다. 프로이트보다 약간 앞 세대였던 니체의 문장들에서는 인간에 대한 예지가 빛난다. 종교의 발생, 문화, 정치, 예술, 역사의 기원을 다루는 곳에서도 심리적 통찰이 번뜩인다. 니체의 계보학과 프로이트의 정신분석학은 많은 유사성이 있다는 것이 전문가들의 견해다.

본론으로 돌아오자. 부모의 성격과 성향의 어떤 문제들은 고스란히 자식의 내면에 고뇌의 역사를 형성한다는 니체의 진단에 고개를 끄덕인다. 나의 유전자가 자식에게 나의 어떤 형질을 실어 나른다. 나는 '부모 되기'를 얼마나 진지하게 고민하는가? 그저 학교 졸업하고 취업하면 결혼하고, 결혼하면 자식 낳는 것이 우리네 삶의 자연스러운 스케줄이다. 이 스케줄 표를 무심하게 좇아가는 것이 현대 사회의 병리현상을 가속시키는 것은 아닐까? (요즘은 이 스케줄 표를 무시하고 진행되는 '사랑 행각'이 예기치 않은 생명을 출산해서 문제가 되기도 한다. 이른바 미혼모, 미혼부의 탄생.)

낳아주었더니 고마운 줄 모른다?… 강아지 풀 뜯어 먹는 소리

나의 결함과 무능과 뾰쪽함과 어리석음과 못나고 구부러진 성정, 나의 열등감과 참담함, 나의 자만과 우월의식, 나의 모든 것이 아이에게 가서 박힌다. 그런 나는 그런 모습으로 내 자녀를 길러낸다. 그리고 공치사한다. 낳아주고 입히고 먹이고 키워놓았더니 부모 고마운 줄 모른다고 호통 치신다! 나 원 참, 아이가 당신에게 낳아 달라고 하소연했는가? 당신이 선택해서 어린 생명을 낳았으면 책임지는 것이 당연하지 그게 뭐 대단한 선행이라고 고마운 것 모른다고 하소연하는가?

그런 부모가 되지 말자! 무심히 던져진 실존 앞에서 고독하고 두려운 이 삶을 우리는 걸어가고 있다. 내가 내 부모에 의해 세상에 던져져서 기우뚱기우뚱 살아왔고 내 자식 역시 그렇다. 그러니 부디 내리사랑을 기억하고 낳아주었더니 고마운 줄 모른다는 강아지 풀 뜯어먹는 소리는 하지 말자! 도대체 누가 당신에게 낳아달라고 했는가? 당신은 그냥 낳은 것이고 그것은 당신의 선택이며 삶의 한 도정일 뿐이다.

당신을 낳아준 부모가 당신을 낳아준 것에 대해 큰소리치는 것이 부당하듯이 당신 역시 그렇다. 부모님 은혜 운운하는 것은 부모인 우리의 콤플렉스의 반영은 아닐까? 내가 이렇게 힘들게 너희를 낳아 키웠으니 너희는 고마움을 알아야 해! 얼마나 낯 뜨거운 발상인가? 이 이데올로기는 부모인 우리가 퍼뜨린 것이다. 차라리 낳아서 고생시켜서 미안해!라고 말하자! 흥! 나는 내 부모에게 그런 말 못 듣고 자랐는데, 여태까지 불효자 콤플렉스에 짓눌려 살았는데, 내 자식에게 공치사 좀 하기로 그게 대체 어떻다는 거지?

그래도 공치사는 우리 대에서 멈추자! 낳아서 잘 키운 후, 잘 살면 감사하면 된다. 잘 못살면? 그땐 반성해야 한다. 윗세대인 우리가 아랫세대에게 강요하기 위한 것이 효 이데올로기가 아닐까? 이렇게 말하면 지탄받겠지만 부모 노릇 생색 그만 내자는 말을 하고 싶은 거다. 다만 어리석은 부모였던 나로 인해 고통받았을 자식의 안녕을 묻자!

몇 해 전이었던 것으로 기억한다. 고객의 갑질과 감정노동자들의 우울증이 사회적 이슈가 된 시기였던 것 같다. 어떤 음식점의 업주가 아르바이트생들에게 '남의 집 귀한 자식'이라고 쓰인 유니폼을 입고 일하게 한 것이 화제가 됐다. '고객은 왕'과 같은 언설보다야 진일보한 사고임에 틀림없다. 때문에 언론에서 '남의 집 귀한 자식'을 열렬히 기사화했을 것이다. (물론 이 업주의 동기는 훌륭하다!)

남의 집 귀한 자식?

'남의 집 귀한 자식'이란 무슨 뜻일까? 비록 아르바이트를 하고 있지만 나는 남의 집 귀한 자식이니 함부로 대하지 마세요. 나도 남의 집 귀한 자식이니 갑질일랑 하지 마세요. 당신도 남의 집 귀한 자식이듯 나도 남의 집 귀한 자식이에요. 아르바이트를 하고 있지만 나의 존엄성을 당신에게 파는 것은 아니에요. 당신도 집에 자식이 있잖아요. 이런 메시지를 담고 있을 것이다.

나는 생각했다. 좋은 아이디어네. 한데 '남의 집 귀한 자식'이라는 메시지는 또 다른 폭력이 될 수도 있겠구나. 우리는 대부분 '남의 집 귀한 자식들'이다. 그런데 모두가 남의 집 귀한 자식일까? 모든 사람들이 자신은 자기 집의 귀한 자식이라고 생각할까?

만약 내가 집에서 천덕꾸러기로 길러졌다면, 아무리 생각해도 귀한 자식이었던 적이 없었다고 생각하는 사람이 있다면, '남의 집 귀한 자식'이란 메시지는 이 사람에게는 상처로 다가올 것이다. 한 번도 자기 집에서 귀한 자식이었던 적이 없었다고 느끼는 사람이 이 문구를 보았을 때, 어떤 감정이 스칠까?

남의 집 귀한 자식이 아닌 나는 갑질 당해도 된다는 것일까? 혹은 나도 실은 우리 집 귀한 자식이었을 거야, 라고 자기의 기억을 재구성하고 감정을 강요해야 할까? 이 문구는 바뀌야 하리라. 다른 어떤 것으로.

자신을 남의 집 귀한 자식이라고 믿는 사람들은, 어쩌면 갑질을 당하더라도 딛고 일어설 탄력성이 있다. 귀한 사람으로 대접받고 성장했으므로, 부당한 일을 겪어도 의연해질 힘이 있다. 정말 문제는 남의 집 귀한 자식이었던 적이 없던 어떤 사람, 그 수가 인구의 매우 적은 부분을 차지하더라도, 이 사람들을 배려하고 존중하는 풍토가 선행돼야 한다.

예를 들면 부모가 버려서 보육시설에서 자란 사람들, 이혼한 가정의 자녀(부모 중 한 명이 자기를 버렸다고 생각할 수 있다), 조부모에게서 자란 사람들, 부모의 방임이나 폭력, 편애 등을 경험한 사람들 등등 어떤 이유든 귀한 자식이 아니었다고 느끼는 사람들은 이 문구, '남의 집 귀한 자식'이라는 글을 보면 절망할 것이다. 나는 내 부모에게 귀한 자식인 적이 없고, 부모의 골칫덩어리 문제아일 뿐이니, 사회에서도 귀히 대접받을 수 없겠구나! 그는 부모에 이어 사회적 폭력에 다시 주저앉을 것이다.

부모가 자식에게 저지른 폭력의 기억

이 이야기를 길게 하는 이유는, 부모인 우리는 최선을 다해 자식을 키웠다고 자만하지만 자식들은 다르게 기억할 수 있다는 것이다. 또한 부모인 우리가 저지른 폭력에 대해 우리는 알지도 못하고 인정하지도 않는다. 그러나 자식은 기억하고 있다.

니체는 말한다. '한 인간을 평가하는 데 가장 중대한 실수를 하는 사람이 부모'라고. 부모는 자식을 객관적으로 보지 못하기 때문에 자식에 대해 잘못 판단하는 경향이 많다고.

> *"인간들은 자신을 둘러싸고 있는 가장 가까운 것에 대해서는 더 이상 숙고하지 않고 그것을 단지 받아들이기만 하는 경향이 있다. 아마 부모의 습관적인 멍청함이 언젠가 그들의 자식들에 대한 판단을 내려야 할 때 그렇게 빗나간 판단을 하게 되는 원인일 것이다."*
>
> – 니체, 《인간적인 너무나 인간적인 I》, 423

부모 되기를 고민하자. 부모가 된다는 것은 큰 실험이며 도전이다. 부모가 될 자신이 없다면 사랑이라는 이름으로 서둘러 결혼하고 애국자가 되기 위해 서둘러 자식 생산하지 마시길 바란다. 부모가 된다는 것은 어마어마하게 힘든 무상의 '노역'과 희생을 즐거이 해야 하며, 개인 아무개의 삶과는 차원이 다른 삶을 요구한다. 수고하고 책임지며 참아야 하며 부처님의 자기 수행에 버금가는 정신의 수양을 필요로 한다. 다른 단계의 인생의 장(場)이다.

지금껏 부모들은 그냥 부모 되는 줄로 알았고, 자식은 그냥 자식이 되었으므로 상처받으며 자랐다. 이제는 다른 부모 되기를 사유하자. 다른 종류의 부모가 되지 못한다면 우리와 똑같은 자식을 생산하고 키울 것이며 그 자식은 우리와 같은 방식으로 후대를 길러낼 것이다.

부모 되는 공부를 하자! 이 공부는 매우 중요하다.

부모의 단계로 진입하는 것을 쉽게 생각하지 마시길 바란다. 자식을 낳는 일을 엄숙하고 진지하게 실행하시길 바란다. 결혼을 앞둔 청춘들이여! 명심하시라. 당신의 미성숙을 자녀에게 대물림하지 마시라!

니체의 문장을 소개하며 글을 맺는다.

"그들은 비천하게 생각하고 겉치레와 거짓을 따르는 아버지를 거역하고 자신들의 의향을 관철시켜야만 하거나 바이런 경처럼, 끊임없이 어린아이 같고 화내기 잘하는 어머니와 싸우며 살아가야만 한다. 그러한 것을 체험했다면, 사람들은 평생 동안 한 사람에게 가장 크고 가장 위험한 적이 과연 누구였던가를 알게 된 사실을 견디지 못할 것이다."

– 니체, 《인간적인 너무나 인간적인 I》, 422

교제하는 인간

인간은 무죄, 침묵하라

둘 이상이 모이는 친목의 자리에서 오가는 대화는 대개가 '자랑'이다. 자기 자랑, 자식 자랑, 남편 자랑, 친척 자랑, 친구 자랑….

자식 자랑을 제외하면 자랑의 요체는 경제력 과시가 대부분이다. 그것도 적당히 하면 들어주겠는데 심한 수준이라면 눈살을 찌푸리게 된다. 그러나 누구도 "그런 자랑 자꾸 하는 이유가 뭔가요?"라고 따지지 않는다.

냉소적인 독설가인 니체는 인간의 교제를 호의적인 위장으로 본다. 사람들과 교제할 때에는 호의적인 척하는 것이 필요하다는 것이다. 진실을 까발린다면 관계는 바로 끝나버릴 수도 있다. 그것이 만화경 같은 삶의 한 단면이다.

늘 그렇듯 니체는 '인간의 지평'을 날카롭게 주목한다. 인간은 관계를 떠나서 살 수 없고 교제는 삶의 한 형식일 것이다.

잘 안다고 생각하는 친구에 대해 생각해 본 적이 있는가? 니체는 가장 친숙한 사람들끼리도 감정과 생각이 얼마나 다른지를 환기시킨다. 인간의 '모든 우정과 동맹이 서 있는 이 땅은 참으로 불안정하다'고. 그러나 참고 견뎌야 한다고.

우리의 모든 의견과 행동은 '구성된 것'

왜냐하면 우리의 모든 의견과 행동은 '구성된 것'으로 필연적이며 책임이 없다는 입장이다. 그렇다. 니체의 강조점은 인간은 무죄다, 라는 사유다. 나와 다른 내 친구, 내 이웃의 의견과 주장은 그들을 현재의 그들로 구성해 온 환경의 산물인 것이다. 그것은 지금의 그와 뗄 수 없이 밀착된 경험들이 내적 필연성을 지니고 있는 것이기에 그들을 비난할 수 없다.

나는 어떤가? 나도 마찬가지다. 나는 나의 역사의 형성물로서의 나인 것이다. 그러므로 내가 그의 친구로 남기 위해, 그가 나의 친구로 존재하기 위해 침묵하는 법을 배워야 한다(현재 우리가 교제하는 사람들을 '친구'라고 명명하기로 하자!). 서로에 대한 오류와 착각이 사라지는 순간 우정은 바로 깨지고 말 테니까 말이다. 니체는 가장 믿는 절친이 나에 대해 어떻게 생각하는지 알게 되었을 때 상처받지 않을 인간이 있을까? 하고 묻는다.

"사실 우리는 우리가 아는 모든 사람을 비록 그가 가장 위대한 사람이라고 해도 경시할 타당한 이유들을 가지고 있다. 그러나 마찬

가지로 이 감정을 우리 스스로에게 돌리는 데도 똑같이 타당한 이유가 있다. 그래서 우리는 서로 참고 견디려고 한다. 왜냐하면 우리는 우리 자신에 대해서도 참고 견디기 때문이다.”

– 니체, 《인간적인 너무나 인간적인 I》, 375

위대하든 평범하든 인간은 불완전하며 가변적인 존재이고 그것은 그의 탓이 아니다. 서로에 대한 환상을 깨버리지 않고 남겨 두는 것이 관계를 유지하는 방식이라고. 동일한 사태를 바라보는 다른 시각과 다른 해석은 살아온 내력이 다르다는 것을, 지금 딛고 서 있는 조건이 다르다는 것을, 경제적 입장이 다르다는 것을 반영한다.

이런 나에 대해, 그런 너에 대해 무지할 때 우리는 서로에게 충격받고 관계는 와해된다. 서로의 상황을 인정하고, 적당히 위장해야 관계가 지속될 수 있다.

그렇고 그런 너를 잘 알고 있지만 그래도 나는 너를 친구라고 생각한다. 너도 역시 그렇다. 그러므로 니체에게는 엄밀히 말해 친구도 없고 적도 없다. 고독한 인간이 있을 뿐이다. 친구라는 것은 존재하지 않아!라고 비참하게 고통스러워하지 말라! 친구라는 것은 있다. 다만 침묵하라!

비단 친구뿐이겠는가? 가족도 그렇다. 침묵이 친구를 가족을 그 자리에 존재하게 한다. 그것은 나에 대해서도 그렇다. 나는 나에 대해서 침묵해야 하는 순간이 있다. 나 역시 같은 부류이니까 말이다. 내 초자아가 강해져서 나를 손가락질하기 시작할 때 멈춰!라고 명령하자. 나를 단죄하기보다 침묵으로 위로해야 하는 순간이 있다. 나는 무죄다! 이것은 삶에 대한 긍정을 전제하는 사유일 것이다. 삶을 긍정하라!

내 탓이오 내 탓이오?

성당에 가면 나는 주먹으로 가슴을 치며 '내 탓이오'라고 고백한다. 아직 어린 내 딸은 영문도 모르고 종주먹을 불끈 쥐고 자기 가슴을 치며 '내 탓이오'를 따라 한다.

얘야! 네 탓이 아니란다. 네 탓이라고 널 몰아붙이면 결국 너와 같은 조건의 네 친구들 탓이라고, 이웃 탓이라고, 결국은 네 탓이 맞다고, 네 머리를 흔들고, 네 가슴을 내리치며, 절망할 수 있단다. 그러니 부디 네 탓도 친구의 탓도 이웃의 탓도 아니라고, 그것이 인간의 조건이라고 생각하거라.

오호, 이거 참 편리하네! '우리는 무죄'라고 외치는 기쁨이라니!

그러나 오 · 남용하지 말자!

공부하기 좋은 날

산, 연암 박지원, 평상심

이른 아침, 아이를 학교에 태워다 주고 산으로 향한다. 부드러운 안개, 밤새 살포시 내린 비로 청정한 공기를 머금은 하늘, 골목과 골목을 돌아 나오면 출근하는 사람들이 보인다. 더러 무표정하고, 더러 바쁘게 종종걸음 친다. 한껏 멋 부린 예쁜 처녀들을 훔쳐보면서 그리움에 대해 생각한다. 문득 지금 이 삶도 나쁘지 않다고 생각해본다.

어딘지 모를 곳에서 힘이 솟는다. 삶의 의지 같은 것이. 지금까지의 나를 잊고 새로 생성 중인 나를 바라보면 이 삶을 긍정할 수 있겠다, 고 생각한다. 이 삶에는 목적도 이유도 없다. 나는 웃는다. 인생은 농담 같은 것, 삶은 유머가 필요하다. 액셀러레이터를 힘 있게 밟는다. 차는 시속 100km의 속력으로 달리고 알 수 없는 곳에서 생겨나는 힘을 느낀다. 그것은 무지개 같은 것, 모락모락 새로운 내가 탄생 중이다. 속도를 낮추고 창밖을 본다. 신도시 아파트 숲을 금세 벗어나 한적한 논두렁 밭두렁을 달리고 있는 나는 나의 선생이며 나의 미래, 나의 기쁨이다. 오늘은 내 맘대로 생각하려고 한다.

방금 도착한 등산로 입구에는 낯익은 사람들이 입산을 준비한다. 주차 후 나도 산으로 들어선다. 니체는 자연에는 목적도 이유도 없고 그저 낭비할 뿐이라고 했던가. 인간세상 역시 아무 목적도 이유도 없다며 인간이 이 사실을 알게 되면 괴로울 것이라고 했던가.

살다 보면 더 기운이 나는 날이 있다

그래도 좋다! 좋지 않은데 좋은 척 꾸며서 생각하는 것은 니체가 말하는 전형적인 약자의 모습이리!

오늘은 조금 들뜬다. 이유는 없다. 살다 보면 더 기운이 나는 날이 있고 더 우울한 날이 있을 뿐이다. 나는 청설모처럼 빠르게 산길로 들어선다. 더러 뛰기도 하고, 흐느적흐느적 걷기도 하고, 운동기구에 거꾸로 매달려 세상을 바라본다. 나무들 사이로 보이는 하늘은 어느새 쨍, 하게 푸르다. 눈을 가늘게 뜨고 하늘을 응시하다가 일어난다. 어서 집에 가야지. 오늘 할 일들이 떠오르고 그 일이 내게 있음이 기쁘다고 느낀다. 살다 보면 이런 날도 있어야지. 콧노래를 부른다.

그때 휴대폰 벨이 울린다. 그 벨소리에 묻은 냄새의 결이 와락, 전해진다. 휴대폰 안의 목소리는 반갑지 않은 사연을 전해준다. 주저앉고 싶어진다. 그닥 대단한 문제도 아닌데 말이다. 일상의 처리해야 할 일, 달갑지 않은 소식이나 사소한 분쟁에 휘말린 사건, 작은 걱정거리들이라도 이것들의 출연은 나를 저 아래로 밀어 넣는다. 끙끙거린다.

그러다가 별일 아닌데 뭐! 까짓것 빨리 처리하면 되지. 조금만 수고하면 되지 등등. 사소한 일들을 해결할 열쇠가 떠오른다. 하지만 그 일을 깨끗이 끝내기 전까지는 좀 전의 설레던 마음은 온데간데없고 하루일과는 헝클어지고 만다. 건강하지 못한 인간의 한 단면이다.

어려운 일이 생겼을 때 일상을 흐트러짐 없이 수행하는 힘, 그것이 위대한 인간의 능력이 아닐까? 골치 아픈 일이 생길수록 하던 일을 계속하는 뒷심이 필요하리. 전전긍긍 소진해버린 하루가 쌓일 때마다 마음 언저리는 골병이 든다.

연암 박지원 관련 책에서 본 대목인 듯하다.

가물가물한 기억을 되살려보면 어떤 선비가 한양에 와서 공부를 하고 있는데, 자식이 죽었다는 소식을 듣는다. (아니면 매우 위독하다는) 이 선비는 공부에 몰두하지 못하고 안절부절못한다. 그때 친구가 말한다. 지금이 공부하기 가장 좋은 때라고. 아이가 죽었든, 위독하든, 천리 멀리 있는 아비가 무엇을 할 수 있으리. 바로 이 시간이 허둥대지 말고 진득하니 공부하기 좋은 시간이라는 말이 꽤나 충격적으로 와닿았다.

어려움이 닥칠수록 평상심을 잃지 말아야겠다.

가을! 공부하기 좋은 계절이다.

3

아모르파티

아모르파티

늙은이와 젊은이, 자기 변형과 창조하기

딸아이와 한바탕했다. '한바탕했다'는 말은 내가 사용하는 비속어다. 뜻인즉 나 혼자 일방적으로 소리치고 화를 냈다는 것이다. 한 차례 소나기가 지나가고 나면 화를 낸 나를 탓하다가 나를 화나게 한 딸아이에게 다시 화가 난다. 나는 우아하게 살고 싶은데 허용하지 않는 아이에 대해 분한 마음이 생긴다. 그 분한 마음의 불씨가 꺼지지 않아서 아이를 원망한다. 왜 기품 있게 살고 싶은 나를 몰아붙여서 괴물이 튀어나오게 만들었냐고 따지고 싶다. 화내고 나서 기분이 풀리고, 사소한 일에 화낸 것을 반성하면 그만인 것을.

나의 '화'가 아이의 정서와 자기 가치감에 나쁜 영향을 미쳤다는 짐작에 자괴감을 느끼고, 그 원인 제공자가 아이라는 '확신' 때문에 다시 화가 나는 이 순환의 구조가 문제다. 그럴 때는 모르는 것이 낫겠다 싶다. 부모의 심한 잔소리가 아이에게 독이 된다는 '사실'을 알고 있음으로 그런 행위를 한 나를 탓하고 그런 행위를 '부추긴' 아이를 탓하는 것. 소화되지 않은 어설픈 앎은 자주 병이 된다!

아이와 다툰 이유는 이렇다. 아이는 나쁘지 않은 외모를 가지고 있다. 공부도 제법 하고 예체능의 소질도 괜찮다. 해서 자부심을 느낄 만한데(이 역시 나의 편협한 관점일 것이지만!) 그렇지가 않다. 굴절된 렌즈를 끼고 자기를 바라본다. 자신의 온갖 것이 다 마음에 안 들고 자신의 모든 것이 함량 미달이고 열등하다고 말한다. 아웃라인 쌍꺼풀이 마음에 안 든다, 입술이 얇다, 허벅지가 굵다, 손과 얼굴이 지금보다 더 희면 좋겠다(지금도 충분히 흰걸!) 등등….

네가 가진 것을 사랑하고 네 운명을 사랑해라!라고 말하면 아이는 웃긴다는 반응이다. 엄마나 그렇게 사시지!라는 표정. 그 표정을 보면 참을 수 없이 화가 난다. 부모 말을 비웃는 것 같아 화가 나고, 뒤틀린 확신으로 딱딱하게 굳어버린 태도에 더 화가 나고, 요즘 젊은것들이란 왜 이 모양이지!라는 생각에 또 화가 난다. 나는 이제 늙었다! (2000년 전에도 '요즘 젊은것들'에 대한 한탄이 있었다.) 요즘 젊은것들이란 쯧쯧쯧….

늙은이=늙은 사람, 젊은이=젊은 사람

'늙은 사람'에 대해 생각해 본다. 갑자기 떠오른 늙은 사람에 대한 단상.

'늙은 사람'은 오래전 배웠던 것을 갱신하거나 다시 배우려 하지 않는다. 젊은 시절에 최신이라고 믿었던 사유든 트렌드든 취향이든 그것의 가치를 고집한다. 자기의 젊은 시절 '최고였던' 가치들이 퇴장하고 근본도 없는 '호러블' 한 것들이 판을 치니 아주아주 화가 나신다. 이놈의 세상이 왜 이 모양이지? 옛날에 내가 감동하고 손뼉치던 좋은 것들이 퇴물이 되고 이상한 것들이 판을 치는 꼬락서니가 역겹다.

그러나 한때 그들이 경도되었던 그것들. 그것들을 그들이 좋아한 것은, 그것들이 그 자체로 가치 있거나 고결했기 때문이 아닐 가능성이 높다. 그들이 젊었기에 당시에 유행하던 새로운 경향이나 사조를 그들은 오늘날 젊은이들이처럼 떠받들었을 것이다. 그 시대 어른들은 그런 그들을 혀를 끌끌 차면서 한심하다고 생각했을 것이다. 젊은 그들은 그 새로움, 그 놀라움의 추억을 오롯이 지니고서 늙어간다. 젊음 탓에 경탄할 수 있었던 것을. 그것이 인생 아니겠는가? 늙어가고 있지만 젊은 시절에 불렀던 노래, 좋아했던 헤어스타일, 패션, 좋아했던 놀이, 데이트 장소, 즐겨했던 사유들 속에서 그는 여전히 젊다. 그 안에서 그들은 환호작약(歡呼雀躍)하던 감각을 되살릴 수 있다. 해서 누구나 자신의 젊은 시절의 취향과 감각에 대한 가치를 늙어 죽을 때까지 지니고 산다. 그것이 그를 살게 한다. 그것은 '새로운 하늘이며 새로운 땅, 하늘의 무지개'였다. 그 시절은 마법처럼 가슴 뛰게 한다. 말하자면 늙은이들이 사랑하는 것은 과거의 자기 젊음이다. 웬만하면 그는 그 안에서 지나간 '황홀'을 느끼며 영원히 젊은이로 살고 싶다. 그것과 비교해서 오늘 젊은이들의 취향을 경박하고 싸구려 잡동사니라고 생각한다.

말하자면 늙은이가 과거를 향수하는 것은 자기 젊음을 향수하는 것이고 과거의 것을 향해 투표하고 박수를 보내는 것은 젊은 시절 자기가 환호한 것에 가치를 부여하는 것이다. 최신의 것은 그의 감각을 자극하지 않는다. 그의 감각은 새로운 것을 거부한다. 그의 몸에 이미 새겨져 있다. 꼰.대.감.각!

아차! 가만! 늙은이라는 말을 쓰면서 나는 뭔지 불편하다. 처음에 문장을 시작할 때 '늙은 사람'이라고 썼다가 늙은이라고 썼다가 오락가락했다. 늙은이들에게 욕먹을 것 같아서 늙은이를 대체할 다른 말을 고르면서 문장을 이어왔다. 그러니까 '어르신' 같은 말로 바꾸어야 할 것 같아서 멈추고 생각했다.

젊은이라는 말은 젊은 사람에 대한 비하가 아닌데 늙은 사람에게 늙은이라고 하면 왜 비하의 말로 들리는 걸까? 젊은 사람을 젊은이, 어린 사람을 어린이, 늙은 사람을 늙은이라고 하는 것이 왜 늙은이에 대한 모욕으로 느껴지는 걸까? 그것은 우리 사회가 늙음을 모욕으로, 늙음을 미안함으로, 늙음을 가치 없음으로 인식한다는 이야기가 아닐까? 더 나가 늙음을 죄악으로, 늙음을 터부로, 늙음을 혐오감으로 표상하고 그 표상이 무의식적으로 작동하는 때문이 아닐까? 왜 우리는 늙음을 부끄럽게 느끼는 걸까? 늙은 사람을 늙은이라고 하는 것이 왜 실례가 되고 비하가 되는 걸까? 해서 실례를 범하지 않으려고 마음에도 없는 '어르신'이라는 말로 늙음에 대한 혐오를 포장하는 걸까? 늙은이에 대한 가치를 존중하고 그 나이만큼 살아낸 것 자체가 박수 받아 마땅한 것이라고 우리는 왜 인정하지 않는 걸까? 늙은 사람을 늙은이라고 부르는 것은 젊은 사람은 젊은이라고 부르는 것처럼 아무 문제가 되지 않아야 하는 것이 아닐까? 늙은+이, 젊은+이. 이 자연스러운 말을 문장 중에 쓰면서 나는 불안했다. 늙은이라고 하면 늙은이들의 심기를 건드릴 텐데. 그러나 나도 이제 젊지 않으니까 괜찮겠지.

아니야. 늙은이라는 말을 어르신으로 바꿔야 해 등등….

어떤 삶이든 경애해야 한다

늙음에 대해 존중하고 존경하는 마음은 늙은이 개인에 대한 존경과 존중만큼 중요하다. 생애주기를 살면서 누구나 간난신고(艱難辛苦)를 겪는다. 살아낸 것 자체는, 그것이 어떤 삶이든 경애해야 한다. 그가 존경받을 만한 삶을 살았든 그렇지 않든 개체의 삶 하나하나 값을 매기는 방식이야 말로 지양돼야 한다. 인간을 현재의 순간의 쓸모로만 판단하는 자본주의 상품성에 근거한 판단이 늙은이를 비하하게 한다.

70년 삶을 살아온 사람은 그 삶의 길이에 비례해서 존경받아야 한다. 그 사실을 늙은이 자신이 알아야 하며 젊은이들과 곧 늙은이로 진입하는 약간 늙은이(중장년)들이 알아야 한다. 늙은이들의 입장에서는 늙은이로서 자신을 자랑스러워하고, 사랑하고, 성숙한 선택을 하는 삶이면 족하다. 늙은이와 젊은이에 대한 우리 사회의 무의식적 담론, 무의식적 가치평가를 점검해야 한다. 이야기가 한없이 곁길로 새고 있다! 본론으로 돌아가자.

결론적으로 말해서 늙은이가 젊은이들의 취향을 폄하하고 옛것에 가치를 부여하는 것은 옛것이 젊은 시절에 그를 미쳐 날뛰게 했던 것이기 때문이다. 늙은이가 늙은이인 것은 새로운 것에 열광할 에너지가 없고, 옛날에 다 열광했기에 기력도 없고, 새로운 것에 놀라 박수칠 정도로 젊지 않고, 생애동안 경험할 것을 이미 다 경험한 터라 모든 것에 시큰둥하고 심드렁하기 때문이다. 최신의 것이 가치가 떨어지거나 질이 떨어져서가 아니다. 인간은 젊은 시절의 '놀라운' 경험을 최고의 것으로 자기 내부에 간직한 채 늙어가는 것이다. 그에게는 더 이상 새로운 것이 없다. 새로운 것은 옛것의 자리를 밀어내려는 폭력이라 느낀다. 그러니 등 돌리고 눈살 찌푸리고 거북하게 느낀다. 이런 정신을 가진 자는 그의 생물학적 나이와 관계없이 낡은 인간이 되어가고 있는 신호다. 바로 내가 그렇다. (나는 지금 나를 탄핵하는 중이다.)

그렇다고 물리적인 나이 듦의 현상을 받아들이지 않으려고 물불 가리지 않고 젊은 취향을 따라하는 것도 문제다. 밤낮없이 새로운 취향을 배우고 젊은이들과 어울리려고 심각하게 노력하는 늙은이들이 있다. '늙음=퇴물'로 등치시키고, 젊은 감각을 잃지 않으려고 노력하는 사람들. 후자도 좋게 보이지 않는다. 지나치게 젊은 취향을 좇으려고 발버둥치는 모습이 현재 자신의 늙음을 인정하지 않으려는 발악으로 보이는 것이다. 물론 늙음에 머물러 요즘 젊은것들 어쩌구 하면서 자기의 낡은 가치만을 고집하고 숭배하는 것은 최악이다.

중요한 것은 '늙음'을 인정하고 '젊음'에게 격려해주고 누군가의 취향을 향해 쉽게 손가락질하지 않으면 족하다. 그리고 자신의 늙음에 존경을 보내는 늙은이가 되어야 한다. 고단한 삶을 살아낸 자기 자신을 존경할 것, 늙음을 부끄러워하지 말 것. 젊은이의 취향을 인정할 것. 새로운 경향과 흐름에 마음을 열고 다가가기. 배움에 열려 있기. 그런데 가만! 그렇다면 나는 딸의 취향과 확신을 인정해야 하나? 딸을 뜯어고쳐야 하나? 음…. 그러나 나는 딸을 뜯어고치고 싶다. 그건 취향도 뭣도 아니야. 그건 너의 잘못된 확신, 너의 왜곡된 자기 비하잖아. 그러니 나는 엄마로서 너의 삐

뚤어진 생각을 반드시 뜯어고칠 거야. 암 나는 너의 그 천박한 외모지상주의를 반드시 고쳐줄 거야!… 라고 나는 생각하신다. 문제다! 나 아닌 타인을 확 뜯어고치려는 생각은 착란이거나 무지의 소산이 아닐까?

아모르파티,
부정과 저항의 정신을 통과해 스스로 만들어가는 삶

얼마 전 '아모르파티(amor fati, 운명애)'가 네이버 실시간 인기 검색어에 올랐다. 한 연예프로그램에서 어떤 연예인이 이야기한 때문이다. 아모르파티라는 것이 무엇일까?

운명을 사랑하라! 그것은 삶에 순응하라는 것일까? 반항과 부정의 정신을 갖지 말라는 것일까? 예컨대 인정해야 할 숙명적인 사실들이 있다. 내가 여자로, 남자로 태어났다는 사실, 내가 대한민국 국민이며 지금 2020년에 살고 있다는 사실. 내가 고양이가 아니라 인간이라는 사실, 나의 부모, 나의 머리털, 피부색, 다리 모양, 다리 길이 등등(앗! 성형수술이 있다). 이런 것들은 바꿀 수가 없다. 그러니까 그것을 인정할 수밖에 없다. 말하자면 내가 인간의 운명으로 태어났다는 사실을 긍정하듯, 위의 요소를 받아들여야 한다. 아모르파티, 그것은 내가 인간이라는 운명, 해서 인간으로서의 몸, 인간으로서의 이 삶, 이 대지, 이 우주에서의 삶을 당당히 감당하라고 주문한다. 천국과 영생을 꿈꾸며 이 삶을 부질없다고 비관하지 말라는 것이다.

그러니까 아모르파티는 현실에 순응하는 것도 현실을 수동적으로 긍정하는 정신과도 거리가 멀다. 오히려 부정과 저항의 정신을 거듭 통과해서 매 순간을 스스로 만들어가는 삶이라 할 수 있다.

자기의 동굴 안에서 나와 태양과 꽃을 발견한 후에 다시 동굴로 들어간 자는 한 번도 태양과 꽃을 보지 못하고 동굴에 갇혀 살고 있는 자와는 다른 지각과 미각과 취향을 지닌 다른 신체가 된다. 그것은 곧 다른 운명의 삶을 그에게 예고한다. 그러니까 운명애란 적극적으로 자기를 변형하고 타자화하는 능력을 요구한다. 그는 새로운 가치를 만드는 자다.

알려져 있다시피 니체에게 인간은 고정된 무엇이 아니다. 나는 흐르고 변화하면서 다른 것이 되어가는 작용이다. 불교의 무아(無我)와 유사하다. 운명을 사랑하라는 것은 '무아'인(움직이고 흐르는) 나를 인정하기. 이 삶과 대지에서의 지금 이 모습의 나를 직면하기. 대지에 튼튼하게 뿌리내리면서 '잘' 살기. 달리 말하면 '창조하기'다. 니체 식으로 말하면 창조하는 자로서 나는 '나 자신에게서 도망'치는 자이며 '너는 너의 동시대인이기를 그만두는' 자다(니체, 《유고: 1882년 여름~가을》). 자신에게서 도망치는 것은 다른 자신이 되어가는 무수한 과정이다.

니체, 그는 춤추는 신만 믿는다

나무를 생각한다. 나무는 스스로 나무임을 긍정한다. 해서 땅에 단단히 착근하고 더 멀리 더 깊이 뿌리를 내리며 더 높이 상승한다. 나무는 한 순간도 동일하지 않다. 매번 다른 잎을 틔우고 다른 꽃을 피우며 다르게 산다. 하지만 대지에서의 삶을 부정하지 않으며 영원회귀의 삶을 반복하여 살아낸다. 아름다운 꽃을 피워내고 푸른 싹과 울긋불긋 단풍잎을 만들어가면서 춤추듯이 가볍게 살고 있다. 나무의 언어는 운명애의 기록이며 나무의 언어는 춤의 기록이 아닐까?

> *"그것은 마치 한 그루 나무와 같다. 나무가 위를 향해 높은 곳으로, 밝은 쪽으로 올라가려고 할수록, 뿌리는 그만큼 더 강하게 반대 방향으로 뻗어가려고 애쓴다.: 안쪽으로, 아래로, 어둠 속으로, 깊은 곳으로, 넓은 곳으로 — 사람들이 이야기하듯이, '악' 속으로."*
>
> – 니체, 《유고: 1882년 여름~가을》, 431

나무의 춤을 생각해 본다. 살랑살랑 춤추는 나무. 니체는 춤추는 신(神)만을 믿는다고 말한다. 춤추는 자를 생각해 보시라. 니체의 어떤 평전에는 하숙집 주인이 니체가 자신의 방에서 춤추는 것을 몰래 훔쳐 본 이야기가 실려 있다. 춤은 목적성이 없다. 춤은 유희이며 놀이이며 신체의 다른 감각을 여는 행위다. 그것은 도취이며 순간순간 다르게 배치되는 신체의 느낌을 춤추는 자에게 전달한다. 삶의 무거움과 중력을 잊은 세계다. 춤추는 나무, 춤추는 삶은 그 자체로 메타포이지만 말 그대로 춤추는 것, 신체를 다르게 움직이며 안 쓰던 근육을 사용하며 미지의 감각을 불러내는 행위다. 그 행위는 긍정을 허공에 쓰는 몸의 언어다. 걷기와 달리기와는 다른 삶, 삶이 예술이 되는 지점의 축제처럼 가볍다. 이 삶, 이 땅에서 나무처럼 살아가기. 그것이 아모르파티의 방식이며 그 방식을 우리는 창조하는 자다. 가치를 만드는 자는 운명애의 삶을 사는 자다. 선행하는 가치판단에 매어있지 않으며 몸을 다르게 펼쳐내는 자. 철 지난 경탄의 삶에 묶여 있는 늙은이와 젊은 꼰대의 취향 절대주의를 웃으며 통과하는 자.

나무는 춤춘다. 구스타브 클림트의 〈생명의 나무〉는 살아 생성 중이다. 그림에 문외한이지만 나는 클림트의 그림이 좋다. 모든 것은 기대와 예감을 품고 흐르고 있다. 그의 〈키스〉를, 〈다나에〉를 보면 내 몸이 달뜬다. 나는 무수한 자아로 분열되어 흐르는 내 안의 아름다운 여인들을 만난다. 황금빛 영감이 불현듯 초록빛 나무와 만난다. 나는 춤이 되고 나무가 된다.

춤추며 살아라! 아모르파티!

자기를 비웃을 수 있는 자

정신적 거리의 파토스

"모든 예술가와 마찬가지로, 비극작가가 자기 자신과 자신의 예술을 자신의 아래로 내려다볼 수 있을 때, — 그가 자기 자신에 대해 비웃을 수 있을 때, 그때서야 그는 비로소 자신의 위대함의 마지막 절정에 이르게 되는 것이다."

– 니체, 《도덕의 계보》

자기 작품에 도취된 예술가란 얼마나 꼴불견인가? 창작자와 작품을 동일시하는 관람자는 얼마나 순진한가? 니체는 예술가는 '자신의 예술을 자신의 아래로 내려다볼 수 있을 때' 위대함의 절정에 이른다고 말한다. 자기 자신까지 비웃을 수 있을 때 위대함의 절정에 이른다고. 이런 말을 하는 맥락은 쇼펜하우어의 영향으로 금욕주의적 이상의 구현자가 되어버린 바그너를, 그의 악극 〈파르지팔〉을 비판하기 위한 것이긴 하다. 그러나 나는 문맥을 떠나 이 말 자체에 의미를 부여하고 싶다.

자기 작품을 비웃을 수 있는 예술가, 자기를 비웃을 수 있는 비극작가, 자기를 비웃을 수 있는 인간, 그들의 공통점은 무엇일까? 그것은 거리두기의 여부가 될 것이다. 예술가는 끊임없이 작품과 자기 사이의 긴장과 거리를 유지하여야 한다. 그래야 자기 작품을 객관적으로 볼 수 있다. '거리 두기의 파토스'를 상실하지 않기 위해 예술가는 현실이 아닌 '가상으로 향하는 의지'를 지녀야 한다. 이런 예술가라야 위대함의 여부를 논할 수 있다는 것이다.

종국에 가서는 자기 작품을 자신의 아래로 내려다볼 수 있을 때, 또한 자기 자신을 비웃을 수 있을 때 그는 자유로워진다. 자기 작품은 물론 자기조차 비웃을 수 있는 예술가. 이것은 작품과 예술가 자신, 그리고 예술가 자신과 그 자신을 바라보는 자신이 긴장을 유지하고 있다는 것이다. 그때 비웃을 수 있다. 내 자식과 부모인 내가 분리되지 않고 밀착되어 있을 때 나는 자식을 제대로 볼 수 없다. 마찬가지로 나 자신과 내가 분리되어 있지 않을 때, 제대로 나를 볼 수 없다. 나와 내가 거리를 두고 있을 때 나는 자유로워진다. 나를 비웃을 수 있다. 대상으로서의 나를 잘 볼 수 있다. 거리 유지하기, 니체 식으로 말하면 '거리의 파토스.'

추레하고 서글픈 실루엣, '저게 내 모습이구나'

아는 분에게 들은 이야기가 떠오른다. 그분은 지난 수십 년간 담배를 피워왔다. 담배가 폐암을 유발한다는 으름장도, 담뱃갑의 무시무시한 경고문구도, 의사와 주위 사람들의 협박성 충고도 다 소용이 없었다. 이 좋은 걸 왜 포기하고 사나 싶었다. 그런데 어느 날 한 장면을 보게 된다. 골목길에서 구부정한 중년의 남성이 몸을 움츠린 채 급히 담배를 피우는 모습. 추레하고 서글픈 실루엣. 그 순간 '저게 내 모습이구나' 하는 생각이 퍼뜩 스쳤다. 그날 이후 바로 담배를 끊었다고 한다.

나에게서 떠나 바라본 나의 모습, 나를 객관화시켜 바라본 나. 이분은 '자기를 비웃을 수 있게' 된 것이다. 그리고 그 자기와 결별한다. 예술가뿐이 아니다. 인간은 거리를 두고 자기를 바라볼 때 자기를 보고 웃을 수 있다. 심각하고 진지해지지 않고 자유롭게 된다. 이 거리만큼 자유를 얻는다.

자기를 비웃는다는 것은 왜곡된 자기상을 만들어 자기를 학대하는 마조히즘적인 심리와는 다른 계열에 속한다. 건강한 자기 보기의 방식이라고 해야 할까? 그런 능력이라 해야 할까? 건강한 자의 웃음이라 해야 할까? 유년기의 상처와 병적 경험으로 콤플렉스에 시달리는 심리적 현상과 어찌 보면 반대 지점에 자기를 비웃을 줄 아는 자의 건강함이 있다.

인간은 생애주기 동안 크고 작은 상처를 경험한다. 특히 우리가 매우 무력한 어린아이였을 때 받은 심각한 상처와 충격은 평생 영향을 미친다. 평생 그를 따라다닌다. 무기력하고 쓸모없는 인간, 열등한 인간이라는 자기를 향한 학대와 폭력의 감정의 가장 큰 줄기는 부모 혹은 주 양육자에게서 비롯된다. 자기 효능감과 자존감의 상실. 이런 슬픈 역사를 가진 사람의 상처의 감정이 그에게 질곡이 되는 것은 두말할 필요도 없다.

해서 자기 유능감을 회복하고, 자기에 대한 존중감을 키우는 것이 매우 중요하게 된다. 부정적인 자화상을 수정하고, 자신의 유일성을 깨닫는 것, 상처를 치유하고 회복하는 것, 이것이 소위 말하는 힐링(healing)이다. 정도의 차이가 있겠으나 우리들은 누구나 힐링이 필요하다. 이때 우리는 '있는 그대로의' 자기를 받아들이고, 자신이 존중받을 만한 사람이며, 가치 있는 사람이라는 사실을 깨닫게 된다. 이 작업을 통해서 비로소, 일어설 힘을 회복하는 것이다.

왜곡된 자아상 점검하고 해체하기

그래서 심리 치유에서는 근거 없는 자기 비하나 왜곡된 자아상을 점검하고 해체한다. 자기를 사랑하고 좋아하기. 즉 자신에 대한 긍정적인 관점을 회복하는 것이 필요한 것이다. 여태껏 터무니없이 자기를 비웃고, 자기를 몰아치고, 양심의 가책에 시달리며 자기를 들들 볶아왔다면 그는 참으로 불행한 삶을 살아온 것이다. 그래서 힐링산업이 오랫동안 몸값을 올리고 있는 것이다. 누구에게나 삶의 질이 중요한 과제이기 때문이다.

호락호락하지 않은 삶, 길지 않은 생애를 살면서 인간은 상처 입고 고통받지만, 누구나 괜찮은 인간이 되고 싶고, 자부심을 느끼며 살고 싶다. 누구나 모르고는 그럴 수 있으나, 알고는 자기 자신을 함부로 대하고, 자기 자신을 모욕하며 살고 싶지 않다. 그런데 니체는 '자기를 비웃을 수 있는 자'만이 위대함의 마지막 절정에 이른다는 뚱딴지같은 말을 해서 나를 혼란스럽게 한다. 나보고 나를 비웃으라니! 그렇잖아도 내가 마땅찮고, 나의 능력, 삶의 방식, 성격, 나의 머리스타일, 나의 생김새, 나의 밥 먹는 모습, 하나부터 열까지가 다 의심스러운데, 나를 비웃으라니! 이게 말인가? 막걸리인가? 나를 다독여 힘든 세상을 잘 버티며 주어진 몫의 삶을 살아내는 것도 힘든 판에 나를 비웃으라니.

원래 '거리의 파토스'는 《도덕의 계보》에서 니체가 주인 도덕과 노예 도덕을 나누면서 주인이 갖는 자기 정체성, 다시 말해 타자와의 '차이'를 나타내기 위해 사용한 것이다. 그러니까 거리의 파토스는 주인 종족이 노예 종족과 정신적인 거리를 유지하는 것을 말하는 개념이다.

> *"좋음이라는 판단은 (…) '좋은 인간들' 자신에게 있었던 것이다. 즉 저급한 모든 사람, 저급한 뜻을 지니고 있는 사람, 비속한 사람, 천민적인 사람들에 대비해서, 자기 자신과 자신의 행위를 좋다고, 즉 제일급으로 느끼고 평가하는 고귀한 사람, 강한 사람, 드높은 사람들, 높은 뜻을 지닌 사람들에 있었던 것이다. 그들은 이러한 거리의 파토스(Pathos der Distanz)에서 가치를 창조하고 가치의 이름을 새기는 권리를 비로소 가지게 되었던 것이다."*
>
> – 니체, 《도덕의 계보》

여기서 '거리의 파토스는' 좋은 인간들인 주인 종족이 저급한 하층계급의 사람들과의 거리를 유지함, 즉 그들과 차별화되는 어떤 감정일 것이다. 정신적 거리감의 감정, 노예 도덕의 '저급한' 집단과 거리를 두는 정신을 말하는 것이다.*

자기를 '객관적으로' 볼 수 있는 능력을 니체는 자기를 비웃을 수 있는 자의 능력이라고 말하는 것이다. 자기를 도취 속에서, 허황된 과장 속에서, 망상 속에서 보는 자를 위대한 자라고 할 수는 없으니까. 냉정하게 자기를 보고, 자기를 자기 밖에 세워놓을 수 있는 자, 그때 그 자기를 보고 비웃을 수 있는 자는 위대함의 마지막 절정에 이른다고 말하는 것이다.

뒤틀리고 심리적으로 '병든' 인간, 어두운 자화상으로 고통받는 인간이 아닌 건강한 인간이 자기를 불러내서 바라보고, 비웃을 수 있는 능력은, 니체의 말대로 '마지막 위대함에 이르는 절정'의 단계라고 말할 수밖에 없지 않을까? 니체의 주인 도덕의 주인 종족, 즉 강자는 자기를 좋아하고 자기 스스로 가치를 창조하고, 가치에 이름을 부여한다. 이 강자는 무의식적인 원한 감정이 없고 자기를 왜곡하지 않는다. 또한 양심의 가책이 없고, 과대망상도 피해망상도 없다. 건강한 강자만이 자기를 비웃을 수 있다. 이때 이 비웃음은 어떤 도약으로 나가는 것이 아닐까?

* 이 책 2부의 《주인도덕과 노예도덕》 참조.

거리두기, 고통과 직면하기

거리두기는 또한 고통과 직면하기의 다른 이름이 아닐까? 나는 거리두기를 하고 싶지 않다. 나는 보고 싶지 않다. 나는 내가 보고 싶은 것만 볼 것이다. 이것은 전형적으로 건강하지 못한 인간의 특징일 것이다. 건강한 인간은 거리두기를, 그 긴장을, 그 분열을 견뎌낸다. 자기를 비웃는 그 고통을 마주한다. 그것은 다른 종류의 사유이며, 불편하게 하는 정신이다. 그것은 마지막 위대함의 절정에 이르는 길이다.

삶을 직면할 용기

부당, 편파, 오류, 진리, 새

살다 보면 지치고 힘이 든다. 우울하고 화나고 무력하다. 내가 참 작다, 라고 확인시켜주는 삶이라는 힘. 그 폭력 그 권력. 해서 다정한 눈빛, 한마디 말, 부드러운 미소, 사소한 친절에 마음이 일렁인다. 마음을 빼앗긴다. 힘이 들어서 그렇다.

지금 우리는 매우 안락하고 풍요롭게 산다고 생각할지 모른다. 그러나 현대인은 자기 한계의 극한까지 고갈되는 삶을 살고 있다. 특히 한국은 여전히 OECD 국가 중 최장의 노동시간을 자랑한다. 전 세계가 인정하는 IT 강국에 살면서 선사시대 호모사피엔스 종보다 더 많은 일을 하고 있고, 더 큰 위험에 처해 있다. 교통사고, 산업재해, 자살, 질병 등등. 그래도 10만 년 전 수렵채집인의 삶과 비교하면 행복한 거 아니냐고 반문할 수도 있다.

유발 하라리의 《사피엔스》의 한 대목을 보자.

"이들은 사흘에 한 번밖에 사냥에 나서지 않으며 채집하는 데 걸리는 시간은 하루 3~6시간에 불과하다. 평상시에는 이 정도 일해도 무리 전체를 먹여 살릴 수 있다. 칼라하리보다 더욱 풍요로운 지역에 살았던 고대 수렵채집인들은 식량과 원자재를 획득하는 데 이보다 더 적은 시간을 썼을 것이다. 이에 더해 이들에게는 가사 노동의 부담이 적었다. 접시를 씻고 진공청소기로 카펫을 밀고 마루를 닦고 기저귀를 갈고 청구서를 납부해야 할 필요가 없었다. (…) 3만 년 전 중국의 수렵채집인은 가령 아침 8시에 동료들과 함께 캠프를 나섰다. 이들은 인근의 숲이나 초원을 오가며 버섯을 따고 먹을 수 있는 뿌리를 캐고 개구리를 잡았다. 가끔은 호랑이를 피해서 도망쳤다. 오후에는 캠프로 돌아와 점심을 준비했다. 덕분에 남는 시간에 이들은 가십을 나누고 아이들과 놀아주기도 하고 지어낸 이야기를 하면서 한가롭게 보낼 수 있었다."

우리는 지금 이 문명이 최상이라 생각할 수 있으나 실상은 다를 수 있다. 이 과학문명은 인간에게 부품으로서의 삶을 선물하고 있는지 모른다. 농업혁명이 인류에게 풍요와 휴식을 주지 않았듯이, 산업혁명이 노동자에게 더 나은 삶을 보장하지 않았듯이, 정보화 혁명과 일명 4차 산업혁명의 바퀴 속에 허둥대는 우리들 삶이, 우리에게 휴식과 만족을 주지 않을지도 모른다. 영영.

그래서일까? 우리는 자연현상이든 삶의 현상이든 인간에게 위안이 되는 방향으로 이해했다. 인간에게 유익한 것, 위로를 주는 것을 진리라고 생각하고 싶어 했다. 니체는 이런 사실을 간파하고 진리를 '거짓말할 수 있는 능력'이라고 말한다. 진리란 유용한 오류라고.

그리고 이 '오류는 위안을 주는 힘이었다'고 말한다. 인간을 위로해 주는 것을 인간은 진리라고 파악했으나 실은 그것은 오류였다고. 기독교의 내세관이나 플라톤의 이데아 세계 등도 이에 포함된다. 인간은 '진리라고 믿고 싶은 '오류'에게서 위안을 받은 것'이었다고. 말하자면 어떤 움푹한 구멍을 인간에게 유리한 상상력으로 채워 넣고 조심조심 주위를 맴돌며 그 구멍과 그 상상력에게 복을 비는 방식으로 살아왔다고 할까?

진리가 위안을 주지 않는다면 진리가 아닐까?

그러나 니체는 이제 좀 다른 이야기를 한다. '진리가 인간에게 위안을 주지 않는다면 그것은 진리가 아닐까? 진리에 대한 이의일까? 반대 증명일까?' 하고 묻는다. 사람들은 자기에게 유용한 것을 진리라고 생각하고 싶어 하니까 말이다. 지금까지 우리가 믿어 온 진리란 우리가 진리라고 믿고 싶은 어떤 수많은 현상에 다름 아니었다. 그러나 니체는 가령 어떤 식물이 인간의 병 치료에 아무 효과도 없다면 그것은 식물이 아닐까? 즉 '식물이라는 진리에 대한 반증일까?'라고 묻는다.

인간은 자기를 합리화하는 방식으로, 자연에 대해서도 제멋대로 해석해왔다. 인간의 삶을 정당화시키는 방향으로, 혹은 희망적인 방향으로.

그렇게 해서라도 삶의 공포와 불안을 극복하고 싶었는지 모른다. '삶이 우리를 속일지라도 슬퍼하거나 노여워하지 않고' 살아내기 위해 삶의 목적과 의미를 찾았다. 설령 그것이 허위일지라도 우리는 그것을 불변의 가치라고 믿으며 살았다. 그러나 니체는 이 서글프고 보잘것없는 우리의 방패막이를 가차 없이 파괴해버린다. 우리의 등 비빌 언덕을 우리 등에서 제거해버리고 우리의 그토록 절절한 진리를 허위라고 단언한다. 우리의 상상력이 가짜라고 말한다.

이렇게 되면 인간에게 무엇이 남는가? 아무것도 남지 않는다. 무시무시한 진실 앞에 벌거벗은 인간이 있을 뿐이다.

"예전에 인간은 자신을 자연의 목적이라고 너무나 확신했기 때문에 인간의 건강에 도움이 되거나 인간에게 유익하지 않은 그 어떤 것도 인식을 통해 발견될 수 없다고 가정했으며 나아가 별생각 없이 〈인간의 건강에 도움이 되거나 인간에게 유익한 것〉 이외의 것들은 존재할 수도 없고 존재해서도 안 된다고 가정했을 정도였다."

– 니체, 《아침놀》, 424

니체는 인간들은 '치료제를 구한다'고 말한다. 인간에게 힘을 주고 벌떡 일어나게 하는 것, 미소 짓게 하는 것을 진리로 믿고 싶은 것이다. 그것이 악마일지언정 우리는 그에게 승리의 월계관을 주고 싶다. 그것은 달리 말하면 우리가 아프다는 이야기다. 고갈되고 진이 빠지고 힘들다는 반증일 것이다. 그래서 자연에도 자신을 투사하고 자연을 나의 목적에 맞게 해석하며 위로받는다. 그런데 이런 행위가 대게는 오류라는 것이다. 물론 인류는 이런 오류를 통해 자기를 고양시켜왔다.

> *"반면 진정으로 다른 사람의 운명과 고뇌에 관여할 수 있는 자는 삶의 가치에 절망할 것이다: 만약 그가 인류의 총체적인 의식을 자신 속에서 파악하고 감지할 수 있다면, 그 사람은 현존을 저주하면서 쓰러질 것이다. 왜냐하면 인류는 전체적으로 아무런 목표도 가지고 있지 않으며, 따라서 인간은 전체적인 상황으로 보아 그 속에서 위로와 의지가 아니라 회의를 발견할 것이기 때문이다. 자신이 하는 모든 일에서 인간의 무목적성을 보게 될 때, 그의 눈에는 자기 자신의 활동도 낭비라는 특징으로만 보일 것이다."*
>
> – 니체, 《인간적인 너무나 인간적인 I》, 33

니체에게 인간은 무목적성일 뿐이다. 존재의 의미, 삶의 목적 등에 기대어 삶을 포장하는 것은 거대한 오해일 뿐이라는 것이다. 인류가 이 사실을 알게 되면 매우 괴로워질 것이라고 말한다. 인간이 자연을 얼마나 자기 위주로 해석하는지를 지적하고 있는 것이다.

말하자면 나무 위 새를 보고 지치고 힘들어 보인다고 나는 생각한다. 내가 힘들기 때문이다. 땅에 내려온 새를 보고 외롭다고 느낀다. 내가 외롭기 때문이다.

물론 니체는 오류는 삶을 위해 불가피하다고 말한다. 오류뿐이랴. 니체는 불공정함도 비논리적인 것도 불가피하다고 말한다. 우리는 자주 삶의 공정성을 말하고 논리적이고 합리적인 삶, 상식이 통하는 삶을 갈망하지만 삶은 악마적이고 냉소적일 때가 많다. 그것을 인정할 수밖에 없는 것이 삶이기도 하다. 인간은 어떤 의미에서 보면 편파적일 수밖에 없다. 한 방향밖에 볼 수 없다. 그것이 인간이다. 이 사실을 인정하는 것은 괴롭다.

삶의 무목적성을 바라보는 행위, 삶의 진실을 직면할 용기, 그것은 무시무시한 삶의 공동(空洞)을 바라보는 행위이다. 그 동공(洞空)을 신으로 모시는 것이 아니고 그 안으로 한 발 한 발 다가가 동공을 만나는 것이다. 그 동공을 사는 행위이다. 운명을 사는 것이다.

거기서 삶을 시작해야 한다. 삶은 이것이 전부이므로. 다른 목적도 이유도 없으므로. 오로지 이 현존만이 있으므로. 진실을 볼 것. 운명을 사랑할 것. 무매개적인 기쁨으로 어린아이처럼 살기. 이것은 그리스도교의 피안에서 찾는 거짓 치료제와는 다른 삶이다.

그러므로 '운명을 사랑하라'는 순종과 굴종을 의미하지 않는다. 운명을 사랑하는 삶, 자기 삶의 끝까지 쫓아가서 디오니소스적 고통을 온몸으로 살아내는 인간, 찢기고 찢기지만 계속 부활(생성)하는 인간. 그러니까 계속 생성하는 인간은 운명을 새로 구성하는 인간이기도 하다. 그는 찢기는 힘에 비례해서 재탄생한다. 그것은 이전의 자기를 적극적으로 잃고, 새로운 관계 속으로 들어가는 변형기술이다. 이것은 말하자면 건강하고 목적성 없는 유희이기도 하다.

니체는 말한다. '건강한 자는 다만 유희할 뿐이다.'

뿌연 하늘에서
싸락눈이 내린다
작은 새 한 마리,
나무에서 내려온다
톡, 톡, 톡 뛰는 듯이 춤추듯이 땅을 딛는다
박새인가?

나는 작은 새를 바라본다

“나는 부당하다
나는 오류다
나는 낭비되고 있다”

느닷없이 새 한 마리 후다닥 날아간다
나는 싸락눈 내리는 허공을 응시하고 있다
사라진 새를 오래오래 보고 있다

너 임산부가 되어라

이상적 이기심, 무책임성, 순수한 감정

"임신입니다.
단단히 잘 착상됐네요.
6주 됐습니다."

의사는 믿기지 않는다는 표정이었다. 서른 후반의 늦은 결혼 후 습관성 유산 진단을 받았고 마흔이 훌쩍 넘도록 아이가 생기지 않던 시점이었다. 그토록 바라던 임신이었으나 불안이 밀려왔다. 이 나이에 낳아서 언제 키울까, 하는 막막함이 스멀스멀 올라왔다. 꽤 오래된 이야기다. 이 아기가 중학생이 됐다!

임신. 기쁨과 우려가 교차한 시간. 안 먹던 음식이 당기고, 평소라면 의식되지도 않았을 일상에 구토가 솟구친다. 사람들의 행태에서 오물과 휴지통의 구더기가 상상되고 속이 메스껍고 구역질이 난다.

한 생명을 품는다는 것은 기존 세계 전체를 뒤흔드는 지진이며 익숙한 일상에 대한 거부로 시작된다. 또한 몸이 힘들고 괴롭다. 속이 뒤틀린다. 냉장고에서 몰려나오는 냄새들은 사람을 미치게 한다. 갑자기 세상이 비상식적으로 느껴지며 내 몸은 세상과 다른 차원의 우주가 된다. 그 우주 속에는 모르는 생명이 싹을 틔우고 있는 중일 테다. 그 시절 임신의 기억은 내게는 아득한 고통이다. 마흔이 넘은 늦은 임신 탓도 있겠으나 아무튼 모든 것이 불편했고 세상이 다르게 보였다. 좋아했던 삼겹살 굽는 냄새, 된장찌개, 김치찌개 냄새가 그토록 심기를 건드릴 줄이야! 대신 평소 먹지 않던 이상한 음식이 당겼다.

생명을 품는다는 것은 기존 세계 전체를 뒤흔드는 지진

신기한 것은 몸에 안 좋은 인스턴트 음식은 일절 입에 댈 수 없었다는 점이다. 임신은 나를 다르게 지각하는 존재가 되게 했으며 생명의 경이로움과 잉태의 고통을 함께 알게 해주었다. 아기를 거저 낳는 것이 아니라는 가르침.

이 임신 상태의 여성은 본능적으로 지극한 이기심을 표출한다. 자신에게 온 미지의 생명을 잘 품어 온전하게 세상에 내놓는 일, 그것이 목표이기 때문이다. 그래서 성품이 좋은 여성이라도 이때부터 이기적으로 변한다. 먹고 싶은 것을 사오라고 시도 때도 없이 남편을 들볶지만, 막상 음식을 보면 '저리 치우라'고 앙탈을 부린다.

조심조심 주위를 살피고 자기에게 최상의 것을 주려고 한다. 종교인이 아니라도 이때만은 기도한다. 눈, 코, 입, 손가락, 발가락 5개씩 제대로 된 아기를 달라고. 내 몸에 집중하고 나를 살뜰히 보살핀다. 그리고는 진인사대천명(盡人事待天命)의 심정이 된다. 그 이상은 인간의 영역 밖이기 때문이다. 자연의 신비하고 불가사의한 힘 앞에서 외경심을 느끼며 마음이 순해진다. 누가 뭐라 하지 않아도 착한 마음을 갖게 된다. 평소 술이나 커피, 담배를 즐겼더라도 자제하고 몸이 아파도 약 복용을 삼간다. 대체로 이런 과정을 임신한 여성은 거친다. 니체는 임신한 인간이 행하는 행위들을 신성하고 이상적인 이기심으로 본다.

니체가 생각하는 이상적인 이기심이란 어떤 것일까?

"우리 안에서 생성하고 있는 것에 우리가 행하는 모든 것들이 어떤 방식으로든 도움이 될 것이 틀림없다는 무언의 믿음 속에서 그러한 것들을 행하는 것! 그것은 우리가 생각하는 것만으로도 황홀감을 느끼게 되는 그것의 신비한 가치를 높일 것임에 틀림없다."

– 니체, 《아침놀》, 552

임신을 했을 때 여성은 누가 강제하지 않아도 스스로 많은 것을 자제한다. 분노, 미움 등 격렬한 감정을 조심한다. 내 안에 어마어마한 비밀을 품은 사람처럼 신비하고 설레는 순간을 경험한다. 벽에 예쁜 아기의 사진을 붙여놓고 혹여 액운이 낄까, 가만가만 아기의 얼굴을 상상한다. 배속

아기와 이야기를 나눈다. 미지의 세계를 향해 가슴 앞에 가지런히 두 손을 모은다.

> *"모든 것은 감춰져 있고 조짐으로 가득 차 있다. 우리는 어떻게 되어 가는지 전혀 모른다. 우리는 기대하며 준비하고자 한다. 이 경우 막이 오르기 전 관객이 갖는 것과 같은 깊은 무책임성의 순수하고 순화하는 감정이 우리 안을 지배한다. 아기는 자라나며 백일하에 모습을 드러낸다. 우리는 수중에 아기의 가치와 아기가 나올 시간을 결정할 수 있는 것을 전혀 갖고 있지 않다. 우리는 축복을 주거나 보호하는 모든 직접적인 영향에만 의지한다."*
>
> – 니체, 《아침놀》, 552

니체는 '인간은 이 같은 축성의 상태에서 살아야 한다'고 강조한다. 아기뿐 아니라 우리가 기대하는 것이 학문적 성취든, 인간적 성숙이든, 희망사항이든 모든 완성을 위해 임신한 상태의 삶을 살기를 주문한다. "우리의 생산 능력이 아름다운 결실을 맺도록 항상 조심하고 깨어 있고 영혼을 조용한 상태로 유지하는 것", 이것을 니체는 이상적인 이기심이라고 말한다.

니체는 이기심을 인간의 자연스러운 속성이라고 본다. 그는 이타심도, 사랑이라는 충동도, 동정도 결국 인간 감각기관의 쾌에 기원을 두고 있으며 도덕은 부도덕한 기원을 가지고 있다고 본다. 해서 이타심이나 비이기적인 사랑은 일종의 위선이며 속임수에 불과하다는 것이 그의 논지다. 기독교가 주장하는 여러 덕목은 인간을 죄인으로 규정하고, 인간의 자연스러운 본성을 이기심이라고 비난하면서 시작된다고. 신실한 기독교 가정에서 태어난 니체는 기독교에 대해 노골적으로 적의를 드러낸다. 기독교의 이타성과 동정과 보편적인 사랑의 개념의 대척점에 니체가 있다.

니체는 자기 안에서 아이를 산출하는 이기심, 그 이기심은 신성하며 '모든 본질적인 완성'은 임신의 상태와 같아야 한다고 말하는 것이다. 또한 그것이 아이이든, 사상이든, 예술작품이든, '그것을 생산하는 자의 이기심에 대해 우리는 배려해야 한다'고 말한다. 그것이 곧 '모든 사람의 이익을 배려하는 것'이라는 설명이다. 특히 임신한 사람들은 종종 들쭉날쭉하고 기이하게 변하는데, 누군가가 이상해질 경우 그들을 비난하지 말자고! 그들은 '생성하고 있는 자'이므로 존중하고 배려하자고 말한다.

임신부는 곧 아이를 낳을 것이다!
사실 우리 모두가 자기 삶의 임신부다.
그것이 무엇이든 우리도 곧 우리만의 아이를 낳을 것이다.

새해가 밝았다. 우리 '신성한 이기심' 가운데서, '축성의 상태'에서 살자. 경이로운 조짐 속에 살자. 우리만의 아이를 갖자! 나의 아이가 지금 태중에서 자라고 있다! 우리는 모두 임신부다!

고귀한 인간과 비속한 인간

사랑과 소유욕, 알바트로스

이제 나는 바다와 언덕 위로 높이 솟은
휘어진 가지 위에 앉아 있다네:
새 한 마리가 나를 손님으로 초대하기에 —
나는 날개를 재빨리 퍼덕이며
그를 향해 날아왔지 (…)

– 니체, 《즐거운 학문》, "포겔 프라이 왕자"

니체는 저서 《즐거운 학문》에서 이제 날아오른다. 오랜 질병기에 집필한 《인간적인 너무나 인간적인 I · II》를 거쳐, 삶의 바닥까지 파내려 가서 지하 속 '괴물'들을 만나 '삽질을 한 후' 지상으로 돌아온다. 이 시기에 완성한 작품이 《아침놀》인데 죽을 정도로 힘들었다고 고백한다.

중기작《즐거운 학문》에서 니체는 활력과 환호성 속에 다시 '열린 바다'를 예감한다. 《즐거운 학문》에서 새가 된 자유정신의 소유자 니체는 "영원한 충동이 나를 높은 곳에 이르게 하노라"라고 말한다. 충동, 니체에게 충동은 고귀한 천성을 지닌 자유로운 인간의 감정이다. 비속한 인간은 이성에 휘둘리며 자유정신을 알지 못한다. (니체는 '이성 중심주의'에 대해 반대한다.)

고귀한 인간을 니체는 어떻게 이해하고 있을까? 니체가 생각하는 비속한 인간은 어떤 유형일까? 니체에게 이 물음은 중요하다.

> *"그들은 그의 기쁨을 경멸하고 그의 눈에서 빛나는 광채를 비웃는다. "사람이 도대체 어떻게 불이익을 기뻐할 수 있는가. 어떻게 뻔히 눈을 뜨고 불이익을 감수할 수 있는가! 고귀한 열정에는 이성의 질환이 달라붙어 있음이 틀림없다." — 그들은 이렇게 생각하며 정신 도착자가 고정관념에서 얻는 기쁨을 과소평가하듯 고귀한 사람의 열정을 과소평가한다.*
> *비속한 천성의 특징은 말짱한 정신으로 자신의 이득을 주시하고 내면의 어떤 충동보다 목적과 이득에 대한 생각이 더 강하다는 데 있다. 충동에 의해 합목적적이지 않은 행동에 빠져들지 않는 것 — 이것이 그들의 지혜이자 자아 감정이다."*
>
> – 니체, 《즐거운 학문》, 3

비속한 사람은 '멀쩡한 정신'으로 자기 이익을 추구하는 인간이다. 이들은 목표 지향적이며 어지간해서 충동에 빠져들지 않는다. 이들은 자기에게 아무런 득이 되지 않는 행위를 하는 사람을 이해하지 못한다. 또한 맹목적인 충동에 사로잡힌 인간군상을 바보로 취급하고 경멸한다. 이들은 어떤 행위든지 목표와 목적이 설정돼야 하고 자기 이득을 최우선시하는 인간이다. 간단히 말해 이들은 고귀한 인간의 열정을 '질환'으로 느낀다는 것이다.

니체의 주장대로라면 대부분의 보통사람들이 비속한 인간이다! 그렇다면 고귀한 인간은 어떤 특성을 지니고 있을까? 고귀한 인간은 이해타산이 거의 없다. 이들은 계산하는 이성이 아닌 충동을 따르는 사람들이다.

> *"비속한 천성에 비해 고귀한 천성은 더 비이성적이다. 고귀하고 관대하고 희생적인 사람은 실제로 자신의 충동을 따르며 이 최상의 순간에 그의 이성은 중지되기 때문이다. 목숨을 걸고 새끼를 지키거나 발정기에 죽음을 무릅쓰고 암컷을 쫓는 동물은 위험과 죽음을 생각하지 않으며 그의 이성도 중지된다. 부화의 기쁨이나 암컷에게서 얻는 기쁨과 이 기쁨을 빼앗기는 것에 대한 공포가 이 동물을 완전히 지배하기 때문이다. 이때 동물들은 다른 때보다 더 어리석어진다. 고귀하고 관대한 사람의 경우도 마찬가지다. 이런 사람은 매우 강렬한 쾌와 불쾌의 감정을 지니고 있어서 지성은 이 감정에 대해 침묵하거나 아니면 이에 봉사하게 된다. 이러한 감정이 느껴지는 경우 심장이 머리 안으로 들어가게 되는데 이를 사람들은 "정열"이라고 부른다."*
>
> – 니체, 같은 책, 3

말하자면 고귀한 인간은 어찌 보면 비이성적 특성의 인간이다. 새끼를 지키기 위해 목숨을 내놓는 모성본능이나 발정 난 동물처럼 사랑에 목숨 거는 인간. 이들은 '어리석어지고 사리판단이 어두우며 머리가 아닌 욕망'을 따른다. 니체는 비속한 인간은 사랑에 목숨을 거는 고귀한 인간의 정열을 이해하지 못한다고 말한다. 그러나 고귀한 천성의 사람들은 자신의 정열을 중시하고 일상의 규범을 무가치하게 본다. 또한 이들은 비속한 인간에게서 '인류의 어리석음'을 본다. 비속한 사람들에 의해 굴러가는 '이 세계가 미쳤다'고 생각한다.

이 비속한 인간들을 넘어서는 '강력하고 극악한 정신의 소유자들', 즉 고귀한 자들은 인류의 잠들어 있는 '정열에 불을 붙이고 새로운 것, 모험적인 것을 향한 욕구'를 거듭 일깨운다. 그런데 이들에게는 '악의'가 있다는 것이다. 새로운 것은 어떤 경우이건 악한 것이라고 니체는 말한다.

> *"낡은 것만이 선하다! 어떤 시대에나 선한 사람들은 낡은 사상을 깊이 파내려 가 열매를 수확하는 정신의 경작자들이다. 그러나 모든 땅은 결국 이용되면서 수명을 다하게 되고, 악의 쟁기가 언제나 새로이 도래한다."*
>
> – 니체, 같은 책, 4

이런 '악한' 충동이 인류에게 필요하다는 것이 니체의 생각이다. 새로움의 힘, 언 땅을 갈아엎을 쟁기의 충동과 악의. 본인과 타인의 사유에 망치질을 하는 인간. 자신의 힘과 충동을 사는 사람.

재미있는 것은 고귀한 인간과 비속한 인간을 논할 때 니체 자신은 당연히 고귀한 인간군에 속한다. 천재에 대해 말할 때 니체는 당연히 천재다. 포겔 프라이왕자는 니체 자신이다! 차라투스트라는 니체다! 기준이 니체 본인이다!

비속한 사람은 '멀쩡한 정신'으로 자기 이익을 추구하는 인간

니체의 《즐거운 학문》을 읽다가 푸하하 — 웃음이 터졌다. 제어가 안 된다. 웃음은 내 방을 채우고 거실로 번져나가 건넌방과 작은방으로 현관으로 나간다. 나는 웃는다. 자꾸 웃는다. 이유는 모르겠지만 웃긴다. 니체가 재미있어서 웃고 웃겨서 웃는다. 철학자의 책을 읽으면서 웃다니? 니체가 너무 웃긴다. 웃는다는 것은 비웃는다는 것과는 다른 말이다. 비웃는 것이 아니고 웃겨서 웃는 것이다.

니체가 재미있다. 니체는 웃음을 건강한 철학이라고 말한다. 웃음이 지혜와 결합해서 즐거운 학문이 된다고. 그러니 웃는 것은 좋은 것이다. 그런데 나는 니체를 향해 웃는 것이다. 말하자면 자기 자신을 보고 웃는 자를 지혜로운 자로 니체는 이해한다. 자신의 실존과 이 세계를 향해 웃는 자. 웃음으로 견고한 세상의 제방을 무너뜨리는 자를 추천한다. 지금 나의 웃음도 웃음은 웃음이로되, 니체 때문에 웃는 것이다. 말하자면 니체의 '터무니없음'이 재미있어서 웃는 것이다. 어떻게 이런 웃기는 생각을 할까?라고 생각하면서. 니체는 이 또한 허용한다. 그것이 니체의 매력이다.

니체는 '네가 나와 다른 말을 하더라도 너는 그럴 권리가 있다'고 말하는 것이다. 요컨대 니체는 자신의 가치체계 역시 하나의 해석이요. 관점이라는 것을 인정하는 것이다. 니체는 이렇게 말한다. '이것이 나의 부당함이다'라고. 부당하고 부당하지 않아서, 낯선 이물감에 역겨움을 느끼다가 돌연 이 낯선 역겨움의 이끌림을 따라가 보고 싶어서. 니체가 나를 웃게 한다. 니체의 자유정신 말이다!

어느 순간 나는 자유인이 되어 '진리로부터 우러나오는 새로운 웃음'을 웃을 수 있을까? '웃음의 새로운 미래.'

이야기가 곁길로 샜으나 고귀함과 비속함에 대한 니체의 주장이 재미있다. 처음의 시, 포겔 프라이 왕자는 '바람을 타고 솟아올라 날개를 젓는 것을 사랑한다.' '목표와 항구를 잊고 노래와 익살, 가곡 연주를' 듣는 자유로운 새, 포겔 프라이 왕자. 그는 자유정신의 소유자다. 이 자유정신은 고귀한 자의 천성이다. 딱딱해진 것에 균열을 내는 자. 웃는 자.

그런데 니체에 따르면 사랑하는 자는 고귀한 자가 된다. 사랑하는 자는 충동에 이끌리는 자로 목숨을 내놓고 사랑을 지키려 한다. 니체는 사랑 또한 이기적인 충동이며 소유욕의 다른 말일 뿐이라고 잘라 말한다. 다시 말해 사랑은 소유욕이며 이기적인 충동이며 이는 고귀한 정신의 천성이라고. 즉 소유욕과 사랑은 동일한 충동의 두 가지 이름이다.

> *"소유에 대한 갈망을 가장 분명하게 드러내는 것은 이성 간의 사랑이다. 사랑에 빠진 사람은 그가 동경하는 사람에 대한 무조건적 독점을 원한다. 그는 사랑하는 사람의 영혼과 육체에 대한 무조건적 권력을 원한다. 그는 홀로 사랑받기를 원하고, 다른 사람의 영혼 안에 최고의 대상, 가장 갈망할 만한 대상으로서 머물며 상대방을 지배하려 한다. (…) 더구나 바로 이러한 사랑이야말로 이기*

주의의 가장 솔직한 표현임에도 불구하고 이로부터 나온 사랑의 개념이 이기주의의 반대로 받아들여지고 있다는 것은 그야말로 경이가 아닐 수 없다."

– 니체, 같은 책, 14

사랑은 이기적인 충동이다! 니체는 고귀한 천성의 인간이 충동과 힘 의지로 비롯된 삶의 고통을 감당하기를 바란다. 그것이 위험한 사랑일지라도 사랑하기를 바란다. 흔히 삶을 고해라고 말하듯 니체 역시 '비극의 삶'을 인정하지만 이 삶을 긍정하라고 주문한다.

오 놀라워라! 아직도 날고 있는가?
하늘로 솟아오르면서 날개는 쉬고 있다니!
무엇이 그를 떠받쳐주는 것일까? (…)

– 니체, 《즐거운 학문》, "알바트로스"

무엇이 알바트로스의 비상을 떠받쳐주는가? 충동이다. 고귀한 자의 이기심이다. (인간 말종의 이기심이 아니다!) 니체에게서는 고귀한 자의 이기심과 비속한 자의 이기심이 다르다. 고귀한 자의 이기심은 자기를 살리고 세상을 살리는 건강한 이기심이다. '그것이 알바트로스를 높은 곳에서 날갯짓하지 않고 날면서 쉬고' 있게 해준다.

고귀한 인간은 자연적 본성을 거세하지 않는다. 고귀한 인간은 상승하는 자다. '진리의 규준'은 힘 상승의 느낌에 있다!

"이성? — 그것은 어리석은 것:

이성과 혀는 자주 걸려 넘어지지!

(…)

그러니 내 주위에 둘러앉아,

내 지혜에 귀를 기울이려무나,

아름다운 새들이여!"

– 니체, 《즐거운 학문》, "포겔 프라이 왕자"

우기력과 권태 돌파하기

도덕과 행동방식, 자연과 인간

나에게 안부를 묻는다. 잘 가고 있는가? 돌부리와 엉겅퀴가 길을 막고 있는가? 고단한가? 악전고투하고 있는가? 사막이 끝없이 펼쳐지고 있는가? 그 사막을 터벅터벅, 등에 짐을 잔뜩 실고 걷고 있는 낙타, 착한 낙타처럼 이 하루를 살고 있나? 목은 마르고 다리는 푹푹 꺾이고, 뜨거운 광선이 칼처럼 폐부에 꽂힐 때 주문을 외운다. 잘 가자! 잘 하자! 그런데 뭘?

오늘 당신은 안녕하셨는가? 뭔가 있을 거야, 라고 생각하며 삶을 전투처럼 살다가 느닷없이 눈물이 솟구친 적이 있는가? 이건 아니지, 라고 생각했는가? 이 길 곧장 내쳐 가다 보면 무엇을 만날까? 나를 넘어가고 있는가? 나의 심연과 나의 표면은 같은 얼굴인가? 나의 심연은 무엇을 가리키고 있는가? 그 신호를 인지하였는가?

차를 멈추고 재정비를 해야 하는 시점인가?

요즘 그렇다. 화가 난다. 누가 툭 치면 화다닥 폭발할 것 같다. 뭐가 문제지! 과부하된 것은 없나? 삶의 능동성은 이루어지고 있나? 공허. 나의 욕망은 목이 마른가? 만족하지 못하고 있나? 나는 분노하고 있는가? 화가 나는가?

낙타처럼 열심히 살고 있는 나. 나에게 박수를 쳐주면 되지 않나? 그런데 그것이 해법이 아니라고 내부에서 소리친다. 왁자지껄 소란스럽다. 지금 정면으로 나에게 가야 할 시간. 두려워하지 말자.

나는 지금껏 잘 살았는데 왜 느닷없이 허무한가? 뭐가 문제지? 당신도 그럴 때가 있는가? 불현듯 이것이 맞는 길인가? 의문에 잠기는가?

니체 식으로 말하자면, 이런 상황 가운데 있다면 '자신에게 충성을 맹세할 때'다.

"사람들은 종종 자신의 재능과 반대되는 정신적 방향으로 잘못 빠져든다.; 얼마 동안 그들은 영웅적으로 홍수와 바람에 대항하여, 근본적으로 자신에 대항하여 투쟁하기도 한다.: 그러나 그들은 지치고 숨이 가쁘게 될 것이다.; 그들이 성취하는 것도 아무런 진정한 기쁨을 주지 않는다. 이러한 성과를 이루면서 너무 크게 손실을 입었다고 생각하기 때문이다. 게다가 그들은 승리를 거두는 중에도 아마 자신이 가지고 있는 성과 가능성과 자신의 미래에 대해 절망할 것이다."

– 니체, 《인간적인 너무나 인간적인 II》

우리는 '영웅적으로 홍수와 바람에 대항하고, 자신에게 대항하여 투쟁하고 있는지 모른다.' 그런데 여기서 얻은 성취가 기쁨을 주지 않는다. 이 성취를 얻기 위해 많은 것을 잃었다. 더 큰 문제는 승리하는 순간에도 '미래에 대해 절망한다'는 것이다.

이럴 땐 어떻게 해야 할까?

"마침내 마침내 그들은 되돌아온다. — 그리고 이제 우리의 돛에 순풍이 불어와 우리의 수로로 우리를 움직여 준다. 얼마나 행복한 일인가? 얼마나 우리는 확실한 승리를 스스로 느끼고 있는가! 이제야 비로소 우리는 우리가 어떤 사람이며 무엇을 원하는지 알게 된다. 이제 우리는 지식이 있는 자로서 우리 자신에게 충성을 맹세하게 될 것이며 그럴 자격도 있다."

– 니체, 같은 책

되돌아와야 한다! 너무 멀리 갔다고 탄식하지 말고 용기를 내어 되돌아오자. 내가 되돌아온 거기, 반가운 것이 나를 반겨 준다. 내가 나를 반겨 준다. 우리의 돛에 순풍이 불어온다.

몇 번이고 되돌아오자! 너무 늦었다고 포기하지 말자! 되돌아온 자리에서 우리는 순풍을 타고 나간다. 그것은 내가 '나와 대항하던 투쟁'을 멈추는 행위이며 나와 자연의 화해이며 나의 심연을 정면으로 들여다보며 나를 풀어놓는 행위다. 자연 안의 자연으로서 나의 무의식을 마주하는 능동성이다.

니체는《유고: 1881년 봄~1882년 여름》에서 '엄청나게 판이한 가치의 표상을 얻는 데에는 평가에 어떤 극도로 미세한 변화만 있어도 충분하다'고 말한다. 조금만 방향을 틀어서 평가하면 엄청난 차이가 나타난다. 차이들을 생성하는 힘, 판이한 가치의 표상을 갖는 것은 다르게 해석하는 것이다. 지금까지 가치를 부여했던 것에 가치 값 0을 주자. 너무 심한가? 그래도 그렇게 하자. 그런 후 다른 렌즈를 끼고 바라보면 다른 표상을 얻게 된다. 내가 지금 아픈 것은 내게서 멀어진 때문일지 모른다. 내 안의 자연이, 너 지금 너무 멀리 가고 있어, 라고 붉은 깃발을 나한테 흔들고 있는 건지 모른다. 되돌아와야 해!라고 외치는 신호일지 모른다.

"나의 도덕 그 첫 번째 명제: 어떤 상태도 추구해서는 안 된다. 자신의 행복도, 자신의 평안도, 또 자기 지배도. 상태는 항상 보조적인 것에 그쳐야 하며 (…) — "이상"이 아니라 크고 작은 모든 행동들을 가능한 한 숭고하고 아름다우며 또 눈에 보이도록 실행할 것! 우리를 구별하는 것은 행동방식이다."

– 니체, 《유고: 1881년 봄~1882년 여름》

니체가 싫어하는 낱말이 '도덕'이라는 말일지 모른다. 니체의 '가치 전도'는 현행 도덕에 대한 가치 전도가 일차 목표일지도 모른다. 그러니까 니체는 '현행 도덕'을 비판하는 것이며, 현행의 선악 개념을 비판하는 것일 뿐이다. 도덕과 윤리의 다른 지평을 니체는 열고 싶어 한다. 어쨌든 니체가 자기의 도덕으로 생각하고 죽을 때까지 실천한 것이 위 문장의 내용이라고 나는 생각한다. 그러니까 니체는 어떤 상태를 추구하지 않는다. 가령 행복한 상태, 평안한 상태, 자기 지배 상태… 니체는 상태가 아니고 —

상태는 보조적일 뿐이며 — 행동들을 한다. 행동들, 소소한 행동, 큰 행동, 뾰족한 행동, 동그란 행동, 이런 행동, 저런 행동. 그것들을 눈에 보이도록 실행하는 것이다. 그 행동들을 숭고하고 아름답도록 행하는 것이다. 행복한 상태가 목표가 되면 이 상태는 우리를 눈멀고 귀먹게 할 수 있다. 아름답고 숭고한 행동들의 실행을 막을 수 있다. 해서 니체는 어떤 상태가 아닌 구체적인 행동 하나하나에 초점을 맞춘다. 니체와 니체 아닌 것을 구별하는 것은 행동방식들 하나하나다.

행동들 하나하나는 나를 행복상태로 머물게 하지 않을 수 있다. 행동들 하나하나는 나를 위험으로 데려갈 수도 있다. 그것이 아름답고 숭고한 것이라면 행동들은 행동들을 감행한다. 사실 행동들은 주어가 없는 행동 작용이다. 그것이 나를 살아있게 한다. (나라고 이름 붙인 흐름으로서의 나를) 그것이 자연인 나의 본래의 건강성이다. 자연은 위험을 모르고, 안일과 성공과 명예를 알지 못하며 자기 방향으로 간다. 가야 할 곳으로 간다. 작용하고 작용받고 소멸하고 생성한다. 인간은 자연이다. 해서 내가 아프다면 나를 잘 들여다봐야 한다. 쉬기 위해 오래 누워있는 것이 처방이 될 수 없다. 내 안의 자연의 꿈틀대는 힘을 억압하지 않고 풀어내는 행위. 그것이 처방일지 모른다. 낙타의 등짐이 나에게 버거운 것은 역설적으로 내가 니체적 의미의 아름답고 숭고한 행동들을 오래전에 잊어버린 때문인지 모른다. 아니 의식적으로 내다 버린 때문인지 모른다. 니체적 의미의 '천민적인' 이해타산적인 생존만을 위해, 무의미한 행복상태를 위해, 그 안에다가 나를 던져 넣어 둔 때문인지 모른다. 안일과 타성과 무기력과 노회함의 무한 공전. 그 컨베이어 벨트 속을 열심히 달려온 때문일지 모른다.

당신의 안부를 묻는다

나는 내가 모르는 사이 소진되어 버린 게 아닐까? 너무 오래 행복을 외쳐대며 행복상태를 갈망하며 나를 '쉬게' 한 게 아닐까? 공회전시킨 게 아닐까? 그러니 위험한 영역으로 탈주하라고 내 안에서 누군가가 소리치는 것이다. 탈영토화. 너의 지금의 영토 밖으로 좀 나가봐! 이 불쌍한 중생아! 내 안의 무의식이라는 이름의 어머니가 나에게 고함친다. 너 지금 힘들어 보이는구나! 제발이지 좀 위험하게 살아라!! 등짐일랑 내려놓고 호랑이와 맞짱 뜨는 배짱으로 세렝게티 평원에 나가 한바탕 마라톤이라도 좀 하렴! 그럼 네 안의 자연이 포효하며 일어날 것이다. 네가 살아있다는 표식이 파도처럼 내 귀에 쏟아질 것이다. 그것은 자연의 박수소리라는 선물이다.

되돌아온다. 몇 번이고 너는 되돌아온다. 네가 돌아오면 하늘과 땅과 꽃들이 네가 눈이 멀 정도로 부신 행복들을 네 앞에 던질 것이다. 이때의 행복은 이전 것과는 다른 무엇이다. 그것은 너의 돌아옴을 자축하는 축제. 축제에서 자연은 너에게 햇살과 빛과 꽃잎과 바람이라고 쓰인 돈을, 세상의 돈보다 훨씬 향긋한 자연의 돈을 너에게 마구 던진다. 햇살과 바람과 공기와 하늘과 나무와 꽃잎이라는 풍성한 돈이 너에게 쏟아진다. 그런데 웬 돈? 지상의 인간에게 가장 좋은 선물이 돈이라는 표상이므로 자연이 주는 선물을 돈이라는 표상으로 내가 심심해서 이름 붙여 본 것이다.

지금 우울하다면 '아름답고 숭고한 행동'을 한 가지 해보시기 바란다. 위험한 행동을 단 한 가지라도 해보시기 바란다. 태어나서 한 번도 해보지 않은 어떤 행동을 해보시라. 평소 해보고 싶었으나 하지 못한 것을 해 보시라. 타인에게 피해를 주는 것은 빼고 내가 뿌듯함을 느끼는 무엇을. 역설적일지 모르나 이것이 나를 치유해줄 것이다.

게으르게 드러누워 "잠깐 쉬면 괜찮아질 것"이라고 말하지 마시라. 일어나서 호랑이처럼 위험하게 달려보자. 순치되었던 내 야생의 에너지가 폭발할 듯 솟구쳐 나올지 모른다. 그때 자연이라는 박수부대가 박수라는 돈을 쨍그랑 쨍그랑 치면서 웃고 있을 것이다. 야호 야호 아하하하…(그런데 자꾸 웬 돈타령? 여러분도 나도 돈을 좋아하기 때문에 돈이라는 놈이 내 무의식을 비집고 이 글 속에서 자기 존재를 드러내며 지분을 요구하는 것 같다. 어이구, 이 돈 같은 놈아, 어여 썩 꺼지시라! 쨍그랑 쨍그랑 돈이 나를 놀리면서 퇴장을 거부한다. 우헤헤헤!)

> *"인간! — 가장 겸손한 사람이 자연과 세계 속에서 자신을 '인간'으로 느끼는 허영심에 비하면 가장 허영에 찬 인간이 가지는 허영심이 뭐 그리 대단한 일이겠는가!* (…)
> *우리는 자연에 대해서 말하면서 그때 우리 자신은 잊어버린다.: 우리 자신도 자연이라는 사실을 — 따라서 자연이란 우리가 그 이름을 부를 때 느끼는 것과는 전혀 다른 그 무엇이다."*
>
> – 니체, 《인간적인 너무나 인간적인 II》

자연과 구분하여 자기를 인간이라고 분류, 명명하는 허영심에 대해 니체는 웃는다. 인간의 특이성이란 자연의 한 조각일 뿐. 홍수와 바람, 자기와 대항하는 어리석은 투쟁을 멈추고 자연의 흐름 속에 나를 맡길 때 나는 순풍을 타고 나의 수로로 나간다.

나의 시 한 편 소개하며 글을 맺는다.

(…)

나는 프라이팬에 일없이 기름을 두르고
절망을 볶아낸다
노릇노릇 구워진 절망을 삼키며
그래 구체적으로 먹을 수 있는 것만 진짜구나

감기약을 먹으면 아픈 내가 진실일까
어제는 프라이팬에 남아있는 절망의 부스러기를
내다 버렸지
쓰레기 봉지에 쏟아버린 숱한 물음표를 찾아보았지
지금 등 굽은 해가 고름처럼 줄줄 쏟아지고
병든 얼굴로 웃고 있어
(누런색, 햇살의, 망측한 얼굴 좀 봐)
네 연락처를 알 수 없구나
길을 걷다가 한 번만 만나고 싶어
차가운, 네 손 한번, 만져보고, 기관지가
터지도록 쿨럭거리고 싶어
플래카드를 내다 걸고 너를 수소문한다
쫓아내고 싶은 내 방의 따뜻한 햇살
겨울의 퇴폐한 안락의자

– 천경, 《겨울 감기》, 시집 〈고독 혹은 빨강색에 대하여〉 중에서

까마귀의 표상

크세르크세스, 슬픔, 시간, 까마귀

겨울 들판에 까마귀 떼가 내려앉아 있다. 허공에도 촘촘히 휘장처럼 하늘을 덮고 있다. 하늘 아래로 검은색이 쏟아져 내린다. 검은색이 날아간다. 검은색은 도로를 점령하고 까악까악 노래한다.

강원도 탄광 채석장의 석탄과도 닮았다. 저 까마귀들! 저 검은색은 비현실적이다. 꿈속 풍경 같다. 하늘과 땅에 박힌 무수한 검은색 점들, 점들이 움직인다. 날아간다. 춤춘다. 꽁꽁 언 겨울, 하늘이, 땅이 까마귀의 등장으로 흔들린다. 하늘과 땅은 언 몸을 깨트리면서 일어난다. 부서져 내리는 얼음 파편들. 공기 중에 춤추는 빛의 입자들과 섞인다. 겨울 벌판이 화사해진다.

자동차를 조심조심 운전한다. 도로에 잔뜩 내려와 길을 막고 있는 까마귀들에게 경적을 울린다. 뜸을 들이다가 후다닥 날아간다. 까마귀들.

까마귀 아이돌 콘서트가 열리나?

이곳으로 이사 온 후 가장 놀랐던 광경이다. 아파트 밀집 지역을 빠져나오면 만나는 겨울 풍경. 아름답다면 아름다울 것이며 기이하다면 기이할 것이다. 가을걷이를 끝마친 넓은 도로 양쪽 허허벌판에 모여 있는 까마귀들. 성지 순례길에 오른 것일까? 까마귀들의 월드컵이라도 열리는 날일까? 까마귀들의 대통령선거일? 아니면 까마귀 아이돌 콘서트?

이 까마귀 행렬은 수백만 병사와 함께, 3차 페르시아 전쟁을 위해 그리스 원정길에 오른 크세르크세스 군단의 위용에 견줄 만하다. 크세르크세스를 생각하니 갑자기 가슴이 아프다. 헤로도토스의 《역사》에는 그가 눈물을 흘리는 장면이 나온다. 호메로스의 《일리아스》나 투키디데스의 《펠로폰네소스전쟁사》, 《삼국지》 어디를 봐도 고대문화에서 전쟁을 앞둔 장수가 눈물을 흘리는 일은 보기 힘들다. 그런데 어마어마한 대제국의 황제인 그는 아뷔도스 해안을 가득 메운 병졸들을 보면서 운다. 허무를 견뎌내야 하는 생명들. 그리고 예견된 실패를 향해 나가는 위험한 정신. 이 이야기는 다음 기회에 하기로 하자.*

그렇다. 까마귀에 대해 말하려고 한다. 겨울 들판의 저 많은 까마귀를 보신 분이 있는가? 까마귀 군단을 보면서 인생을 생각한다.

한적한 벌판, 방금 지나온 도심에서는 상상할 수 없는, 텅 빈, 불가사의한 평야가 펼쳐지는 곳, 거기에 까마귀들이 겁도 없이 인간의 차도를 가

---

* 이 책 2부의 〈소확행, 크세르크세스와 베수비오 화산〉 참조.

로막고 유유자적 노래를 부른다. 까악 까악 까악.

처음 보았을 때, 이거 예술작품인걸! 자연만이 연출할 수 있는 걸작이야, 라고 중얼거렸다. 곧이어 이 진귀한 풍경을 지역 관광 상품으로 개발하면 지자체 재원이 팍팍 늘고, 지역 농민들이 관광수입으로 부자가 되겠는걸! 이 좋은 걸 왜 홍보하지 않지?라고 생각했다.

나는 역시 자본주의 사고방식에 골수까지 물든 인간이다. 자연을 돈으로 바꾸려 하다니! 어쨌거나 이 장관(壯觀)을 사람들에게 개방하고 싶은 것이다. 그러나 이 지역 사람들은 시큰둥하다. 혼자 발견한 듯, 나는 이 비경(秘境)에 대해 목소리를 높인다. 정말 좋지 않아? 그렇지? 정말 대단하지? 그러나 주위 사람들은 흥! 어쩌라구! 까마귀 처음 봤나?라고 반응한다. 한술 더 떠 까마귀 울음소리를 기분 나빠한다.

일상을 뒤로 밀어내는 에너지가 나를 덮쳐온다

까마귀 울음소리가 기분 나쁜지 안 나쁜지는 모르겠으나 나는 이 길에서 종종 넋을 놓는다. 일상을 뒤로 밀어내는 에너지가 불현듯 나를 덮쳐온다. 그때는 그 안에서 길을 잃어야 한다. 기호들이 물러나고 언어들의 색이 바래지고 풍경이 해체되고 모르는 것이 나에게로 몰려오는 순간. 생성의 에너지만이 폭포처럼, 빛처럼 쏟아져내리는 시간이다. 이 안에 오래 있고 싶다. 이 시간은 일상과 다른 시간이며, 다른 느낌과 밀도와 질감으로 다가온다. 사랑에 빠진 순간처럼. 이때 시간은 같은 시간이 아니다. 시간은 선형적이지도, 비가역적이지도, 동일하지도 않다. 이 순간 시간은 구부러져 있으며 원환이 되어 빙빙 돈다. 중심이 다른 무수한 원환들이 나타난다. 나는 원환들이 교차하는 다른 시간을 감각한다. 무를 향한 절정의 정지. 정지한 시간, 무매개성의 시간만이 출렁이는 태고의 시간.

얼마 전 뉴스에서 보니까 일본의 동물학자가 까마귀 언어를 일부 알아냈다고 한다. 까마귀들이 도심의 특정지역에 몰려다니며 피해를 일으키자 까마귀 목소리와 행태를 관찰해서 각각의 소리에 담긴 의미를 파악한 것이다. 가령 깍각깍은 "거기는 위험해", 까악까악은 "저기에 먹을 것이 있다", 깍까아악은 "여기가 안전해" 등등. 까마귀를 관찰해서 얻은 까마귀 말을 녹음해서 "거기는 위험해!"를 들려주었더니 까마귀들은 떼 지어 달아났다. 데려가고 싶은 장소를 향해서 "저기가 안전해"라는 녹음을 들려주었더니 그리로 날아갔다.

학자들은 동물의 언어는 몇 종류 밖에 안 되지만 인간의 언어는 수십 수백억 개로 분화되어 온갖 허구와 신화와 상상을 만들어 내는데 이 때문에 인간종은 생태계 먹이사슬 중 최고의 종이 되지 않았을까, 추정한다. 언어를 교차 사용해서 온갖 의미를 산출하고 없는 것을 상상하고 무수한 가십성 풍문들을 창조하는 능력 말이다.

막막한 겨울 저녁, 벌판과 허공을 덮고 있는 까마귀들을 보면서 까마귀를 생각한다. 기호와 의미를 잃은 인생을 생각한다. 까마귀 떼를 보고 자연의 예술작품이라고 생각하는 것은 내가 까마귀를 보는 방식일 것이다. 그 광경 앞에서 문자와 언어와 세상의 시간을 잊는 것도 내가 새겨 넣은 표상 때문일 것이다. 까마귀를 흉조라고 꺼리는 것도 표상이며 해석이다.

표상의 세계는 오류의 세계

표상의 세계는 오류의 세계다. 가상 위에 서 있는 세계다. 오류와 현혹과 유혹으로 넘치는 사회. 진리의 세계는 오류 너머의 세계를 지향한다. 그런데 진리의 추구는 종종 도덕주의로 수렴된다. 이때 진리는 가치에 대한 믿음의 영역이 된다. 이 진리는 오류이기 십상이다.

그러나 플라톤으로 대변되는 전통 형이상학에서는 진리를 '진리 그 자체', 즉 불변의 진리로 보기 때문에 문제가 발생한다고 니체는 설명한다. 니체는 불변의 진리를 인정하지 않는다. 또한 도덕에 대해서도 그 기만성을 폭로하면서 거부한다. 니체의 시선은 도덕 너머를 향한다. 니체가 지향하는 '도덕 너머'란 한마디로 말하면 '힘 의지'를 따르는 삶이 아닐까 싶다. 현존재의 힘 의지의 이끌림에 따라 사는 삶. 허무를 긍정하고 깊고 깊은 바닥까지 내려가서 허무를 응시하는 삶.

니체의 허무주의는 도덕이나 지식, 해석은 실제와 일치하지 않는다고 보는 관점이다. 때문에 인간은 허무에 빠진다. 내가 신뢰하는 도덕이, 믿는 현실이 실제가 아닐 수도 있다는 깨달음 말이다. 다만 나의 관점으로 해석한 세상이 있을 뿐이다. 이 관점을 긍정하고 인간이 해석의 주체이며 가치의 창조자라는 사실을 긍정할 것을 니체는 주장한다. 이것은 나의 해석 역시 하나의 관점이며 오류일 가능성이 있다는 것을 인정하는 것이다. 그럼에도 불구하고 나의 해석은 나에게 정당하며 나에게 진실이라는 관점이다.

그러니까 니체의 철학에서는 절대진리는 없다. 무수한 나의 진리들이 있다. 중심이나 본질이나 척도는 없으나 무한개의 진리들이 서로의 힘의지에 따라 생성 소멸을 거듭하는 싸움의 장(場)이기도 하다. 이 무한개의 진리들은 진리 그 자체는 아니지만 개체의 관점에서 진리이며 진실이다. 이 사실을 인정하고 스스로 해석의 주체가 되어 자기 삶을 조형해가는 인간을 니체는 주문한다.

다시 까마귀를 생각한다. 생성하는 존재의 허무를 응시한다. 존재의 싸움을 응시한다. 그래도 삶은 살 만한 것인가?

> *"아니다! 삶은 나를 실망시키지 않았다. 해가 갈수록 나는 삶이 더 참되고, 더 열망할 가치가 있고, 더 비밀로 가득하다는 것을 발견하고 있다 — 위대한 해방자가 내게 찾아온 그날 이후로! 삶이 — 의무나 저주받은 숙명이나 기만이 아니라 — 인식하는 자의 실험이 될 수 있다는 저 사상이 나를 찾아온 그날 이후로! 인식이 다른 사람들에게는 다른 것일지 몰라도, 예를 들어 침대나 침대로 가는 길, 오락이나 여가 활동일지 몰라도, — 내게 그것은 영웅적 감정이 춤추고 뛰어노는 위험과 승리의 세계이다. "삶은 인식의 수단"이다 — 이 원칙을 마음속에 품고 있으면 인간은 용감해질 뿐만 아니라, 심지어 즐겁게 살고 즐겁게 웃게 된다! 전쟁과 승리를 제대로 알고 있지 못한 자가 어찌 멋지게 웃고 멋지게 사는 것을 알겠는가?"*
>
> – 니체, 《즐거운 학문》, 324

'삶은 나를 실망시키지 않았다.' '삶은 더 열망할 가치가 있고 비밀로 가득하다.' 그 비밀을 우리는 보지 않으려 한다. 기호들 사이를 미끄러져 나가는 무수한 비밀의 문들이 무한처럼 출렁이는 이 세계는 현존재가 붙잡지 못하는 것들의 암호들과 노래들과 무의미들이 물처럼 흐르고 있다.

어떻게 살아야 할까? 정답은 없다. 하나의 진리도 없다. 나대로 살면 된다. 내가 되면 된다. 내가 되는 삶, 그 삶을 향해 나는 지금 인식의 충동 속으로 헤엄쳐 들어간다.

그 개를 생각함

습관, 관습, 지성

어린 시절 우리 집은 신작로 옆에 있었다. 도로를 가로질러 조금만 더 가면 개울이 있다. 개울은 도로 아래를 에둘러 오른쪽으로 도로의 교각을 관통하며 굽이쳐 흘렀다. 여름철 비가 오면 개울물은 침략군처럼 우리 집으로 몰려오곤 했다. 우리 집은 동네에서 가장 크고 좋은 새 집이었으나 몇 차례의 홍수 피해로 조금씩 파괴되고 부식되어 갔다. 집 이야기를 하려는 것이 아니다. 고향집을 생각하면 떠오르는 장면이 있다. 예기치 않은 순간 나타나는 그림 혹은 슬픔.

내가 맨 처음 그 장면을 본 것이 언제였을까? 10살 이전인 것은 확실하다. 어느 날 낮, 대문을 열고 나오다가 다리 교각에 밧줄로 묶인 채 매달려 있는 큰 물체를 보았다. 내 시야에 그 물체가 들어온 것은 뽀얀 먼지와 함께다. 낡은 시내버스가 비포장도로를 덜커덩 덜커덩 돌아 먼지를 일으키면서 철다리 밑으로 사라지는 순간이었다. 어떤 물체가 묶여 있었고 곧 이어 사내가 몽둥이로 물체를 사정없이 '그야말로 개 패듯' 팼다. 개는 어느 순간 축 늘어졌다. 이어 놀라운 장면이 이어졌다. 사내는 개를 불태웠다. 이윽고 털이 다 타고 까맣게 그을린 개를 사내는 풀어냈다. 이후 장면은 기억에 없다. 그 후에도 몇 차례나 더 비슷한 광경을 보았다. 개들이 인간의 보양식이 되는 과정이었다.

독실한 불교도였던 어머니의 영향으로 우리 가족은 지금도 개고기를 먹지 않지만 공범의식일까? 인간 종(種)에 대한 잔인함을 알게 된 공포 때문일까? 기억하지 않으려고 꾹꾹 눌러온 그 기억이 추운 겨울 저녁, 불현듯 떠오른다. 한 번도, 누구에게도 발설하지 않았던 장면.

지금은 폐허가 된 고향 마을을 생각하면, 이끌려 나오는 아련한 풍경들과 개는 함께 출연한다. 멱 감던 개울, 정겨운 친구들, 착한 그 아이, 새까맣게 그을린 아버지 얼굴, 항상 무언가에 화가 나 있던 엄마, 고래고래 나에게 고함치던 엄마의 목소리, 그리고 그 개….

개는 내 안 어딘가 심층으로 하강한다

나는 개를 내 밖으로 밀어내려고 사투를 벌였다. 개는 내 밖이 아니라 내 안 어딘가 심층으로 하강한다. 그리고 정신의 아득한 사다리를 따라 지하 갱도 어디쯤에서 내 의식의 빈틈을 비집고 잠깐씩 햇볕을 쬐러 나오려 한다. 꽁꽁 숨겨두고 눌러두었던 개 이야기. 그것은 공포와 충격, 혼돈과 무력감으로 나를 덮치곤 했다.

그러나 작은 마을은 여전히 평화로웠고, 순박한 이웃들이 하루의 삶을 살아내는 시간들의 연속이었다. 조용하게 해는 저물고 사람들은 쌀을 씻어 밥을 해서 저녁을 먹고 아침이면 산으로 들로 공장으로 흩어졌다. 그 개는 어디로 갔을까? 개를 공개된 장소에서 때려죽이고 불을 질러 털을 태운 사람이 누구였는지는 모른다. 누구도 문제시하지 않았다. 그 장면은 마을의 여러 풍경 중 하나였을 뿐이었다. 때려서 죽인 개의 육질이 부드럽고 맛있다는 속설은 나중에 알게 됐다. 그러나 나는 숨겨야 할 범죄의 기록처럼 그 개와 그 남자와 마을 사람 전체와 내가 한 덩어리로 연루된 느낌으로 살아온 것 같다.

그로부터 벌써 40년은 족히 지났다. 이제는 개나 고양이를 함부로 학대했다가는 큰 코 다친다. 지난해 개를 집어던진 노인이 TV 카메라 앞에서 곤혹을 치르는 장면이 소개되기도 했고 고양이를 학대한 PC방 주인이 질타를 받기도 했다.

다르게 느끼고 다르게 감각하라

불과 몇십 년 전에는 문제시되지 않던 행위들이 이제는 범죄행위가 된 것이다. 이런 사례는 많다. 남성이 여성을 대하는 태도의 건전성 여부도 불과 몇십 년 사이에 변하고 있다. 예전이라면 훈육이라는 이름으로 미화됐을 부모의 폭력 역시도 이제는 문제가 된다. 학교 교사의 폭력행위도 그렇다. 부부 사이의 폭력도 전에는 가정사로 치부되기 십상이었다. 아동 성범죄 역시 예전이라면 '귀여워서' 혹은 '술 탓'하면 넘어갔을 사건들이 이제는 중범죄가 되었다. 가정폭력, 아동폭력, 성폭력, 동물학대, 자식 학대, 하물며 음흉한 눈빛도 충분히 문제가 될 수 있다. 낡은 윤리와 도덕이 새롭게 재편되고 있는 것이다. 그래서 지금 우리가 믿고 행하는 도덕과 윤리에 대해 항상 질문을 제기해야 한다.

니체는 지금 이런 모양의 도덕과 윤리는 어떻게 구성된 것인지, 이것들의 기원은 무엇인지, 그리고 우리를 구속하고 억압하는 지금 이 도덕과 이 윤리는 기만적인 이데올로기를 숨기고 있는 것은 아닌지 묻는다. 비도덕주의자 니체는 지금 이 도덕과 이 윤리가 아닌 다른 무엇을 모색하려고 한다. 이를 위해서 다르게 느끼고 다르게 배우라고 말한다.

그렇다. 다르게 느끼고 다르게 감각해야 한다!
지금과 다르게 인식하는 것이 관건이다.

사람들은 그때 공개된 장소, 다리 난관에 개를 묶어, 어린아이들이 보는 앞에서 개를 때려죽이고 털을 불태우는 장면을, 인간이 짐승에게 할 수 있는 행위로 인식했으므로 무심히 넘길 수 있었다. 그러나 어린아이였던 나는, 그 같은 인식을 아직 학습하지 않았으므로 무시무시한 공포로 지각한 것이다.

우리가 살고 있는 지금 이곳에서 당연시하고 있는 규범이나 관습을 의심하자. 니체는 지금 이곳의 도덕과 이데올로기는, 도래할 새로운 인류에 의해 다르게 변주되어야 한다고 말한다.

"항상 모든 사회에 그리고 모든 개인에게는 선의 위계라는 것이 존재하며, 거기에 따라 개인은 자신의 행위를 규정하고 다른 사람의 행위를 판단한다. 하지만 이러한 척도는 끊임없이 변화한다. 많은 행위가 악하다고 말하지만 그 행위들은 단지 어리석은 행위일 뿐이다. 왜냐하면 그런 행위를 선택했던 지성의 정도가 너무 낮았기 때문이다. 물론 특정한 의미에서는 지금도 여전히 모든 행위는 어리석다. 왜냐하면 현재 이를 수 있는 최고의 인간 지성은 반드시 또 추월당할 것이기 때문이다. 그리고 후에 회고해 보면 미개하고 야만적인 민족들의 행위와 판단이 오늘날 우리에게는 편협하고 경솔하게 생각되는 것처럼, 우리의 모든 행위와 판단도 그렇게 편협하고 경솔해 보일 것이다."

– 니체, 《인간적인 너무나 인간적인 I》, 107

그 개를 생각한다.

무서워서 얼어붙어버렸던 작은 아이. 나를 생각한다.

가여운 개여, 다시는 이 세상에 환생하지 마라.

보는 자(見者) 되기

즉물적, 중립적으로 보기, 아상(我相) 버리기

사춘기에 접어든 딸은 전에 없이 사람들의 시선을 의식한다. 불과 1~2년 전만 해도 마트 심부름 등을 자청하며 자신의 힘을 확인하고 싶어했다. 《힘에의 의지》 혹은 《삶에의 의지》의 폭발 시점이었을까? "내가 할게, 내가 할게" 무슨 일이든 일단 덤벼들고 본다. 한데 언제부터인지 아이는 '귀찮아, * 팔려'라는 말을 하기 시작했다. *팔려, 라는 말 쓰지 마라, 고 주의를 주었으나 말 안 듣는다. 사람의 시선을 예민하게 의식하고 부끄러워하는 아이에게 말해주었다.

"보여지는 것을 의식하지 말고 보려고 해봐."

사람은 누구나 보면서, 보여지면서 산다. 그렇더라도 보여지는 수동의 상태가 아니라 능동적으로 보는 주체가 되라고 말한다. 능동적으로 보면 부끄러움과 수줍음이 약해진다고. 아이는 한 귀로 듣고 한 귀로 흘린다. 그럴 나이라고 생각한다. 그러나 안타까워서 또 말한다. 잘 보면 그들은 너를 보는 것이 아니다. 너는 사람들이 너만 보고 너만 관찰한다고 생각하지만 사람들은 매우 바쁘다. 너에게 신경 쓰지 않는다. 잘 관찰해보아라. 물론 슬쩍 쳐다볼 수도 있지만, 거기서 끝이다. 너에게 신경 안 쓴다. 네가 제대로 잘 보면 그들은 네가 아닌 자기 자신에게 관심이 있을 뿐인 걸 금방 알게 될 것이다. 네가 네 자신에게만 관심이 있듯이.

니체는 보는 것을 강조한다. 그런데 '있는 그대로 사실적으로 보기'를 강조한다. 있는 그대로 보기는 있는 그대로 인식하기로 바꾸어도 상관없다.

있는 그대로 보기를 요청하는 니체는, 보편적인 실재를 볼 수 있다는 것일까? 누군가는 '있는 그대로 보고 인식할 수 있다'는 것일까? 그런 존재가 있는 것일까? 혼란스럽다.

> *"사물을 있는 그대로 인식하고자 하는 열망 — 이것만이 훌륭한 태도이다: 다른 것을 바라보거나 다른 눈으로 보는 것은 바람직한 것이 아니다 — 그건 단지 자리만 바꾼 것일 뿐 여전히 이기주의적인 시각일 것이다! 모든 것을 우리 자신을 기준으로 판단하는 심각하고 근본적인 착란으로부터 우리는 치유되고자 한다. : 자기애라고 하면 너무 좁고 잘못된 표현이다: (…) — 우리는 자기 자신에 대해서도 그렇게 무관심할 수 있어야 할 것이다! 무관심의 증가! 거기에다 다른 눈으로 보는 연습: 인간적인 관계를 떠나, 즉*

있는 그대로 사실적으로 보기! 인간의 과대망상을 치유하기! 과대망상 이것은 어디서 유래하는 것인가? 두려움으로부터: 모든 정신적 힘은 자기 위주로 보는 태도로 항상 재빨리 되돌아가야 했던 것이다. 그건 그 자체로 이미 동물적인 고통이다. 최고도의 자기애와 반대되는 것은 타인에 대한 사랑이 아니다!! 중립적이고 즉물적으로 보는 것, 그것이다! 모든 개개인에 대한 고려에도 상관하지 않는, 모든 "편함"이나 "불편"에도 상관하지 않는 "진정한 것"에 대한 열정이야말로 최고의 열정이다. — 그래서 지금까지도 가장 드문 열정이다!

– 니체, 《유고: 1881년 봄~1882년 여름》, 11[10]

보편진리, 척도, 객관적인 관점을 부정하는 니체 아닌가? 있는 그대로 보라는 요구는 있는 그대로 볼 수 있는, 절대 진리를 인식할 수 있는 주체가 있다는 말인가?

현존재의 관점적 해석을 긍정하는 니체 아닌가? 그런데 '모든 것을 우리 자신을 기준으로 판단하는 심각하고 근본적인 착란으로부터' 치유돼야 한다니?

있는 그대로 사실적으로 보기?

니체의 사유를 따라가 보자. 니체는 '있는 그대로 사실적으로 보기'는 '인간적 관계를 떠나서 보는 것'이라고 말한다. 또 '최고도의 자기애와 반대되는 것은 타인에 대한 사랑이 아니다'라고 말한다. 자기애와 반대되는 것은 '중립적이고 즉물적으로 보는 것'이며, '모든 "편함" "불편"에도 상관하지 않는 "진정한 것"에 대한 열정'이라고 말한다. 이 열정은 매우 드문 열정이라고 한다.

'중립적인 것' '진정한 것' 등에 대해 가장 큰 거부감을 표한 사람 또한 니체다. 그래서 니체의 텍스트는 맥락에 따라서 읽어야 한다. 가령 '이성'에 대해 니체는 긍정적으로도 부정적으로도 사용한다. 신의 의지가 아닌 인간 이성을 강조할 때 사용되는 이성은 긍정의 맥락이지만, 비이성의 대척점에 있는 이성에는 맹공을 퍼붓는다. 예술, 사랑, 진리, 학문, 실재, 이기주의 등 무수한 말들이 각각 다른 함의를 지니고 긍정 혹은 부정적으로 사용된다.

위의 유고 구절에서 니체가 있는 그대로 보라고 요구하는 것은 '인간적 관계를 떠나서' 보라는 이야기로 보면 이해가 된다. 인간적인 관계를 떠나지 않고서는 있는 그대로 보기가 어렵다고 판단하는 것이다. 니체는 인간의 과대망상은 두려움에서 기인한다고 진단한다. 두려움 때문에 '인간 정신은 자기 위주로 보는 태도'로 발 빠르게 선회했다는 것이다. 이렇게 해서 자기애에서 기인한 두려움으로부터 자기 보존을 위한 '바라보기, 인식하기'가 시작된다. 그런데 이런 '바라보기'는 필연적으로 오류를 동반

한다.

그래서 니체는 '자기애와 반대되는 것'은 이타가 아니고 '중립적이고 즉물적으로 보는 것'이라고 말한다. 인간적 관점과 다르게 볼 것을 요구한다. 이 다르게 보는 것을 니체는 개인에 대한 고려가 없는 '최고의 열정'이라고 말한다. 이렇게 되면 '모든 것을 우리 자신을 기준으로 판단하는 착란'이라는 구절이 이해가 된다. 이는 도덕이나 종교 혹은 이타주의나 동정과 공감의 기원에 대한 니체의 고찰과 맥을 같이한다.

인간은 그 기원에서부터 '즉물적으로 보기'를 '포기하며' 살아왔는지도 모른다. 그래서 니체는 이 같은 중립적인 바라봄을 '진정한 것'에 대한 열정이라고까지 추켜세운다. 니체의 관점대로라면 '진정한 것'이란 없다고 해야 할 것이다. 그럼에도 불구하고 니체는 " "표를 붙여서 '진정한 것에 대한 열정이 최고의 열정이고 가장 드문 열정'이라고 말한다.

그러니까 힘에의 의지의 내용은 즉물적으로 봄, 즉물적으로 삶이 아닐까? '있는 그대로 사실적으로 보기'는 '있는 그대로 사실적으로 인식하기'가 된다.

> *"죽은 자의 장점을 습득할 것 — 누구도 우리에게 관심을 갖지 않는다. 호의적인 관심이든 적대적인 관심이든. 인간성으로부터 벗어나 생각하기. 모든 종류의 욕심을 잊어버릴 것. 그리고 모든 여력을 "바라보는 데" 사용할 것, 보이지 않는 관찰자가 될 것!!"*
>
> – 니체, 《유고: 1881년 봄~1882년 여름》, 11[35]

'있는 그대로 보기'는 '인간성으로부터 벗어나 생각하기'이며 모든 욕심을 잊어버리는 '보기'다. 그런데 인간성으로부터 벗어나 생각하기가 가능할까? 욕심을 잊어버리는 것이 가능할까? 인간의 관점을 갖지 않고 바라보기가 가능할까?

지금까지 인간의 역사가 '인간적인 너무나 인간적인' 역사였다면 그 '인간적인' 역사에서 벗어난 관점이란 무엇일까? 어렵다. 그래서 니체는 '죽은 자의 장점'을 습득하라고 한다, 어떤 종류의 욕심도 망각하라고. 모든 여력을 '바라보는 데' 사용하라고, 보이지 않는 관찰자가 되라고 말한다. 난감하고 난처한 일이다.

죽은 자의 장점을 습득하기?

죽은 자의 장점을 습득하는 일이란 무엇일까? 붓다의 '무아(無我)'와 맥을 같이하는 주문일까? '아상(我相)'을 버리라는 주문으로 이해해도 될까? 그래서 이것을 '진정한 것'에 대한 열정이며 '가장 드문 열정'이라고 한 것일까?

> '*임무: 사물을 있는 그대로 보는 것! 그 방법: 천 개의 눈으로 즉 수많은 사람이 되어 사물을 볼 수 있을 것! 비개인적인 것을 강조하고 주위의 눈을 통해 보는 것을 도덕적이라고 명명한 것은 잘못이다. 수많은 이웃들을 그것도 수많은 눈, 그것도 온통 개인적인 눈들로 보는 것 — 그것은 당연한 것이다.* (…) *— 새로운 존재가 생*

겨나야 한다.

– 니체, 같은 책, 11[65]

이제 니체는 사물을 있는 그대로 보는 것을 '임무'라고 말한다. 위에서 '인간적인 관계성'에서 벗어나 보는 것을 주문했다면 이제는 좀 다른 말을 한다. '천 개의 눈으로, 즉 수많은 사람이 되어 사물을 볼 것'을 강조한다. '수많은 이웃들을 수많은 눈으로 보는 것, 그것도 온통 개인적인 눈으로 보는 것'을 강조한다.

니체답게 상호 모순되는 말을 하는 것 같다. '인간성'을 벗어난 관점으로 사물을 보아야 한다고 해놓고, 다시 천 개의 눈으로 수많은 사람이 되어 사물을 보라고 한다. '천 개의 눈, 수많은 사람이 되어 보라'는 것은 얼핏 다시 '인간적인 관점'으로 보라는 주문으로 비칠 수 있다. 그러나 이는 다른 주문이며 다른 맥락이다. 니체의 입장에서 보면 모순되지 않은 논리구조를 이루고 있다. 즉 비개인적인 아닌 개인적인 수천 개의 눈이 되어 보는 것, 수많은 사람이 되어 사물을 볼 것을 주문하는 것은 이제까지의 '인간적인 관점'에서 보았던 것과 다르게 보기의 방식인 것이다.

이전에는 '인간적 관계'의 면에서 보았고, 비개인적인 눈으로 보았다면, 이제는 '인간적인' 관점에서 벗어난 눈으로 보고, 그동안 비개인적인 공동체의 눈, 조직의 눈으로 보았다면, 이제는 수천 개의 개인의 눈, 내가 수많은 사람이 되어 보라고 주문한다. 나의 수많은 다른 내가 탄생하고 수많은 눈으로 분열되고 수많은 눈으로 변이되는 나, 이전의 나와 다른 인간의 보는 방식이다. 개체 하나하나가 살아 꿈틀거리며 특이적이고 즉물적으로 보는 방식이다. 그러므로 니체가 제시하는 '제대로 보는 방법'은 지금까지 우리가 보았던 방식과는 전혀 다른 '바라보기'이다. 그동안 '강력한 눈들이 단지 자신만을 볼 뿐이고 모든 것을 자신의 기준에 따라 정했다'면 이제는 새로운 존재가 생겨나야 한다고 말하는 것이다.

'새로운 바라봄'은 '새로운 존재'의 생성

니체는 우리에게 다르게 보기를 요구한다. 비개인적인 것들 예컨대 도덕, 풍습, 관습, 규율, 규칙, 법에는 무수하고 특이적인 개체 하나하나를 보는 눈이 없다. 또한 지금까지 그랬던 것처럼 인간적인(자기 위주의) 바라보기가 아닌 죽은 자, 열반에 든 자의 장점을 습득하는 바라보기를 제시한다.

그렇다. 바라보는 사람이 되라고 니체는 말한다. 보여지는 사람, 관찰되는 사람이 아니라 보는 사람(見者)이 되라는 것이다. 지금 우리의 일련의 '보는 행위'는 니체적 의미의 바라봄일까? 니체는 지금까지 인류의 '바라봄'은 '제대로 된 바라봄'이 아니라고 말하는 것이다. 지금까지 우리의 '바라봄'은 조건화된 장에서의 바라봄이었으며, 어떤 불변의 상수 곁에서의 바라봄이었으며 '무의식적인' 바라봄이었다고 말하는 것이다.

이미 굳어진 것을 보여지는 대로 보는 것이다. 그렇게 보지 말라! 외부에서 주입된 것, 강요된 것을 보는 것이 아니다. 능동적으로, 분열된 수천의 눈으로 보는 자가 되기를 강조하는 것이다. 보는 주체, 해석의 주체,

감수성의 주체가 되어야 한다는 것이다. 이와 함께 수천 개의 주체가 되어 보아야 한다. 물론 이 역시 니체가 제시하는 하나의 관점일 수 있으나 이 관점을 니체는 권하는 것이다. 위버멘쉬적인 관점이라고 해야 할까? 예를 들면 선과 악의 이면 바라보기, 도덕과 종교의 기원 바라보기, 동정과 형이상학적 관점의 내면 바라보기. 그러니까 계보학적으로 바라보기라고 해야 할까?

'새로운 바라봄'은 '새로운 존재'의 생성으로 보면 된다. 이 새로운 존재는 '보는 자'다. 이 보는 자는 누구를 위해 보는 것이 아니고 나를 위해 본다. 삶을 위해 보는 것이다. 인간에게 즐거움을 주는 '저 환한 표상들을' 찾아야 한다. 그곳은 '햇볕이 잘 드는 조용한 방'이거나 따뜻한 이불이거나 평온한 대기, 산등성이 푸른 공기, 나무, 숲, 식물들이 자라는 정원이거나, 너의 얼굴 너의 몸.

딸에게 말한다. 보여지는 것에 전전긍긍하지 말고 보아라. 잘 보아라. 찬찬히 보아라. 보이는 것을 보지 말고 보이지 않는 것을 보아라. 보여주는 것을 보지 말고 안 보여주려는 것을 굳이 보아라. 수천 개의 눈으로 보아라. 무아의 눈으로 보아라. 베수비오 화산에 집을 짓는 용기로 보아라. 부디 보는 자(見者)가 되어라.

인간 말종과 위버멘쉬

교양인, 이웃 사랑, 적선, 성자

《차라투스트라는 이렇게 말했다》를 읽다가 '인간 말종'이라는 굵은 글씨를 보는 순간 웃음이 터졌다. 인간 말종? 철학 서적에 인간 말종이라니!

뭔가 '인간답지 못한', 막가는 사람들에게 쓰는 이 낱말을 니체가 사용한 이유가 뭘까? 인간 말종의 영어는 The Last Man, 독일어는 Der letzte Mensch(구텐베르크 프로젝트, 독일어판 참조)이다. 인간 말종의 뜻은 인간의 마지막 종자(種)다. '최후인', '종말인' 등의 번역이 가능하다. 그런데 하필 '인간 말종'이라고 번역했다. 인간 말종이라 하면 내게는 '인간쓰레기'라는 말이 연동돼서 떠오른다. 이 '막가는 말'을 'The Last Man'의 번역어로 사용한 이유가 있을 것이다. 뭐지? 궁금증 폭발이다.

10년 동안 산속에서 혼자 살다가 자신의 지혜에 싫증이 난 차라투스트라는 사람들에게 지혜를 나누어주고 싶어졌다. 그래서 산에서 내려온다. 태양이, 자신의 빛을 받아들이는 사물들이 필요하듯 차라투스트라 역시 자기 지혜를 나눠줄 사람들이 필요해졌을까?

자신의 지혜에 싫증이 난 차라투스트라

도시(시장)로 내려온 차라투스트라는 인간 말종에 대해 이야기한다. 차라투스트라는 누구에게 인간 말종이라 하는 걸까? 차라투스트라는 군중을 향해 목 아프게 이야기하고 있지만 그들은 이해하지 못한 채 웃고 있을 뿐이다. 그때 차라투스트라는 말한다.

"나, 이 같은 자들의 귀를 위한 입이 아닌가 보다."

이 말 멋지다! 나, 너 같은 자의 귀를 위한 입이 아닌가 보다! (말귀를 못 알아듣고, 내 말을 곡해하는 사람이 있는가? 그에게서 시선을 거두고 허공에 대고 크게 외치시라. 나, 너 같은 자의 귀를 위한 입이 아닌가 보다!!! 그리고 웃으시라! 지나치게 잔소리가 심한 사람이 있는가? 이렇게 말씀하시라. 나, 너 같은 자의 입을 위한 귀가 아니야! 닥치세요!)

"저들은 저들 나름으로 자부심을 가질 만한 어떤 것을 갖고 있다. 저들은 그것을 무엇이라고 부르지? 교양이라고 부르지. 그런 것이 있기에 저들은 염소 치기와 다르다는 것이다. 그래서 저들은 자신들을 겨냥한, '경멸'이라는 말을 듣기 싫어하지. 그렇다면 나, 저

들의 자부심에다 대고 말하련다. 나, 저들에게 더없이 경멸스러운 것에 대해 말하려는 것이다. 인간 말종이 그것이다."

– 니체, 《차라투스트라는 이렇게 말했다》

니체는 초기작 《반시대적 고찰》에서 당대 독일 교양인을 노골적으로 경멸한다. 교양인에 대한 야유는 《차라투스트라는 이렇게 말했다》의 머리글에도 다시 등장한다. 인간 말종! 인간 말종은 바로 니체가 가장 경멸하는 '교양인'을 지칭한다.

그러니까 인간 말종은 들을 귀를 가지지 못한 자다. 그들은 차라투스트라의 말을 이해하지 못한다. 이렇게 반문할 뿐이다. "사랑? 창조? 동경? 별? 그게 뭔데? 그게 무슨 강아지 풀 뜯어먹는 소린데?"라고. 그가 인간 말종이다. 이 인간 말종은 '사람의 너머로 동경의 화살을 쏘지 못하는' 자다. '별을 모르는 자'이며 '자기 자신을 경멸할 줄도 모르는, 경멸스러운 인간'이다.

그래서 인간 말종은 세상을 초라하게 만들지만, 생명력은 길어서 매우 오래 산다. 가늘고 길게 잘 사는 자들이 이 부류에 속하지 않을까? 인간 말종의 특징을 더 알아보자.

인간 말종들은 행복을 위해 필사적으로 덤벼들고 행복을 찾아냈다면서 눈을 끔뻑거리는 자(者)다. 또 '이웃을 사랑하는' 자다. 병에 걸리는 것, 의심을 품는 것을 죄로 생각한다. 매사에 조심한다. 독이나 다름없는 '단꿈을 꾸고', 손익 계산과 유불리를 철저히 따진다. 일 중독에 걸린 워커홀릭이며 다스림도, 복종도 싫어하고 평등을 원한다. 그는 자신을 특별하다고 생각하지 않는다. 그는 위험을 감수하지 않는다. 누군가 위버멘쉬에 대해 말하면 정신병원으로 가야 한다고 생각할지도 모른다. 또 밤낮으로 쾌락을 즐긴다. 그러나 건강은 끔찍이 챙긴다.

그리고는 행복하다고 자랑한다. 행복해서 죽겠어요, 라고 떠벌린다. 오늘날의 우리와 흡사하다. 소셜미디어에는 우리들의 행복들이 넘쳐난다.

인간 말종은 현대인의 전형

인간 말종은 현대인의 전형이 아닐까 싶다. 일 중독, 건강, 평등, 이웃 사랑… 이웃을 왜 사랑할까? 자기 자신을 위해서다. 이웃을 통해 자기 존재를 확인하고 싶고, 삶의 의미를 찾고 싶고 '이웃 사랑'을 실천하면서 나의 가치를 발견한다. 거짓 사랑과 마비와 중독으로 행복에 이르는 삶, 그 삶이 인간 말종의 삶이다. 수많은 위험한 독을 먹고 마시고 껴안고 살고 있으나 그것이 파멸인 줄 모르는 자. 이때의 파멸과 니체가 긍정하는 파멸은 다르다.

> *"나는 사랑하노라. 왜 몰락해야 하며 제물이 되어야 하는지, 그 까닭을 먼저 별들 뒤편에서 찾는 대신 언젠가 이 대지가 위버멘쉬의 것이 되도록 이 대지에 헌신하는 자를, 나는 사랑하노라. 깨닫기 위해 살아가는 자, 언젠가 위버멘쉬를 출현시키기 위해 깨달음에 이르려는 자를, 그런 자는 그럼으로써 그 자신의 몰락을 소망하고 있는 것이니."*
>
> – 니체, 같은 책

니체는 파멸과 몰락을 강조한다. 위버멘쉬(overman, '초인')의 출현을 위해 소멸하기. 내가 소멸해야 위버멘쉬가 탄생하기 때문이다. 내 안에 있는 창조자인 위버멘쉬의 탄생은, 지금 나의 죽음이 선행돼야 하므로. 자기 몰락의 의지가 곧 인간을 넘어 가려는 의지다. 화살이 되어 떠나버린 자. 그는 존재론적으로 변이를 겪은 자다. 그는 춤추는 자다. '중력의 영(靈)'을 자기 안으로 통합해서 가벼워진 자. 그는 '신을 사랑하기에 자신의 신을 죽인다'. 그는 신을 노엽게 해서 신에게 파멸당하는 자다. 나의 신은 무엇일까? 가족, 돈, 권력, 명예, 애인, 부모, 자식, 신앙….

인간 말종은 내가 이용해 먹은 타인을 향해 자신의 박애정신을 자랑하고, 나를 위해 평등의 가치를 내세우면서 그것을 숨긴다. 인간 말종은 현실의 고통을 잊기 위해 행복이라는 가짜 가치를 만들어 세계를 '작고 초라하게' 만든다. 인간 말종은 경멸스러운 허위 속에 살면서 스스로 교양인이라고 자부심을 드러낸다.

반면 위버멘쉬는 인간 말종을 극복하는 자다. 자기를 경멸하는 자. 매 순간 상승하며 완성하는 자. 안주하지 않는 자. 넘쳐 흐르는 영혼을 가진 자. '힘 역학의 대가'. 그는 삶의 대가다.

·

"나는 사랑하노라. 자신을 잊을 만큼. 그리고 자신 속에 만물을 간직할 만큼 넘쳐흐르는 영혼을 지닌 자를. 그럼으로써 만물은 그에게 멸망의 계기가 되리니. (…) 나는 사랑하노라. 아낌없이 자신을 내주는 영혼을 지니고 있는 자를, 누군가가 그에게 고마워하기를 바라지 않고 되갚기도 바라지 않을 자를. 그런 자야말로 베풀기만 할 뿐, 자신을 보전하려 하지 않기 때문이다."

– 니체, 같은 책

자신을 잊고 타자를 품어 안는 정신, 그 자를 차라투스트라는 사랑한다. 그 자는 또한 사랑하는 자다. '아낌없이 자신을 내주는 영혼을 지닌' 그는 '고마워하기를 바라지도 않는다'. 주기만 할 뿐이다.

이웃사랑은 사랑이 아니다. 이웃사랑이란 기껏해야 나를 위한 사랑이다. 그것은 나의 존재 증명을 위한 본능에 지나지 않는다. 사랑은 먼 곳에 있는, 나와는 다른 별에 있는 자에 대한 사랑만이 니체적 사랑일 것이다. 먼 행성, 자기의 고독 속에 있는 자, 무리 속에서 자기를 보전하려 하지 않는 자, 그 자는 나의 적이 될 수도, 벗이 될 수도 있다. 모르는 별에 있는 타인에게 베푸는 사랑, 그러나 고마워하기를 바라지 않는다. 넘쳐흘러서 안 줄 수가 없어서 주는 것일 뿐이니까. 넘쳐흐르는 나의 사랑을 이유 없이 베풀고 나눠준다. 베풀어라. 그러나 태양처럼 베풀어라.

태양이 이 세상 모든 것들에게 빛을 주는 것은 이유가 없다. 주지 않을 수 없어서 주는 것이다. 너무나 당연해서 아무도 태양에게 감사하지 않는다. 태양은 감사를 바라지 않는다.

그러나 현실의 사랑이라는 것은 니체의 눈으로 보면 하나같이 인간 말종들의 위선에 지나지 않는다. 그들은 이웃을 사랑할 뿐이다. 멀리 있는 자에게 왜 사랑을 베푸는가? 왜 밑지는 장사를 하나? 차라투스트라가 만난 '성자'는 차라투스트라에게 충고한다. 사람들에게 뭐든 불쑥 주지 말라. '무엇을 줄 생각이라면 적선 말고는 주지 말라. 저들이 그걸 구걸하게 하라'고.

받는 자가 미안해하지 않게, 버리듯이 주라

잔인하지 않은가? 이유 없이, 받는 자가 미안해하지 않게, 내가 필요 없어서 버리듯이 주면 절대 안 된다. 태양처럼 주면 안 된다. 구걸하게 하고, 간절하게 손을 벌려 간구하게 한 후 적선하듯이 주어야 인간은 고마움을 알기 때문이다. 자화자찬하고, 자기 자랑 늘어놓고, 상대가 구걸하는 심정이 될 때까지 참았다가 줄 때 그가 '베푼 사랑'은 커다란 효용으로 그에게 보답한다. 고개 조아린다.

헌 옷 수거함에 안 입는 옷을 버리듯이, 상대방이 오히려 큰소리치면서 가져가도록 베푸는 사랑을 하라고, 그것도 내가 속한 무리인 이웃이 아닌, 멀리 있는 자에게 주라고 니체는 말한다. 차라투스트라는 '구걸하게 한 후 적선하라'는 성자의 조언에 이렇게 대답한다.

"나 적선 따위는 하지 않지. 나 그 정도로 구차한 것도 아니고."

인간 말종과 위버멘쉬의 차이점이다.

진리라는 번개

대학, 자유, 돈, 진리

대학 신입생 시절, '진리가 너희를 자유케 하리라'의 의미에 대해 이야기를 나눈 적이 있다. '대학에는 왜 가야 할까?'에 대해서도 토론했다. 누가 그런 물음을 제기했는지, 뭐라고들 말했는지 잘 기억이 나지는 않는다.

어슴푸레한 결론은 진리를 알게 되면 자유로워진다는 것인데 자유로운 것이 무엇인가는 제각각 달랐다. 뭐가 자유로운 걸까? 누군가가 말했다. 아무도 자유롭지 않다고. 지금 당장 버스 토큰이 없으면 우리는 아무데도 못 간다고. 그러니 돈 없으면 자유롭지 못하다고 했고, 자유케 하는 것이 뭔지 알기 위해 대학에 들어온 거라고도 했다. 대학에서 진리와 자유에 대해 알게 되리라고 생각한 걸까?

'대학에는 왜 가야 할까?'에 대해서는 초등학교에서 중 · 고등학교 가듯 자연스럽게 대학에도 가는 거 아니냐고 누군가 말했다. 문득 생각했다.

돈 없어서 대학 못 가는 사람이 허다한데 그렇게 말하는 건 뭘 모르는 걸까? 모르는 척하는 걸까? 그런데 대학에는 꼭 가야 할까?

여하튼 커피숍에서 수다 떨던 이야기의 결론은 진리라는 것이 있긴 한데 그걸 배우려고 대학에 들어왔다는 것이었다.

나의 진리와 너의 진리는 동일할까?

진리란 무엇일까? 진리란 것이 정말 있긴 한 걸까? 나의 진리와 너의 진리는 동일한 것일까?

상식적으로는 그래야 할 것 같다. 플라톤을 따라서 지금 이곳에 도달한, 서양 형이상학의 전통에 기반하고 있는 우리들 삶 아닌가? 그런데 정말 보편 진리라는 것이 있기는 한 걸까? 있을 것 같다! 우리는 지금 그걸 받아들이면서 살고 있는 것 아닐까? 그래? 그렇다면 지금 이곳의 진리와 바다 건너, 시간을 거슬러 중세의 어느 시점의 진리는 동일한가? 미래의 진리는 지금 이곳의 진리와 동일할까? 이 지구별과 저 화성의 진리는 동일할까? 진리는 변하는 것일까? 우리는 불변의 진리를 신앙하고 있는 것은 아닐까?

니체는 진리에 대해 뭐라고 말했을까? 학문에 대한 니체의 견해는 무엇일까? 과학에 대해서는 어떤 입장을 취했을까? 니체의 이야기를 들어보자.

"즉 학문에 대한 우리의 신앙은 여전히 형이상학적인 신앙에 기초하고 있으며, — 오늘날의 인식자인 우리들, 무신론자이며 형이상학에 반대하는 우리도 수천 년간 지속된 낡은 신앙이 점화시킨 불길에서 우리의 불꽃을 얻어오고 있는 것이다. 이 낡은 신앙이란 다름 아닌 저 그리스도교 — 신앙, 또한 신이 진리이며 진리는 신성한 것이라고 믿었던 플라톤의 신앙을 말한다…. 그러나 이제 이 신앙이 점점 더 신빙성을 잃어간다면, 신성한 것은 아무것도 없다는 것이 입증되어 그것이 단지 오류, 맹목, 허위임이 드러난다면, — 신 자체도 우리가 꾸며낸 오래된 허위임이 입증된다면 — 어떻게 될 것인가?"

– 니체, 《즐거운 학문》

그러니까 '학문에 대한 우리의 신앙은 여전히 형이상학적 신앙에 기초하고 있으며' 이 학문 세계의 신앙은 플라톤의 신앙이라는 설명이다. 학문 세계에서 진리에의 의지는 '나 자신도 포함하여 기만하지 않으려는 의지', 즉 도덕의 문제로 환원된다. 그러나 삶은 비도덕적이고 가상 위에 서 있다. 삶은 '오류, 기만, 위장, 현혹, 자기기만' 위에 서 있는 것이다. 때문에 진리에의 의지는 삶의 파괴의 의지, 죽음의 의지다. 학문에 대한 신앙을 전제하는 인간은 이 세계와 다른 하나의 세계를 긍정하려는 것인데 그것은 지금 이곳 이 세계를 부정해야 하는 것이다. '오늘날 인식하는 자인 무신론자도 이 낡은 신앙에서 인식의 불꽃'을 얻어온다. 니체 자신도. 이 이성의 불꽃은 바로 플라톤의 신앙이다. 오늘날 자연과학도 플라톤 신앙에서 이론의 불꽃을 얻어 온다. 결국 오늘날 학문의 세계도 플라톤주의 신앙

아래서 이루어지고 있다.

플라톤의 신앙은 우리 인간의 뼛속까지 사무치게 스며들어 있다는 진단이다. 그러나 우리의 진리에의 의지는 도덕 위에 서 있고 우리의 현실은 가상 위에 서 있는 아이러니를 니체는 지적하고 있다.

결국 지금 이 시점에서 우리가 생각하는 진리란 무엇일까? 과학이란 무엇일까? 우리가 '신앙하는' 진리는 플라톤주의적인 이데아이며 우리가 상정하는 과학 또한 플라톤주의적인 형이상학에 지반을 두고 있다고 니체는 이해한다. 그래서 니체는 《즐거운 학문》 344절에서 '우리는 아직 어느 정도로 신심(信心)이 깊은가'라고 소리친다.

고정불변의 보편 진리는 있을까?

고정불변의 보편 진리라는 것이 있을까? 보편 과학이라는 것이 있을까? 니체는 개별 '진리들'이 있다고 말하는지도 모른다. 과학이란 세계에 우리가 부여한 해석이며, 언제든지 더 나은 해석이 나올 경우 새로운 과학에게 자리를 물려주고 퇴장해야 하는 운명이다. 그러니까 진리도 과학도 한시적으로만 그 자리에 있을 뿐이다.

"그러나 이 금욕주의를 강제하는 것, 즉 진리를 향한 무조건적 의지란 금욕주의적 이상 자체에 대한 신앙인 것이다…. 이것은 형이상학적 가치, 진리의 가치 그 자체에 대한 신앙이며 또한 이 가치

는 저 이상 속에서 보증되고 확인된다…. 이 모든 철학 안에는 진리를 향한 의지 자체가 어느 정도나 먼저 변명을 필요로 하는지에 대한 문제의식이 빠져 있다. 이 점에서 모든 철학에는 어떤 결점이 있는 것이다. — 이 원인은 어디에서 오는 것일까? 그것은 금욕주의적 이상이 모든 철학을 지금까지 지배했기 때문이며, 진리가 존재로, 신으로, 최고의 법정 자체로 세워졌기 때문이며, 진리를 문제 삼는 것이 전혀 허용되지 않았기 때문이다. 이 '허용된다'는 말을 이해하는가? — 금욕주의적 이상의 신에 대한 신앙이 부정되는 그 순간부터, 또한 어떤 새로운 문제가 있게 된다.: 그것은 진리의 가치에 대한 문제이다. — 진리를 향한 의지는 비판될 필요가 있다. — 여기에서 우리의 과제를 규정해보자. — 시험 삼아 한 번은 진리의 가치를 문제 삼아야 한다.

– 니체, 《도덕의 계보》

즉 진리의 문제는 진리의 가치를 문제 삼아야 한다는 것이다. 그것이 삶에 유용한가? 이 삶을 부정하고 저 배후의 세계를 희구하는가? 그렇다면 그것은 비판될 필요가 있고 문제 삼아야 한다. 니체에게는 진리가 지금 우리에게 '존재'로 '신'으로 '최고 법정'으로 군림하는 현상이 문제다. 영원한 이데아 같은 진리는 없다. 그것이 삶의 가치에 긍정적인 역할을 하는 것일 때 진리는 정당화된다.

그래서 대학 신입생 시절 고민했던 '진리가 우리를 자유케 하리라'라는 물음은 이제 새 국면을 맞는다. 그 진리란 것을 우리는 '신으로, 참 존재로, 최고 법정'으로 떠받들지 말아야 한다는 것, 보편 진리라는 것은 없다는 것, 즉 진리란 없다!라고 말해야 하는 것이 아닐까? 그게 아니라면 진리란 다수성으로 한시적으로 존재한다고 말해야 할까? '진리가 우리를 자유케 하리라'에 대해 생각하는 이 시간. 삶에, 대지에 기반하는, 삶을 긍정하는 진리들은 우리를 자유케 할 것이라고 결론 내려 본다.

그런데 '진리가 우리를 자유케 하리라'라는 금언에 따라 자유를 추구한다는 것, 이것은 "너는 아직 자유롭지 못하다. 그 때문에 아직도 자유를 추구하고 있는 것이다. 너의 그 추구가 너로 하여금 밤을 지새우게 했으며 긴장을 늦추지 않도록 만들었겠다."라고 차라투스트라는 고뇌하는 청년에게 말한다.

> *"그렇습니다, 차라투스트라여, 그대는 진리를 말하고 계십니다. 내가 높은 곳에 오르려 했을 때, 나 그때 나의 몰락을 갈망하고 있었지요. 그리고 그대가 내가 기다려온 바로 그 번갯불입니다."*
>
> – 니체, 《차라투스트라는 이렇게 말했다》

번개는 나를 태워 재가 되게 한다. 몰락의 서사는 매혹적이다. 나의 몰락은 나의 생성의 다른 이름이다. 몰락 옆에는 탄생이 있고 재가 된 자는 불꽃을 생성할 힘을 갖는다. 그러니까 몰락과 생성은 위대한 겹침의 순간, 그림자가 가장 짧은 위대한 정오에 하나가 둘이 되는 순간이다. 진리는 번개처럼 너에게 온다. 진리는 번개가 되어 너를 순식간에 잿더미로 만드는 수만 가지 현상들의 이름이다. 진리라는 번개를 매일 맞으면서 몰락과 상승을 향한 순간과 과정의 완성, 그 완성의 순간들이 영원히 회귀한다. 그 순간 나의 삶은 긍정된다. 그러니까 진리는 수만 가지이며 수만 가지의 현상이며 그 수만 가지는 비진리이며 오류이기도 하고 가상이기도 하고 '기만, 위장, 현혹, 자기기만'이기도 하지 않을까? 그것은 한시적으로 나에게 번개이면 족하다. 진리는 비진리와 포개어져 있다. 당신은 당신의 진리를 알고 있는가?

처음의 질문! 대학은 왜, 가야 할까? 가야 할까 말아야 할까?

모르겠다. 나는 지금 내 아이에게 가능하면 대학에 가라고 하니 말이다.

동정과
우정 사이

거지와 친구, 사랑과 우정

몇 해 전, 초등학교에서 논술 수업 중 '추운 겨울 지하철 계단에 앉아 있는 거지를 도와주어야 할까?'를 놓고 토론했다. 도와줘야 한다는 측과 도와주지 말아야 한다는 측이 팽팽했다. 이유는 각양각색이었으나 한 아이의 의견이 재미있었다. "저는 도와줄 거예요. 도와주고 나면 기분이 좋아지니까."

니체라면 어떻게 말했을까?

""동정의 종교"는 (혹은 "심장"은) 도움을 주라고 우리에게 명령한다. 그리고 사람들은 가장 빠른 도움이 최선의 도움이라고 믿는다! 이러한 종교의 추종자들인 그대들이 다른 사람들에 대해 지니고 있

는 생각을 그대들 자신에 대해서도 가지고 있다면, 그리고 고통이 그대들에게 단 한 시간이라도 머무는 것을 원하지 않고, 모든 불행의 가능성을 일찌감치 미리 예방한다면, 또한 고통과 불쾌를 악하고, 증오할 만한 것이고, 근절시켜야 하며, 실존의 오점이라고 느낀다면, 그대들은 동정의 종교 이외에 또 하나의 종교를 마음속에 지니고 있는 것이다. 그리고 아마도 이 종교야말로 동정의 종교의 어머니일 것이다: — 그것은 바로 안락의 종교다."

– 니체, 《즐거운 학문》, 338

니체라면 거지를 도와주지 말라고 했을 것이다. 니체는 동정의 감정을 경계한다. 동정은 동정하는 나에게도, 상대에게도 무익하다고 본다. 동정이란 '유해한 충동'이라는 것이다. 결과적으로 세상의 고통을 증가시키고 인간을 난장이로 만드는, 동정의 본질이란 개체가 감당해야 할 소중한 어떤 것을 제거하는 것이라고.

특히 베푸는 자는 상대의 고뇌와 복잡한 사정을 동정이라는 감정으로 환원해버린다. 이것은 동정받는 사람을 무력하고 우울하게 한다. 투혼과 극복의지를 빼앗아 갈 수 있다. 니체는 인간의 행복과 불행을 쌍둥이로 본다. 인간에게서 고통이나 불행을 제거할 때 행복도 제거된다고 보는 것이다.

베푸는 자는 희열을 느낀다. 남의 고통에 견주어 자기 삶에 감사하게 된다. 나의 은총이 타인의 고통을 경감시킬 수 있다는 오만을 갖는다. 은총과 자비를 베풀면서 우월감과 승리감을 맛보기도 있다.

니체는 고통은 당사자에게 '꼭 필요한 무엇일 수도 있다'고 생각한다.

'고통을 통해 자신의 하늘에 이르는 길'을 스스로 발견할 시간이 필요하니 섣불리 침입하지 말라고. (이 지점에서는 반발심이 생긴다. 스스로 극복할 때까지 타인의 고통을 그냥 놔두라고? 굶어죽게 두라고? 병들어 곧 사망하게 생겼는데 놔두라고? 수술비가 없는데 그냥 두라고? 나는 어느새 니체적 의미의 동정의 종교의 맹신자가 된 것인가?)

고통을 통해 자신의 하늘에 이르는 길

그러나 니체는 언급했듯이 베푸는 자가 자기 문제에서 도망쳐서, "동정의 종교"로 도피하는 것이 아닐까를 의심하는 것이다. 대면해야 할 자신의 길에서 달아나기. 이는 나와 남에게 해가 되는 삶이다. 나의 고통을 잊기 위해 너에게로 가서 도움을 주는 것, 그 행위는 다름 아닌 그 자신을 구원하는 행위지만 그것은 가짜다. 그런 행위는 나를 위해서도 상대를 위해서도 백해무익하다.

그럼 누구를 도와야 할까? 니체는 친구를 도와주라고 말한다. 그것도 자기가 '자기 자신을 돕는 방식으로' 도와주라고. 내가 나를 어떻게 돕는가?

나는 나에게 좋은 것, 옳다고 여겨지는 것을 준다. 그렇지 않은가? 물론 반대의 경우도 있다. 담배가 안 좋다는 걸 알면서도 내게 담배를 준다. 그러나 인간은 본성상 최상의 것을 자기에게 주려고 한다. 그렇게 구성된 존재가 지금의 나다. 혹 내 모습이 만족스럽지 않다면 다르게 조형할 수 있다. 현재는 미래의 나에게로 가는, 현재의 나를 변형할 수 있는 시간이다. 나를 변형하는 이 능력은 미래를 향한 열린 나를 희망할 수 있게 한다.

이 경우 미래의 나는 과거의 나를 변화시킬 힘을 갖는 것이다. 내가 나를 돕는 방식, 그 방식으로 친구를 도와주라고.

니체는 어려움에 처한 사람을 돕고 싶겠지만 "너와 동일한 고뇌, 동일한 희망을 지니고 있기 때문에 그들의 고통을 네가 완전히 이해할 수 있는 사람들, 네 친구들에게만 도움을 주라"고 말하는 것이다. (같은 책 338)

인간이 타인을 이해한다는 것은 쉬운 일이 아니다. 불가능에 가깝다. 우리는 타인의 내밀한 사정을 알지 못하며, 안다고 해도 피상적인 느낌이나 해석일 뿐이다. "널 알아", "이해해", "네 마음 다 알아"는 레토릭일 가능성이 높다. 니체는 '한솥밥을 먹는다 해도' 우리는 서로에게 '숨겨진 존재'라고 말한다.

해서 누구를 동정해서 돕는다는 것은 폭력이 될 가능성이 높다. 우리는 마구잡이식 선행을 경계해야 한다. 그것은 자신의 만족을 위한 배설행위가 될 수 있으니까 말이다. 그러니 도움을 주려거든 친구를 도와주라. 친구라는 것은 '동일한 고뇌와 동일한 희망을 지니고 있으므로 그의 고통을 내가 이해할 수 있는' 존재이다. 이때 니체는 그를 친구라고 부른다. 내가 나만큼 잘 알고 있는 존재. 니체는 우정을 사랑보다 한 차원 높은 감정으로 본다.

거지를 돕지 말고 친구를 도와라

친구에게 도움을 주면 친구는 당당하게 받는다. 친구란 당당함과 호혜의 원칙이 적용되는 관계의 비유가 아닐까? 친구 아닌 자에게 예컨대 거지에게 준다는 것은 위선이거나 기만일 수 있다.

나는 그를 모르며 그의 고뇌를 모르며 총체적으로 그를 모른다. 그런데 나는 그를 동정해서 무상으로 무엇을 베푼다. 그때 나는 우월감을 느끼며 거지는 모멸을 삼켜야 한다. 이것은 주는 자도 받는 자도 병들게 한다. 일종의 질환이다.

니체는 사랑을 이기적인 소유욕이라며 사랑을 뛰어넘는 가치를 우정이라고 말한다. 이 우정의 관계에서만 도움을 줄 수 있다. 그 정도의 높은 수준의 감정에서 나눌 수 있는 베풂은 허용하지만 동정, 연민, 박애의 감정은 악덕이 되기 십상이기 때문이다.

그러니까 인간과 인간이 대등하게 우정을 나누는 관계. 그 관계는 나이 많고 적음이나 남녀의 구별을 넘는 어떤 것이다. 니체는 우정을 어떻게 보았을까?

> *"때로는 지상에도 서로에 대한 두 사람 사이의 소유욕이 일종의 새로운 욕망과 소유욕에, 다시 말해 그들을 초월해 있는 이상을 향한 보다 높은 공동의 갈망에 자리를 비켜주는 일종의 사랑의 속편이 있다. 그러나 이런 사랑을 누가 알고 있는가? 누가 이런 사랑을 경험했는가? 그것의 올바른 이름은 우정이다."*
>
> – 니체, 《즐거운 학문》, 14

'일종의 새로운 욕망과 소유욕', '보다 높은 공동의 갈망에 자리를 비켜주는 사랑의 속편'이 바로 우정이다. 그러므로 사랑하는 자들은 친구가 되어야 한다. 우정은 평등한 관계를 상정한다. 친구가 되는 사랑. 그 사랑은 서로 친구가 되면서 시작되고 친구로 완성되는 사랑이다.

평등하지 않은 사랑도 많고 친구가 되지 못하는 사랑도 많다. 때로 사랑도 아닌 사랑도 있으니 우정을 나누는 사랑이야말로 최고의 사랑이라고 니체는 말한다. 이 말, 우정, 일종의 사랑의 속편에 대해 고민해 보는 아침이다.

친구로서 주어라. 친구가 아닌 자에게는 주지 마라. 네가 친구가 아니라면, 그가 네 친구가 아니라면 줘서는 안 된다. 이때 주는 것은 '동정의 설교자들'이 거지에게 주는 것일 뿐이다. 이 경우 주는 나도 병든 자이며 받는 타인은 졸지에 거지가 된다.

니체는 말한다. 베풀려거든 먼저 친구가 되어라. 당신이 베푸는 자가 되고 상대가 수혜자가 되는 동정의 관계는 질환이며 악행이다. 친구가 아닌 경우는 절대로 돕지 마라.

그의 기를 살려주고 그에게 도움이 되는 도움만이 필요하다. 기울어진 관계에서 동정은 폭력이며, 오히려 한 인간이 성숙을 위해 '꼭 거쳐야 할 지옥'을 그에게서 제거하여 그를 불행에 빠트리는 행위가 될 수 있다. 돕기 전에 친구가 되라. 그것이 친구에게 적절한 것인지, 좋은 것인지 헤아려 본 후, 내다버리듯이 줘라. 필요 없어서 주는 것처럼, 그래서 즐겁고 당당하게 받도록 하라. 어느 날 친구도, 당신에게 이렇게 줄 것이다.

진리의 적들

신념과 거짓말, 진리와 오류

'신념은 거짓말보다 더 위험한 진리의 적이다.'

니체가 그의 저서 《인간적인 너무나 인간적인 I》에서 한 말이다.

신념이 거짓말보다 위험한 적이라니? 신념을 위해 불이익을 감수하고 때로 목숨까지 내놓는 사람들에게 우리는 존경을 보낸다. 성자의 경지에서나 가능한, 통절한 정신에 경외심을 갖게 된다. 유불리(有不利)를 따지고 경제논리에 이끌리며 사는 우리네 삶을 생각해 보시라. 시류에 편승해서 적당히 무임승차하려는 태만한 정신들은 또 어떤가?

그런데 니체는 묻는다. "사람들은 왜 자신의 신념에 충실한 사람에 대해서는 경탄하고 신념을 바꾸는 사람은 멸시할까?" 니체는 이해타산이라는 동기 때문에만 사람들이 신념을 바꾼다는 생각에 우려를 나타낸다.

오히려 인간은 시시때때로 '신념'을 바꾸는 존재여야 한다. 말하자면 환경에 따라 옷을 바꿔 입듯이, 생각을 바꾸는 것, 신념을 갖지 않는 것이 인간에게 필요한 덕목일지 모르겠다.

왜 니체는 신념을 지닌 사람들을 경계했을까?

"신념이란 인식의 어느 한 지점에서 절대적인 진리를 소유하고 있다는 믿음이다. 따라서 이 믿음은 절대적 진리가 존재한다는 것과 그와 마찬가지로 그 진리에 이르기 위한 완전한 방법이 발견되어 있다는 것 그리고 끝으로 신념을 가지고 있는 모든 사람은 이 완전한 방법을 사용한다는 것을 전제로 한다."

– 니체, 《인간적인 너무도 인간적인 I》

니체는 '신념을 갖는 것'을 무서운 현상으로 본다. 인류의 역사는 자신의 신념을 위해 희생하는 수많은 사람들을 산출했다. 인류 역사는 투쟁의 역사다. 그런데 이 투쟁은 '의견들의 투쟁'이 아니고 의견에 대한 믿음, 즉 '신념들의 투쟁'이라는 지적이다. 신념을 위해 목숨을 바치고 무고한 생명을 살상한 사람들이 자신의 '신념'에 대해 의문을 갖고 그 신념이 형성된 배경을 연구했다면, 그래서 신념을 의심해보았다면 인류의 역사는 훨씬 평화로워졌을 것이라고.

신념이 강한 구성원들이 많을수록 그 사회는 위험하다

인류는 지금도 신념을 위한 무수한 싸움을 진행 중이다. 멀리 갈 것도 없이 미국적 휴머니즘이라는 신념으로 똘똘 뭉친 미국의 행태를 보시라! 이슬람은 또 어떤가? 기독교는 어떤가? 우리 사회의 진보와 보수 진영을 보시라(나는 스펙트럼 상, 진보의 가치를 주장하는 군(群)에 속할 것이다. 그러나 이것이 도그마가 되지 않기를 바라며, 조심한다. 나를 제3자로 설정하고 무책임한 비판을 함부로 하지 않으려고 나의 입장을 밝힌다).

신념이 강한 구성원들이 많을수록 그 사회는 위험하다. 신념은 견해나 주장이나 상상과는 다른 형질에 속하는 괴물의 모습으로 출현하기 쉽다. 그것은 너무도 강렬해서 자신을 태우고 타자를 태우고 아직 배가 고파서 굶주린 눈으로 희생의 제단에 올려질 제물을 기다리는 배고픈 정신은 아닐까?

우리에게 신념이 있는가? 신념을 의심하자. 신념을 배신하자. 어떤 일이 벌어질까? 아무 일도 벌어지지 않는다. 내가 확장되고 인식의 지평이 넓어지는 경험을 할 것이다. 매일매일 나를 배반하자. 나의 신념을 배반하고 나의 익숙한 정신에 환멸을 느껴보자.

인생사에 고정불변하는 것이 없다. 절대적인 진리도 없고 절대적인 선도 악도 없다. 니체는 신념을 '절대적인 진리'로 고수하는 것을 성숙하지 못한 증상으로 간주한다. 인간의 역사는 이 같은 어리석음을 반복한 역사였다는 것이다.

이 세계를 '생성'으로 보는 니체에게는 어찌 보면 신념이라는 말 자체가 아이러니로 보일 것이다. 세상은 단 한순간도 고정되어 있지 않고 변화하는데 신념이라니? 생성의 세계는 끊임없이 변화하는 운동과 시간이 전부인 세계. 거기서 신념 때문에 목숨을 버리는가? 신념 때문에 타인을 죽이는가? 신념 때문에 배제하고 구분 짓고 경계 짓는가?

신념을 진리의 적으로 보는 니체에게 나는 오늘 묻고 싶다. 이 세계에서 신념 없이(견해 없이가 아님!) 잘 사는 방법이 무엇인가?

니체는 말하리라.

"네 운명을 사랑하고 재미있게 즐겁게 가볍게 살아라."

"즐겁지 않는데? 재미있지 않은데?"

"그래도 즐겁게 살아라. 기쁘게 살아라. 파도 앞에서 모래성 쌓기 놀이를 하는 어린아이처럼 살아라. 그것이 전부다!"

너 자신이 되어라

인간, 유일무이한 기적

올해 중학생이 된 딸아이가 뜬금없이 한복모델 선발대회에 나가겠다고 했다. 지난겨울부터 부쩍 모델 타령을 하던 아이다. 뭐? 무슨 모델? 허파에 바람이 들어도 단단히 들었네. 인터넷에서 검색해보니 아나운서, 승무원 등등 젊은 아가씨들이 많이 지원하는데 연예인 지망자들이 많은 듯했다. 중학생이 웬 한복모델?

접수비 10만 원만 주면 돼. 한복도 다 무료로 대여해 준대. / 너 키 몇이냐? / 162cm / 너 몇 살이냐? / 14살…? / 네가 거기 왜 나가? / …. / 거기는 키 170cm 되는 늘씬한 미인들이 연예인 되려는 건데 꼬마가 왜 나가냐고? / 아닌데…. 14살부터 59살까지 여자면 다 나갈 수 있어. / 내 말은… 그러니까 작년에 14살 먹은 꼬마가 나왔냐고? 지금은 공부해야 할 나이잖아. 집에서 글자 한 줄 안 보면서. 왜 남들 안 하는 짓만 골라서 하는 건데? 뭐가 될라고? 14살짜리가 누가 거기 나가? 엉? / 나갈 거야. 나갈 거거든! / 뭐? / ….

나는 붉그락푸르락했다. 그러나 내가 졌다. 며칠 후 접수비를 입금해 주었다. 믿을 만한 대회이긴 했으나, 남들 안 하는 짓 하는 아이가 미웠다. 하지만 어쩌랴. 아직 선발 중인 남쪽 지역에 접수했다. 전체 545명이 접수했는데 그중 325명을 선발하는 1차 예심에 통과됐다고 연락이 왔다.

2차 본선은 예심을 통과한 325명이 아름다움을 겨룬다. 아이와 나는 4월 어느 토요일 새벽 광주행 첫 기차를 탔다. 이참에 ktx를 이용해 보려 했으나 ktx도 없고 좌석도 없어서 입석을 이용했다. 3시간 40분 후 역에 도착, 택시를 타고 행사장을 향했다. 점심은 먹는 둥 마는 둥. 헤어숍에서 머리 손질과 화장을 한 어여쁜 참가자들이 하나둘 모여들었다. 딸아이는 급히 화장실에 가서 다이소 등에서 산 화장품으로 삐뚤빼뚤 화장을 하고, 머리를 단정하게 손질하고 나왔다. 뒤를 보니 머리를 하나로 묶은 후 둥그렇게 말아 다시 묶었는데 머리카락 끝이 조금 삐져나왔으나 내버려두었다. 그리고 등록을 하고 혼자 리허설장에 들어갔다. 리허설장에는 본인만 들어갈 수 있다고 했다. 평소 한복을 입어보지 않은 14살 아이가 혼자 입을 수 있을까? 어떤 걸 고를까? 조금 걱정이 됐으나 어쩔 수 없다.

몇 시간이 지난 후 공연이 시작됐다. 아이가 나온다. 스스로 고른 한복을 챙겨 입고 무대에 나타난 딸아이. 예쁘다! 무대 앞으로 경쾌하게 걸어 나오는 아이 표정에는 긴장 같은 건 없다. 기쁨이 넘치는 얼굴. 포즈도 자연스럽다. 팔을 들고 다소곳이 춤사위를 춘다. 미소 짓고, 한 바퀴, 반대로 한 바퀴, 몰입, 그리고 미소… 심사위원들이 집중한다. 아이는 행복해 보였으며 14세 최연소 나이가 믿기지 않을 만큼 자연스럽고 아름다운 매력을 선보인 후 사뿐히 퇴장했다. 나는 놀랐다. 아이 아빠를 안 데려온 것이 후회가 됐다. 같이 따라와 준 대가로 잔소리만 한 바가지 한 것. 나는 그것만 했는데. 저 춤의 포즈는 언제 익혔을까? 방에서 음악소리가 들리더니 며칠간 저 동작 연습했나 보네.

"꺅! 아악! 엄마! 여기 와 봐! 내 이름! 여기 내 이름 있어! 꺅! 나 힐튼호텔 간다!"

이틀 후 저녁 6시. 컴퓨터 화면에 325명 중 뽑힌 17명의 명단에 아이 이름이 떡하니 올라 있었다. 사실 그전 5시 49분에 내 휴대폰에는 이미 결선 진출을 축하한다는 메시지가 와 있었으나, 아무 생각도 없었으므로 휴대폰을 보지 못했다. 꺅! 나도 비명을 질렀다. "5월 26일 서울 그랜드 힐튼호텔 최종 결선 진출, 축하합니다… 등등"

지난 시간들이 스쳐 지나갔다. 이만큼 아이를 키우는 데 상상할 수 없을 만큼 힘이 들었다. 육아가 이리도 고되고 힘든 것이었나? 누구나 자식 키우는 거라지만 나는 엄마 역할이 맞지 않는 듯했다. 마흔이 넘은 노산으로 손목이 시큰거려 아기를 안아 줄 수 없었고, 체력이 달려서 놀아주지도 못했다. 아이 아빠는 그때나 지금이나 자기 일에 바쁜 사람이다. 출산 백 일 만에 직장에 나갔으므로 동네 아주머니에게 맡겨 키운 아기는 온갖 병에 걸리고 다치고 입원하고 수술하고 아프고 아팠다. 나는 직장은 그만두었고, 길고도 막막한 육아가 시작됐다.

그 아이가 올해 중학생이 되었다. 건강하게 잘 자랐다. 종종 딸은 방금 멋에 눈을 뜬 사람처럼, 이제 막 마음껏 어여쁜 옷을 연출해 입을 권리를 얻은 사람처럼 거울 앞에 서서 자기를 본다. 엄마인 나는 종종 신기하다. 내가 무슨 복이 있어 저리 예쁜 아이를 낳았을까? 자연 미인이란 저런 모습일 거야. (가끔 내 눈에만 그렇게 보인다!) 그러나 사춘기에 접어든 딸은 아쉬운 점이 있나 보다. 키는 좀 더 작았으면 좋겠고, 다리는 더 얇았으면 좋겠고 얼굴은 마음에 들지만 머리숱이 좀 더 적었으면 좋겠고 등등.

그런데 멋을 부리려는 딸아이와 그 멋이 튀는 것이 되어 사람들 눈살을 찌푸리게 할까 봐 나는 걱정한다.

"치마가 너무 짧잖아. 티셔츠 색이 진하잖아. 엄마가 골라준 옷이 훨씬 예쁜데 날라리같이 이게 뭐야. 어이구 이 옷 빨리 내다 버려야지. 아니 이걸 또 왜 입어? 집에서 입으라고 마트에서 주워온 걸 입고 나가겠다고?"

곰곰 생각해 보면 내가 결기를 부리는 이유는 단 하나다. 사람들 때문이다. 그들의 시선이 걱정되는 것이다. 모난 돌이 정을 맞는다는 말을 상기하며 혹시 모난 돌이 될까 봐 돌다리도 두드려보며 사는 것이다.

> *"세상 사람들은 모두 풍속과 의견 뒤에 숨는다. 자신이 단 한 번 유일무이한 존재로 세상에 존재한다는 것을, 또 어떤 이상한 우연도 두 번씩이나 그토록 기이하게 다채로운 갖가지를 뒤흔들어 섞어 그 같은 하나의 존재로 만들지는 못하리라는 것을 누구나 다 알고 있다. 그는 그것을 알고 있지만 나쁜 마음인 것처럼 그걸 숨긴다."*
>
> – 니체, 《반시대적 고찰》

왜 사람들은 그것을 숨기는 것일까? 왜 사람들은 자신이 되는 것을 두려워할까?

니체는 두려움 때문이라고 말한다. '인습을 요구하고 인습에 휩싸여 있는 이웃이 무서워서'라고. '무리와 똑같이 생각하고 행동하라'는 압력에서 자유로울 수 없어서 눈치 보며 그 속에 숨어버리는 삶을 택한다는 것이다. 각진 부분을 잘라버리고 모난 부분을 갈아 없애며 울퉁불퉁한 어떤 특성을 평평하게 만든다. 비슷비슷한 모양새로 비슷비슷한 흉내를 내며 살아간다.

왜 사람들은 자신이 되는 것을 두려워할까?

두려움과 함께 니체는 게으름을 들고 있다. 사람들은 편안함을 좋아하고 자신에게 닥치는 정직성과 솔직함을 살아낼 자신이 없다. 습관에 젖어 관성에 따라 살고 싶은 사람들. '인간은 겁도 많지만 무엇보다 게으르다'는 것이다.

니체는 "대중에 속하지 않으려는 인간은 자신에게 반(反)해서 편안해지려는 것을 멈출 필요가 있다"고 말한다. 또 "네가 지금 행하고 생각하고 원하는 것은 모두 네가 아니다!"라는 양심의 소리를 따르라고 그것이 너 자신이 되는 것이라고 설명한다(니체, 《반시대적 고찰》).

너 자신이 되어라. 이 말을 들을 때 나는 생각하곤 했다. 너 자신이라는 것이 있기나 한 걸까? 나라는 것의 실체가 있나? 인간은 변화하는 존재다. 우리는 단 한순간도 멈추어 있지 않다. 아마 초고속 현미경으로 내 모습을 며칠간 관찰한다면 미세하게 변하는 나의 외관을 감지할 수 있지 않을까? 《여성의 몸 여성의 지혜》의 저자 크리스티안 노스럽은 인간 몸의 세포는 매일 생성과 소멸을 거듭하는데 7년이 지나면 완전히 새로운 몸으로 다시 태어난다고 말한다. 7년 전의 나와 지금의 나는 전혀 다른 세포로 구성된 존재다. 그러나 새로운 나의 몸에 나의 정신은 옛것을 강요한다. 그게 너잖아!라고. 고대 희랍의 철학자 헤라클레이토스는 인간은 같은 강물에 두 번 들어갈 수 없다고 했다. 강물의 변화도 변화지만, 나도 변한다. 방금 전의 내가 지금의 나인가? 두 번은 고사하고 한 번도 같은 강물에 들어갈 수 없다. 들어가는 순간 강물은 이미 같은 강물이 아니다.

그렇다면 '너 자신이 되어라'는 어떤 의미일까? 니체가 말하는 '너 자신이 되어라'는 역설적으로 지금 내가 나라고 생각하고 있는 것에서 벗어나라는 이야기인 듯하다. '지금 나의 행위, 나의 생각 등은 내가 아니다'라고 외치는 나의 다른 목소리를 듣는 것이 필요하다고. 그런데 나태함 때문에 못한다. 나태하면 감당하기 싫어진다. '나 자신 되기'는 많은 에너지를 나에게 요구한다. 게으름을 딛고, 다가올 두려움을 견딜 힘이 필요하다.

> *"위대한 사상가가 인간을 경멸한다면 그는 그의 나태함을 경멸하는 것이다. 나태함 때문에 인간은 공장에서 생산된 상품처럼 관심도 흥미도 없는 것처럼 보이고, 교류할 필요도, 가르칠 가치도 없어 보인다."*
>
> – 니체, 《반시대적 고찰》

타인과 차이나는 나의 고유성을 발견할 때 기쁨보다는 이거 뭐지? 당황하게 되고 깊이 밀어 넣어버리고 싶다. 좋은 가치로 칭송되는 것이라면 모르되 이곳에서 배척될 만한 어떤 특성이거나 욕망일 때 특히 그렇다. 이제 겨우 중학생인 딸이 한복모델 대회에 나간다고 했을 때 당황했다. 공부할 나이에, 이십 대도 아니고, 사람들이 나를 보고 뭐라 할까, 아나운서, 비행기 승무원 등등 기라성 같은 미인들이 나오는 잔치에 중1년생이 망신당하려고 등등. '너 자신이 되려는' 아이를 주저앉히고 너 자신이 될 수 없는 이유를 수없이 나열하며 가로막는 사람이 바로 엄마인 나 자신이다.

나는 마음을 고쳐먹었다. 누가 뭐라는 것이 대수인가. 애가 저렇게 하고 싶다는데. 평소 자기감정을 잘 표현하지 않고 스스로 삭이는 아이잖아. 경험해보는 것도 나쁘지 않아. 내 안에서는 또 다른 목소리가 나온다. 공부해야 하는데 마음이 붕 떠서 엉뚱한 데 관심을 가지면 어쩌지? 또 다른 목소리가 나를 설득한다. 그렇다고 자기가 할 일 안 하는 애는 아니지. 열심히 하지는 않지만 공부를 못하는 것도 아니잖아. 하지만 어린애가 어른들 잔치에 끼는 것 자체가 웃음거리가 될 걸. 뭐가 되려고 벌써부터 저 모양이지? 아니야, 자신이 되려는 아이를 막을 수야 없지.

자기가 되는 것은 자기 힘의 느낌을 즐기려는 욕망

'자기가 되는 것'은 자기 힘의 느낌을 즐기려는 욕망일 것이다. 나의 몸의 느낌을 따라가는 삶. 그 삶을 살 때, 그 행위를 할 때 나보다 내 몸이 먼저 안다. 기쁨과 고통의 어마어마한 동시적인 에너지가 나를 휘감는 느낌. 내 몸은 언제나 자기가 되려고 한다. 그래서 어떤 일을 결정할 때 내 몸의 반응을 관찰해보면 된다. 내 몸이 달아오르고 뜨거워지는가? 나의 이성이 딴죽을 거는가? 우리 몸 세포의 나이는 40억 년의 역사를 가지고 있다고 한다. 40억 년의 나이를 먹은 내 몸의 세포는 이성보다 훨씬 똑똑하다. 내 몸이 그것을 원하면, 웬만하면 그것을 하면 된다. 그런데 세포들은 자기를 위험으로 내모는 것도 개의치 않을 수도 있다. 자기 파괴조차도 몸은 개의치 않을 수 있다. 그래서 니체는 위험을 감수하는 정신을 그토록 큰 소리로 주장한 것인지도 모른다. 물론 니체는 개체가 자신이 되려는 삶을 살 것을 우리에게 말하지만 무조건 몸을 따르라고 하지 않는다. 여기서 초인(위버멘쉬)이 등장한다.

나는 니체가 '비도덕주의'와 '맹목성의 기쁨'을 말하는 듯한 대목에서 자주 길을 잃고 헤맸다. 니체는 우리에게 그냥 막살라고 하는 것일까? 아니다. 니체는 영원회귀의 관점에서 자기를 지배하는 자, 다시 말해 40억 년을 산 세포의 수준에서 판단하는 자기 극복의 삶을 살라고 말하는 것이다.

'인간은 모두 유일한 기적'이기 때문이다. 이 삶은 다른 사람 시선 때문에 허투루 낭비할 수 없는 한 번뿐인 삶이다. 텔레비전을 켜면 유명 인사들이 자주 하는 '인간은 유일한 기적'이라는 말, 이젠 자기 계발 담론쯤으로 자리매김한 말이지만 이 말을 들으면, 나는 언제나 콧등이 시큰해지고 가슴이 울렁거린다. 이 생을 사는 우리 모두 기적이 아닌가? 이 기적을 살아야지 다른 사람 비교하며 살아서야 되겠는가?

니체는 "예술가들은 인간은 모두 유일한 기적이라고, 근육의 움직임

하나하나에 이르기까지 그 자신이라고 알려 주려 한다."라고 말한다. "인간은 유일무이성의 엄격한 결과로서 아름답고 주목받을 만하며 모든 자연의 작품처럼 새롭고 믿어지지 않을 만큼 대단한 존재"라고. 그러나 인간이 "의견과 공포의 사슬에 묶여 있는 한" 이 유일한 기적, 이 행복한 복음을 알 수 없다. "자신의 창조력을 회피하고는 온 사방을 힐끔거리는 인간보다 더 역겨운 피조물은 이 자연 속에는 없을 것"이라고 니체는 단언한다.

"그런 인간을 공격해서는 안 된다. 그는 알맹이 없는 껍데기고 썩어가고 짓이겨지고 팽팽히 부풀어 오른 옷이며 공포는커녕 동정심도 불러일으키지 못하는, 주렁주렁 달고 치장한 귀신이다. (…) 바로 지금 이 순간의 기이한 우리의 실존이 자기 고유의 척도와 법칙에 따라 살라고 우리에게 힘찬 용기를 북돋아 준다."

– 니체, 《반시대적 고찰》

"꺅! 엄마! 여기 와 봐! 내 이름! 여기 내 이름 있어! 꺅! 아악! 나 힐튼호텔 간다!"

딸아이의 목소리가 우렁우렁 들려온다.

머무르지 않기

병든 웃음과 해방의 웃음

머무른다. 머무른다는 말 안에는 따스함이 묻어난다. 너에게 머무른다. 그곳에 머무른다. 사랑 안에 머무른다.

나이 들수록 머무르고 싶다. 머무르고 싶은 인간의 욕망은 자기 보존의 욕구일까? 늙음의 현상일까? 그곳은 고치 속 애벌레의 어둡고 눅진한 골방, 나는 정겨운 골방에 머무르며 작은 창문의 문풍지 밖을 겁먹은 아이처럼 응시한다. 바람이 불고 흰 눈이 내린다. 문풍지 안 골방은 어머니가 지핀 장작불이 온돌을 달구고 맞붙은 안방 화로에서 고구마가 익고 있다. 머무르고 싶다! 이 안온한 골방, 엄마의 자궁, 내 성정을 이미 알고 있는 친숙한 환경 안에.

나는 자주 오래된 기억 속을 배회한다. 이제 기억에서 일어나야 할 시간. 곧 저녁을 지어야 한다.

허둥지둥 살다 보니 어느덧 이곳에 와 있다. 흐름들 속에 간이역 같은 곳이 존재한다면! 거기서 기거하고 싶다. 긴장이 해소되고 편안해지는 그곳에서, 거기 내 오랜 친구가 있다면 더 좋겠지. 마음이 맞는 너랑 한평생 머무르고 싶다. 다툼과 소란을 멀리 밀어내고. 충일해지고 싶다. 그것이 어떤 이들에게는 죽음 충동으로 받아들여지더라도, 가혹한 밀림과 정글 속에 야생의 짐승들과 몸 부비지 말고, 이유 없이, 웃고 싶어질 때가 있다. 웃자 웃자 웃자. 웃음, 현존재의 '궁극적 해방과 무책임에 이르는 길'.

나는 웃고 싶다

나는 웃고 싶다. 그건 생명 보존의 충동이다. 나는 웃고 싶다. 그건 죽음 충동일까? 정지한 순간처럼. 웃고 웃고 웃자. 나는 웃고 싶다. 웃다가 웃다가 나는 곧 그 웃음에서 울음이 활화산처럼 솟구치는 지점으로 간다. 웃다가 갑자기 욱, 울음이 난다. 울음은 웃음에 진 것이다! 울음은 웃음이 만든 전복의 힘에 굴복한 현상이다. 울음은 웃음의 퇴행 현상이다. 기존의 코드 안으로 숨어 들려는 자의 애도의 형식이다. 그러니까 이때 웃음은 나에게 반동적인 힘으로 작동한다. 그러나 어찌 됐든 웃음은 웃음이다. 웃자!

니체는 울음이 아닌 웃음을 긍정한다. 그 웃음은 웃음의 새로운 미래, 웃음은 자기 자신은 물론 '진리 전체로부터 우러나는 웃음.' 그런 웃음을 웃을 것. '존재의 목적과 당위'를 흩어버리는 웃음, '웃음의 파도' 되기! 그리하여 '짧은 비극은 결국 영원한 현존재의 희극에게 자리를 물려주는' 웃음. 그 웃음은 '존재의 목적을 가르치는' 교회 설교자들을 보고 웃는다.

세상의 아버지들을 보고 웃고, 법과 명령과 제도를 보고 웃고, 논두렁 밭두렁을 보고 웃고, 꽃을 보고 웃고 나무를 보고 웃고 나를 보고 웃고 너를 보고 웃는다.

웃음은 이유도 없고 목적도 없으며 '개체의 해방과 무책임'을 향해 간다. 웃음은 머물지 않는다. 웃음은 떠난다. 웃음은 결국 '웃음과 즐거운 지혜'만을 선사하는 충동이다. 이유도 근거도 없는.

그러나 나는 니체적인 웃음을 웃지 못한다. 나는 슬픔을 승화한 양식으로 웃음을 택한다. 머물고 싶어서 웃는다. 존재의 목적이 있지 않을까? 삶에 이유가 있지 않을까? 개체들의 삶의 악다구니를 보며, 나를 보며 일없이 웃는다. 그건 울음의 지점으로 가는 웃음, 다시 말해 왜소하고 병든 웃음. 머무르고 싶은 웃음. 화해하고 싶은 웃음.

왜 머무르기를 나는 바라는가? 화초는 아니지만 나는 온실이 좋다. 익숙한 이곳, 세찬 폭풍 찬비 세지 않는 이곳에서 머무르고 싶다. 방랑과 여행과 동가식서가숙(東家食西家宿)의 여정, 거기 보물보다 더한 것이 있다 하더라도 나는 지금 여기 내 방 안에서 편안한 창문과 고양이와 먼지들과 집 안으로 가끔씩 새어 들어오는 바람의 냄새와 따뜻한 차 한 잔과 소박한 밥과 이름 붙일 수 없는 그리움들과 함께 그냥 살고 싶다.

그리고 어느 날 몹시 쓸쓸해지면 나는 또 웃으리라. 내장들이 쏠려 올라올 때까지 웃다가 한마디 하겠지. "이게 사는 거야?" 머무름을 가능하게 해주는 웃음. 긴 머무름을 위해 필요한 잠시의 일탈. 일탈 후 다시 머무름의 지대로 가려는 충동. 그것이 나에게 웃음의 효과일지도 모른다.

니체는 말할 것이다. 그대 머무르지 말라. 절대로 머무르지 말라. 머무르더라도 오래 머물지 말라.

"우리는 육지를 떠나 출항했다! 우리는 다리를 건너왔을 뿐만 아니라, 우리 뒤의 육지와의 관계를 단절했다! 그러니 우리의 배여, 앞을 바라보라! 네 곁에는 대양이 있다. 대양이 항상 포효하는 것은 아니며, 때로 그것은 비단과 황금, 자비로운 꿈처럼 그곳에 펼쳐져 있다. 하지만 언젠가 이 대양이 무한하다는 것을, 그리고 무한보다 더 두려운 것은 없다는 것을 깨달을 때가 올 것이다. 오, 한때 자신을 자유롭다고 느끼다가 이제 새장의 벽에 몸을 부딪고 있는 새여! 마치 육지에 자유가 있었다는 듯 향수가 너를 사로잡는다면 그것은 슬픈 일이로다! 육지는 이제 없다!"

– 니체, 《즐거운 학문》, 124

해서 나는 출항하고 싶지 않은 것이다. 육지와의 관계를 단절해버린 항해, 그 무한과의 마주함이 싫다. 그곳에 비단과 황금이 넘친다 한들 나는 항해하고 싶지 않다. 나는 다만 내 방에서 머무르고 싶을 뿐이다. 그러나 니체 선생은 대양으로 가라고 한다. 무한과 마주하면서 격렬하게 무한 긍정의 삶을 살라고 한다.

나는 사실 니체 선생이 좋기도 하고 싫기도 하다. 그의 '관념'을 사랑하나 그것이 행위가 되는 지점이 진심으로 걱정스럽다. 그래요. 니체 씨 당신의 말이 적절하다 해둡시다. 그런데 당신은 행복했나요? 당신의 주장도 하나의 관점이겠지요? 당신의 목소리도 하나의 해석이겠지요? 당신은 나 같은 사람을 약자라고 하겠지요? 독수리의 강한 날개와 용맹이 부족하고 인간이 가여워지는 내가. 당신이 말하는 강자의 삶이란 도대체 무엇인가요? 그 또한 슬픔의 삶이라고 나는 단정하고 싶어집니다. 운명을 사랑하고 경쾌하게 살아라!

얼마나 삶이 슬프면, 얼마나 삶이 무거우면, 운명을 사랑하려고 애쓰고 경쾌하게 살려고 발버둥 쳐야 했을까요? 당신!

앗, 지금은 '머무르지 않기'에 대해서 말하기로 하지요. 나는 머무르고 싶어요. 나는 배반하고 싶지 않아요. 그런데 당신은 자꾸 배반하라고 하네요. 머무르지 말고 떠나라고 하네요. 역사 이전의 시대로 가보라고 하네요. 그 기원에 가면 만나게 될 것들의 목록을 말해주네요. 그리고 다시 돌아오라고, 끊임없이 여기 이 벽을, 이 현재를 밀어내고 다른 곳을 다녀오고 이곳 먼지 풀풀 나는 익숙함을 털어내고 새로운 것의 도래를 미리 보라고. 지금, 여기 있는, 역사와 도덕과 풍습과 '신성한' 모든 것을 배반하고 떠나라고 하네요. 떠나가서 선사의 토굴로 들어가 그 안에 우글대는 괴물들의 실존을 만나고 현재로 돌아오라고 주문하네요. 새롭게 도래하는 미래, 현재.

당신은 말합니다.

"파도는 얼마나 탐욕스럽게 밀려오는가! 기필코 무언가에 이르려는 듯이! 파도는 얼마나 서두르며 바위의 가장 깊은 틈새로 무섭게 기어오르는가! 누군가에게 다가가려는 것처럼. 그곳에 값진 것이, 더없이 값진 것이 숨겨져 있기나 한 것처럼. — 그리고 이제 파도는 되돌아간다. 다소 천천히, 여전히 흥분해서 하얀빛으로 — 실망한 것일까? 찾고 있던 것을 발견했을까? 실망한 척하는 것일까? — 그러나 벌써 다른 파도가 다가온다. 처음 것보다 더 탐욕스

럽고 더 거칠게. 이 파도의 영혼 또한 보물을 찾으려는 열망과 비밀로 가득 차 있는 듯이 보인다. 이것이 삶이다! — 이것이 우리들, 갈망하는 자들의 삶이다! — 그 이상은 말하지 않으련다. (…)”

– 니체, 《즐거운 학문》, 310

당신은 계속 떠납니다. 왜 나는 당신이 가여워지는 걸까요? 당신은 이런 나를 보고 으하하하핫, 호탕하게 웃겠지요. 노예와 약자의 도덕에, 그 낡고 교활한 힘에 눌려 있는 나를 보고, 당신은 웃겠지요. 당신의 웃음과 나의 웃음은 다른 지점에 있으나 인간은 역시 웃음이 필요하답니다.

가끔 '나는 왜 이리 현명한가?'라고 읊조렸을 당신을 떠올리면 나는 또 대책 없이 웃습니다. 당신을 향해 웃는 웃음조차 당신은 허용하겠지요. 하나 기우뚱기우뚱 느린 걸음으로, '파도의 영혼'이 그러하듯, 나도 다른 파도가 되어 다른 해안으로, 다른 대양으로 가보려고 합니다.

참고문헌

프리드리히 니체

《바그너의 경우, 우상의 황혼, 안티크리스트, 이 사람을 보라, 디오니소스 송가, 니체 대 바그너》, 백승영 역, 책세상, 2002.

《비극의 탄생, 반 시대적 고찰》, 이진우 역, 책세상, 2005.

《선악의 저편, 도덕의 계보》, 김정현 역, 책세상, 2002.

《아침놀》, 박찬국 역, 책세상, 2004.

《유고(1882년 7월~1883/1884년 겨울)》, 박찬국 역, 책세상, 2001.

《인간적인 너무나 인간적인 I》, 김미기 역, 책세상, 2001.

《인간적인 너무나 인간적인 II》, 김미기 역, 책세상, 2002.

《즐거운 학문, 메시나에서의 전원시, 유고: 1881년 봄~1882년 여름)》, 안성찬 · 홍사현 역, 책세상, 2005.

《차라투스트라는 이렇게 말했다》, 정동호 역, 책세상, 2000.

고병권, 《다이너마이트 니체》, 천년의상상, 2016.

김상환 외, 《니체가 뒤흔든 철학 100년》, 민음사, 2000.

김용옥, 《노자와 21세기》, 통나무, 2000.

김정현, 《니체, 생명과 치유의 철학》, 책세상, 2006.

______, 《철학과 마음의 치유: 니체 심층심리학 철학상담치료》, 책세상, 2013.

노자, 《도덕경》, 노태준 역, 홍신문화사, 1998.

레지날드 J. 홀링데일, 《니체, 그의 삶과 철학》, 김기복 외, 북캠퍼스, 2018.

뤼디거 자프란스키, 《니체, 그의 사상의 전기》, 오윤희 · 육혜원 역, 꿈결, 2017.

미셸 루트번스타인 · 로버트 루트번스타인, 《생각의 탄생: 다빈치에서 파인먼까지 창조성을 빛낸 사람들의 13가지 생각도구》, 박종성 역, 에코의서재, 2007.

미셸 푸코, 《광기의 역사》, 이규현 역, 나남, 2003.

백승영, 《니체: 건강한 삶을 위한 긍정의 철학을 기획하다》, 한길사, 2011.

______, 《니체, 디오니소스적 긍정의 철학》, 책세상, 2005.

슈테판 츠바이크, 《니체를 쓰다》, 원당희 역, 세창미디어, 2013.

스피노자, 《에티카》, 강영계 역, 서광사, 2007.

안동림, 《장자》, 오강남 역, 현암사, 1999.

유발 하라리, 《사피엔스》, 조현욱 역, 김영사, 2015.

조지 오웰, 《나는 왜 쓰는가》, 이한중 역, 한겨레출판, 2010.

질 들뢰즈, 《니체와 철학》, 이경신 역, 민음사, 2001.

______, 《들뢰즈의 니체》, 박찬국 역, 철학과현실사, 2001.

______, 《차이와 반복》, 김상환 역, 민음사, 2004.

카렌 암스트롱, 《스스로 깨어난 자 붓다》, 정영목 역, 푸른숲, 2003.

______, 《축의 시대》, 정영목 역, 교양인, 2010.

프란츠 카프카, 《아버지에게 드리는 편지》, 이재황 역, 문학과지성사, 1999.

프랑수아 줄리앙, 《현자에게는 고정관념이 없다》, 김용석 · 박치완 역, 한울, 2009.

플라톤, 《소크라테스의 변론 크리톤 파이돈 향연》, 천병희 역, 숲, 2012.

플루타르코스, 《플루타르코스 영웅전》, 천병희 역, 숲, 2010.

피터 싱어, 《동물 해방》, 김성한 역, 연암서가, 2012.

피터 애덤슨, 《소크라테스와 플라톤》, 김은정 · 신우승 역, 전기가오리, 2017.

헤로도토스, 《역사》, 천병희 역, 숲, 2009.

호메로스, 《오뒷세이아》, 천병희 역, 숲, 2015.

______, 《일리아스》, 천병희 역, 숲, 2015.